ハヤカワ文庫 NV
〈NV1514〉

ブラッド・クルーズ
〔上〕

マッツ・ストランベリ
北　綾子訳

早川書房
8976

FÄRJAN
by
Mats Strandberg

Translated by
Ayako Kita
First published 2023 in Japan by
HAYAKAWA PUBLISHING, INC.
This book is published in Japan by
arrangement with
GRAND AGENCY, SWEDEN
through THE ENGLISH AGENCY (JAPAN) LTD.

本書をわが母に捧ぐ
読書の愉しみを説き、いつも執筆を励ましてくれた母さん。
愛してる。会いたい。

ブラッド・クルーズ

〔上〕

登場人物

●バルティック・カリスマ号　乗組員

ベルグレン……………………船長
ヴィークルンド………………機関長
アンドレアス…………………総支配人
アンティ………………………免税店の店長
ソフィア………………………同スタッフ
リル……………………………香水売り場のスタッフ
ダン・アペルグレン…………歌手。カラオケ・バー担当
ヨーアン………………………カラオケ・バーのスタッフ
イェニー………………………〈カリスマ・スターライト〉の歌手
フィリップ……………………同バーテンダー。カッレの友人
マリソル………………………同女性バーテンダー
ピア……………………………警備員。カッレの友人
ヤルノ…………………………警備員。看護師ライリの夫
パール…………………………老齢の警備員
ヘンケ…………………………警備員。パールの相棒
ミカ……………………………案内所のスタッフ
ボッセ…………………………監視ルーム担当スタッフ
ライリ…………………………救護室の看護師

登場人物

●バルティック・カリスマ号　乗客

マリアンヌ……………………定年を迎えた医療秘書の老婦人
ヨーラン………………………電気通信公社の元職員の老人
アルビン（アッベ）………ヴェトナム人の孤児。六年生
モルテン………………………アルビンの養父
シーラ…………………………アルビンの養母。足が不自由
リンダ…………………………モルテンの妹
ルー……………………………リンダの娘。アルビンのいとこ
ステラ…………………………レストランでアルビンたちと居合わせた少女
カッレ…………………………庭園設計士。カリスマ号の元スタッフ
ヴィンセント…………………カッレのボーイフレンド
マッデ…………………………リストラされそうな女性事務員
ザンドラ………………………マッデの30年来の友人
トーマス・トゥンマン……バチェラー・パーティの参加者
ステファン……………………バチェラー・パーティの主賓
ペオ
ラッセ　}……………………トーマスの友人。パーティの参加者
ハンス・ヨルゲン…………〈カリスマ・スターライト〉の客の老人
ビルギッタ……………………カラオケ・バーのルビー婚式の老婦人
アレクサンドラ………………カラオケ・バーの女性客。ダンのファン
エルヴィラ……………………デッキ5で泥酔した若い女性客
オッリ…………………………トラックの運転手
フレデリカ……………………サーラからきたカラオケ・バーの女性客
リラ……………………………デッキ9の船室の14歳の少女
アダム…………………………デッキ5の船室の少年

マリアンヌ

出航まであと一時間。今ならまだ引き返せる。荷物を持ってターミナルビルを出る。埠《ふ》頭《とう》を戻り、地下鉄でストックホルム中央駅まで行く。来た道をそのまま戻るだけだ。そうすればエンシェーピングの家に帰れる。馬鹿なことを考えたものだときれいさっぱり忘れてしまえばいい。あのときはどうかしていた、いずれ笑ってそう話せる日が来るかもしれない。昨夜はラジオをつけていても壁掛け時計が時を刻む音が耳についてしかたなかった。キッチンでリオハワインを一杯だけ余分に飲みながら彼女は思った。もうたくさんだと。もう一杯飲んで決意した。行動を起こさなければ。今がそのときだ。思いきって一歩踏み出そうと。

あとになって思い返せば笑い話ですむかもしれない。が、マリアンヌにはそうは思えなかった。一緒に笑ってくれる人もいないのに、どうやって自分の愚行を笑い飛ばせばいいのか。

そもそも、どうしてこんなことをしているのか？　昨夜、彼女はテレビである広告を眼にした。どこにでもいそうな人々が映っていた。夜会服に身を包み、ちょっとだけ幸せそうに見えた。ただ、理由はそれだけではなかった。彼女は気まぐれでこんなことをする人間ではない。

気が変わらないうちに、急いでチケットを予約した。あれだけワインを飲んだのに、気持ちが昂《たか》ぶってほとんど一睡もできなかった。朝、髪を染めているときも、昼間、荷造りをしているあいだも、ここに来るまでの道中も興奮は冷めなかった。早くも冒険の一歩を踏み出した気分になっていた。退屈な毎日からほんとうに抜け出せた気がした。が、今は鏡に映る自分の顔を見つめ、後悔しはじめている。頭がずきずきと痛み、二日酔いにさらに二日酔いを重ねたような感覚に襲われる。

鏡に顔を寄せ、にじんだマスカラをこする。ターミナルの女子トイレの青白い蛍光灯のもとで見ると、両眼の下のくまが異様に目立つ。彼女は思わずのけぞり、手入れが楽なようにボブカットにした髪を指で梳《と》かす。まだかすかにヘアカラーのにおいがする。バッグの中をあさって口紅を出し、慣れた手つきで塗り重ね、鏡に向かって唇を突き出す。心の中に暗い雲が広がり、彼女をまるごと呑みこもうとするが、どうにかその雲を追いやる。

背後の個室から水を流す音が聞こえる。マリアンヌはわれに返って背すじを伸ばし、ブラウスのしわを撫でつける。しっかりして。気を確かに持たなきゃ。眼の覚めるようなピンクのノースリーブのブラウスを着た黒髪の若い女が個室から出てきて、マリアンヌの隣りに立つ。女が手を洗い、タオルに手を伸ばす様子をマリアンヌは横目でそっとうかがう。なめらかな肌の下で筋肉が動いている。痩せこけていて、男かと思うほど無骨な体つきをしているが、それでも美人の類いにはいるだろう。少なくともセクシーだと言う人が多いにちがいない。前歯の一本に埋められたダイヤモンドが輝き、ジーンズのうしろのポケットにピンクのラインストーンが並んでいる。しげしげと女を見つめているのに気づき、マリアンヌは慌てて眼をそらす。女のほうは彼女に一瞥《いちべつ》もくれずにトイレから出ていく。

そう、マリアンヌは誰にも気づかれない存在なのだ。自分にもあんなに若い頃があったのだろうか。今となってはとても信じられそうにない。

はるか昔のことだ。今ではないいつか、ここではないどこか。当時は結婚していて、夫は精一杯彼女を愛してくれていた。子供たちはまだ小さく、母親は神のような存在だとまだ信じていた。毎日、働きがいのある仕事に精を出し、時間があるときは近所の人たちと一緒にコーヒーを飲んだ。彼女と一緒に過ごせることを誰もがとても喜んでくれたものだ。

今では想像もつかないが、当時の彼女はひとりきりになるのを夢見ていたほどだった。ほんの数時間でも、誰にも邪魔をされずに心の声にそっと耳を傾ける。そんな時間が最高の贅沢に思えた。

そういう意味では、最近はその贅沢を思いきり享受している。むしろ、それしかないと言っても過言ではない。

マリアンヌは口紅が歯についていないか確認する。横に置いたキャスター付きのスーツケースを見下ろす。所属している読書クラブからプレゼントされたものだ。

ダウンコートを腕にかけ、意を決してスーツケースの持ち手をつかみトイレから出る。ターミナルビルの中は期待に胸を躍らせた人々でにぎわっている。すでに入場ゲートのまえに並び、乗船時間になるのを待っている人もいる。マリアンヌは客たちを見まわす。ピンクのブラウスに膝丈のスカートという服装はいささかフォーマルすぎたようだ。同年代の六十代の女性たちは、フードの付いたスウェットシャツにジーンズという十代の若者のような恰好をしているか、逆に体の線が目立たないチュニックかテントのような形のワンピースを着ているかのどちらかだ。マリアンヌはそのどちらでもなく、まるで定年を迎えた厳格な医療秘書のようだ。事実、そのとおりなのだが。あの人たちはわたしより歳をとっている、わたしよりみすぼらしい。マリアンヌはそう自分に言い聞かせる。自分だってここにいる権利はある、と。

ターミナルビルの反対側にあるバーに向かって歩く。スーツケースのキャスターが蒸気ローラーのような音を立てながら石の床を転がる。

バーカウンターには光り輝くボトルとビールサーヴァーの注ぎ口が並び、黒板にチョークで値段が書いてある。マリアンヌはベイリーズ・コーヒーを注文し、船内では飲みものがもっと安いことを期待する。船内のバーは免税だろうか？　事前に確認しておくべきだった。どうして確認しなかったのだろう？　店員の少女がデュラレックスのハイボールグラスでコーヒーを出す。眉と唇にきらきらした金属製のピアスをいくつもぶら下げていて、マリアンヌを見もしない。おかげでチップを渡さなくても良心がとがめることはない。

ガラス張りの壁で仕切られた飲食スペースの一番奥に空いている席がある。騒々しく音を立てるスーツケースを引き、羽毛布団かと思うほどかさばるコートを持って、気をつけながらテーブルの合間を縫うようにして進む。コーヒーのグラスは指が焼けるほど熱い。ハンドバッグのストラップが肩からすべり落ち、曲げた腕の肘のあたりにぶら下がる。それでもどうにか空席にたどり着き、テーブルにグラスを置いて、バッグのストラップを肩にかけ直す。コートや荷物を持ったまま、奇跡的にどこにもぶつからずに狭いテーブルのあいだをすり抜ける。やっと椅子に腰を落ち着けたときにはすっかり疲れきっている。おそるおそるグラスに口をつける。中身はグラスほど熱くないとわかり、今度は思いきり飲む。アルコールと砂糖とカフェインが全身に染み渡っていく。

鏡張りの天井を見上げ、心持ち姿勢を正す。上からのアングルだと首のしわは見えず、顎のまわりの肌が引き締まって彫りが深く見える。鏡にかすかに色がついているせいもあるが、日焼けした顔に警戒するような鋭い眼差しを浮かべている。顎のラインを指でなぞり、人まえで身づくろいしている自分にはたと気づく。椅子に坐ったまま体を小さくすくめ、コーヒーをもう一口飲む。れっきとした変人になるのも時間の問題かもしれない。一度など、パジャマのズボンを穿いたまま気づかずにバス停まで行ってしまったこともあった。

またしても黒い雲が湧いてくる。マリアンヌは眼を閉じて周囲の笑い声と話し声に耳を澄ます。大きな音を立ててストローで飲みものをすする音が聞こえる。音がするほうを向くと、アジア系の男の子がもう氷しか残っていないグラスをのぞきこんでいる。赤い顔をした父親が電話を耳に押しあてている。この世の何もかもが気に入らないといった様子で。煙草をやめていなければよかったとマリアンヌは思う。埠頭に出て煙草を吸うだけでも、何もすることがないよりはましだ。ともあれ、彼女は今ここにいる。周囲の喧噪《けんそう》に包まれている。覚悟を決める。これはわたしじゃない。それでも、自分が自分であることにうんざりする。

家に帰るわけにはいかない。マリアンヌは夏のあいだじゅうずっとアパートメントの部屋に閉じこもっていた。同じ建物のほかの部屋やバルコニーやキッチンの外の通りから聞こえてくる笑い声と話し声と音楽を聞いて過ごした。あちこちから生活を営む音が聞こえた。家では今もキッチンの壁掛け時計がチクタクと時を刻み、めったに会えない孫たちの写真入りのカレンダーがクリスマスまでの残りの日数をカウントダウンしている。ここで帰ったら、もう一生孤独から抜け出せない。二度とこんなだいそれた行動は起こせない。

ふと、隣りのテーブルの男が親しげに笑いかけ、彼女の気を引こうとしているのに気づく。マリアンヌは探しものをするふりをしてバッグの中をあさる。痩せこけた顔に大きな眼をした男で、長すぎる髪は彼女の好みではない。本を持ってくるべきだったとマリアンヌは後悔する。ほかにすることがないので、しかたなくバッグから乗船チケットを出し、わざとらしく大げさに確認するふりをする。チケットの右上に船の運航会社のロゴがある。これといって特徴のない白い鳥がパイプをくわえ、船長の帽子をかぶっている。

「どうも。おひとりかな？」

反射的に顔を上げると、男と眼が合う。マリアンヌは眼をそらすまいとする。

男はあらためて見てもくたびれた感じで、明るい青色のデニムのヴェストは薄汚れている。それでも、かつては魅力的だったのだろう。その片鱗が見て取れる。自分も人からそう見えているといいのだが。マリアンヌは内心そう思う。

「ええ」と答え、咳払いする。「友達も一緒に来るはずだったんだけれど、日にちをまちがえたらしくて。ついさっき連絡があったの。来週の木曜日だと勘ちがいしたみたい……どうしようかと思ったけれど、チケットを買ってしまったし、せっかくだから……」

　最後まで言わず、何気ないふうを装って肩をすくめる。声帯が干からびてしまったのかと思うほど声がかすれる。もう何日もしゃべっていなかった。まさにこういう場面を想定して昨夜のうちに綿密に考えてあった嘘も、急に笑えるくらい見え透いたものに思えてくる。それでも男はただ彼女に微笑みかける。

「だったらおれたちの仲間に加わらないか。乾杯するには相手がいなくちゃ！」と男は言う。

　すでに少し酔っているようだ。マリアンヌは隣りのテーブルにさっと眼を走らせる。ひと目見ただけで、友人たちはこの男よりもっとひどい有様だとわかる。以前なら、こんな男の誘いに応じるなど考えもしなかった。

　誘われるまま仲間に加われば、この男たちと同類に見られる。マリアンヌはいっとき躊《ちゅう》躇《ちょ》する。とはいえ、今さら選り好みしている場合だろうか？　それに〝選り好み〟とは臆病の異名では？

たった二十四時間の船旅だ。そう自分に言い聞かせる。明日には船はまたストックホルムに戻ってくる。もしこの旅が失敗に終わったとしても、記憶の奥底に埋めてしまえばいい。これまでたくさんの記憶を葬ってきたのと同じ、宝箱とは正反対の場所に。

「喜んで」とマリアンヌは言う。「ご親切にどうもありがとう」

隣りのテーブルに椅子を引き寄せると、椅子の脚が床を引っかいて大きな音を立てる。

「ヨーラン」と男は名乗る。

「わたしはマリアンヌ」

「マリアンヌ」と男は鸚鵡《おうむ》返しに言い、小さく唇を鳴らす。「ああ、ぴったりの名前だ。きみはミントキャンディ（チョコレートをミントキャンディで包んだ〝マリアンヌ〟という名前の有名な菓子がある）みたいにすてきな人だ」

幸い、これには答えずにすむ。男が友人たちに彼女を紹介し、彼女はひとりひとりにうなずくものの、聞いたそばから彼らの名前を忘れる。みな似たような見てくれをしている。同じようなチェックのシャツを着て、その下に同じように太鼓腹が隠れている。若い頃からの知り合いなのだろうか。この中ではヨーランが一番ハンサムで、女の子に声をかけるのはいつも彼の役目だったのだろうか。そんなことを考える。

コーヒーはもう冷めていて、気の抜けた味がするが、飲み干すまえにヨーランの友人のひとりが彼女も含め全員分のビールを運んでくる。マリアンヌはほとんど話さないが、誰も気にしない。彼らと酒を飲み、マリアンヌは考えるのをやめる。またしても不安が首をもたげてくる。不安はどんどん膨らんでいき、その村の住人なら誰もが知っている愚か者になったような気がして、彼女はとうとう大声で笑いだす。その瞬間はヨーランの友人が言ったつまらないジョークをきっかけに訪れる。けたたましい笑い声が響く。

誰かと一緒にテーブルを囲む。たったそれだけのことをどれほど渇望していたのか。なんとも寂《さび》しいことだが、彼女は居場所を求めていた。仲間に入れてもらいたかった。それも義理ではなく、ほんとうの仲間の輪の中にはいりたかった。

ヨーランが身を寄せて言う。

「友達が来られなかったのは残念だけど、おれにとってはラッキーだった」マリアンヌの耳に温かく湿った彼の息がかかる。

アルビン

アルビンは両肘をつき、ストローを嚙む。氷が溶けてグラスの底に貯まった水を大きな音を立ててすする。コーラの味はほんの少ししか残っていない。十五分まえにコーラを飲んだ人の冷たい唾《つば》みたいだ。アルビンはくすくす笑う。ルーはきっとこのジョークが気に入るにちがいない。ルーはまだここには来ていないけれど。

ガラスの仕切りの向こうでは、見ず知らずの人たちがターミナルを行き来している。おばあさんのような恰好をした男の人が顔の半分にキスマークをつけて立っている。首から提げた段ボールの看板には〝キスお売りします。一回五クローナ〟と書かれている。その人の友達がスマートフォンで動画を撮っている。笑っているけれど、ほんとうはちっとも愉しそうじゃない。それは見ればわかる。アルビンはまたストローをくわえてすする。

「アッベ」と母さんが言う。「やめなさい」

ただでさえお父さんは苛々《いらいら》しているのだからと暗に訴える。これ以上怒らせるような真似はしないで。そう言っている。アルビンは椅子の背にもたれ、なるべくおとなしくしていようと我慢する。

犬が吠えるような笑い声が聞こえる。少し離れた席に肥った女の人がふたりいる。笑っているほうは髪をツインテールにし、首のまわりになにやらピンク色のものを巻いている。顔をのけぞらせ、ひとつかみのピーナッツを口に放りこむ。いくつかはアルビンがこれまでに見たことのある中で一番大きな胸の谷間に着地する。スカートの丈はかなり短く、坐っていると何も穿いていないみたいに見える。

「携帯電話を持っているのに、どうしていつも電源を切っているんだ？」父さんが怒気を含んだ声で言い、携帯電話を叩きつけるようにしてテーブルに置く。「リンダの大馬鹿者が」

「落ち着いて、モルテン」と母さんがなだめる。「何か事情があって遅れているのかもしれない」

「だからそれを言ってるんだろうが。連絡さえしてくれれば、いったいどうしたのかとやきもきしながら待っていなくてすむのに。うちの妹は礼儀がなってない」そう言ってから、アルビンに尋ねる。「ほんとうにルーの電話番号を知らないのか？」

「うん、知らない。さっきも言ったでしょ」

その事実を二度も認めなければならないのは辛い。ルーの新しい電話番号は教えてもらっていなかった。もう一年以上、話もしていない。ルーの家族がエスキルストゥーナに引っ越してからはお互い手紙を送ることもなかった。もしかしたら何かの理由で怒らせてしまったのかもしれない。その理由はきっと誤解に決まっているけれど。たぶん学校が忙しいだけでしょう、あなたとちがって勉強についていくのが大変だから。母さんは決まってそう言う。それにふたりとももう六年生だから、いろいろとむずかしい年頃なのよ。アルビンが学校でいじめられるのは、ほかの子たちがアルビンに嫉妬しているからだ。母さんはそう言い聞かせるときと同じ口調で言う。

だが、アルビンにはわかっている。誰も自分に嫉妬する理由なんてない。確かに小さい頃の彼はかわいらしかったが、今はそうでもない。クラスで一番背が低く、まだ声変わりしていない声は甲高い。スポーツはおろか、学校で人気者の男子が得意なことはどれも苦手だ。その事実は変えようがない。よほどのことがなければ。ルーが連絡をくれなくなったのも、きっとよほどの理由があるのだろう。その事実もまた変えられない。

アルビンにとってルーはただのいとこではない。彼女がスクルツナに住んでいた頃は親友でもあった。それなのに、リンダおばさんが急に引っ越すと言い出して、ルーはしかたなくついていったのだった。

ルーはほかの誰よりも彼を笑わせてくれる。大笑いしすぎて、このまま笑いが止まらなくなるのではとパニックになってしまうくらいに。おばあちゃんがほんとうはどうして死んだのかを教えてくれたのもルーだった。家族の自殺は悲しい。アルビンはルーと一緒に泣いた。それが嬉しかった。とても気分がよかった。でも、恥ずかしいからそれは秘密だ。もっと悲しくて、ルーにも話せないことがたくさんあったけれど、ようやく分かちあえることができた気がした。

「やめなさい、ステラ」背後で男の人が声を張り上げる。「やめなさい。船に乗ってすぐにもう寝なさいと言われてもいいのか？　そうなのか、ステラ？」

男の人のことばにその子は激しく反抗の意を示す。

「嫌なら今すぐやめるんだ。ちっとも面白くないぞ、ステラ。だめだと言ってるだろ！いけない、ステラ。やめなさい。なあ、ステラ、頼むからやめてくれ」

ステラと呼ばれた子がさらにけたたましい声で騒ぐ。テーブルの上でグラスが揺れる。父さんはますます不機嫌になる。母さんは父さんが今にもことを荒立てるのではないかとなおさら不安になる。アルビンにもそれはわかる。視界の隅に見慣れた動作が映る。父さんが顎を突き出すようにしてグラスの中身を飲み干す。さっきよりも顔が真っ赤になっている。

「渋滞にはまっているのかもしれない」と母さんが言う。「ちょうどラッシュアワーだから、仕事から帰宅する車で混み合っているのよ」

どうしてわざわざそんなことをするのだろうとアルビンは不思議に思う。父さんがひとたび機嫌を損ねたら、なだめようとしても無駄だ。よけいに怒らせることにしかならない。

「やっぱり迎えに行って一緒に来たほうがよかった」と父さんは言う。「もっとも、そうしていたら、リンダのせいで全員が乗り遅れていただろうけれど」

父さんは両手の手のひらでグラスを転がすようにしてもてあそぶ。もう酔いがまわっているのか、声は不明瞭で、いつも以上に咽喉《のど》の奥に引っかかっているように聞こえる。

「きっと来るわ」母さんは腕時計を見て言う。「ルーをがっかりさせたくはないでしょうから」

父さんは黙って鼻を鳴らす。母さんは口をつぐむが、もう手遅れだ。重々しい沈黙が垂れこめ、息もできない。ここが家なら、アルビンは自分の部屋に引っこむところだ。トイレに行ってくると言おうとしたそのとき、父さんが立ち上がる。

「アッベ、コーラのおかわりは?」

アルビンは首を振る。父さんはバーカウンターのほうに歩いていく。

母さんが咳払いし、何か言おうとする。昨夜のことについて話をしたいのかもしれない。

父さんはそれでなくても仕事で疲れきっていた。加えて母さんが何かと助けを求めるので、父さんには休む暇がないのだ。でも、アルビンはそのことば——〝疲れた〟——を聞きたくない。そのことばは嫌いだ。口には出せない、もっと悪いことを暗示することばだから。父さんはいつもそうだった。どこかに出かけるとか、一緒に何かをするとか、本来なら愉しいはずの時間は特に不機嫌になる。何もかもぶち壊してしまう。

アルビンはあてつけがましく椅子の背にかけてあるバックパックから歴史の教科書を出し、来週の試験範囲のページを開く。むずかしい顔をして、焦土作戦（一七〇〇年代初頭、バルト海を支配する帝国だったスウェーデンと反スウェーデンの北方同盟諸国による大北方戦争において最大の戦いとなったポルタヴァの戦いで、ピョートル一世率いるロシア軍が徹底的な焦土作戦によってスウェーデン軍を壊滅に追いこんだ）の項目を夢中で読むふりをする。実際にはそらで言えるくらい完璧に覚えているのだが。

「バルト海を旅行中にバルト帝国時代の勉強をするなんてぴったりね」と母さんは言う。けれど、アルビンは何も答えない。寄せつけないことで母さんを罰しようとする。腹が立ってしかたない。離婚してくれれば父さんと一緒に暮らさなくてすむのに。けれど、母さんは離婚したいとは思っていない。その理由はアルビンも知っている。父さんがいなければ生きていけないと思っているのだ。

時々、この家に引き取られなければよかったと思うこともある。ヴェトナムで孤児として生きていくほうがよかったかもしれない。彼は世界のどこにいてもおかしくなかった。

別の家族の養子になっていても不思議ではなかった。

「誰を見つけたと思う?」その声にアルビンは振り向く。

父さんはおかわりのビールを手にしている。白い泡がグラスの縁についているところを見ると、もう口をつけたあとらしい。隣りにリンダおばさんがいる。ブロンドの髪がゆったりと肩にかかり、吐き出したガムみたいなピンク色のふわふわの上着を着ている。おばさんは屈んでアルビンをハグする。冷たい頬が彼の頬にあたる。

ルーはどこにいるんだろう?

おばさんが母さんにも挨拶しようとテーブルをまわりこむと、うしろからルーが現われる。母さんはいつもの聞き飽きたジョーク──坐ったままでごめんなさいね──を言い、リンダおばさんは初めてそのジョークを聞いたみたいに笑顔で応じる。まわりがぼやけていき、アルビンにはルーの姿だけがはっきり見える。

確かにルーだが、ルーではない。少なくともアルビンの知っているルーでは。眼が離せない。マスカラをつけているせいでルーの瞳は大きく、薄い色に見える。髪はかなり長く、以前よりも暗い蜂蜜に似た色になっている。信じられないくらい長い脚をタイトなジーンズに押しこみ、豹柄のスニーカーを履いている。ルーはスカーフをはずし、革ジャンを脱ぐ。下にはグレーのセーターを着ていて、片方が肩からずり落ち、ブラジャーの黒いひもが見えている。

たとえ百万年後でもアルビンには絶対に話しかけようとしないクラスの女子たちにそっくりだ。

何かの誤解から連絡をくれなくなったほうがまだましだった。誤解なら解きようがある。

「ハイ」とアルビンはおずおずしながら言う。ほんの短い音節なのに子供っぽい声に聞こえる。

「がっかりだわ。本にかじりついてるなんて」とルーは言う。

キャラメルとバニラのにおいの香水をつけている。ガムを嚙んでいるので話すとミントの甘い香りが漂ってくる。ルーがアルビンを軽くハグすると彼女の胸があたる。体が離れたあとも、怖くてルーを見られない。見ちがえるほど大人っぽくなっている。そのルーはもうアルビンのほうを見てもいない。ほつれた髪を耳にかける。爪には黒いマニキュアが塗られている。

「まあ、ルー、大きくなって」と母さんが言う。「とてもすてきよ」

「ありがとう、シーラおばさん」とルーは言い、アルビンにしたのより少し長めに母さんをハグする。

母さんは精一杯手を伸ばしてルーの背中にまわす。

「それにしても、ずいぶん痩せたな」と父さんが言う。

「成長期なのよ」とリンダおばさんが答える。

「それだけならいいが」と父さんはさらに言う。「男はつまむところがあるほうが好きだからな」

もう黙っていてくれとアルビンは思う。

「ご忠告ありがとう」とルーは答える。「女は男の気を引くにかぎるよね」

やや長めの沈黙が流れる。それから父さんは笑いだす。

リンダおばさんの果てしない独演会が始まる。エスキルストゥーナの家を出発してからどの道を通ったか、渋滞がどれほどひどかったか、それこそほんの数センチ進むごとにどんな状況だったかをひたすらしゃべり続ける。父さんは黙々とビールを飲む。母さんはリンダおばさんの話を熱心に聞いているふりをする。ルーは呆れたように眼をぐるりとまわし、携帯電話を取り出す。アルビンはチャンスとばかりにルーをじっくりと観察する。しばらくして、おばさんの話はターミナルに近い駐車場を探すのに苦労したというところまで進み、やがて終わる。

「とにかく、無事に着いてよかった」と母さんは言い、父さんのほうをちらりと見る。

「そろそろ列に並んだほうがよさそうだ」と父さんは言い、ビールを飲み干す。

おばさんは父さんがグラスをテーブルに置く動作を眼で追う。アルビンは立ち上がり、バックパックに教科書をしまってから背負う。

ガラスの壁の向こうではすでに列がどんどん長くなり、少しずつまえに進んでいる。壁の時計を見ると、出航まであと十五分しかない。飲食スペースにいる人たちもドリンクを飲み干し、荷物をまとめだす。

母さんは振り向いてうしろを確認し、車椅子の向きを変える。まわりの人たちがテーブルを移動して、通れるようにスペースを空けてくれる。母さんはひたすら謝りながら肘掛けに取り付けられた操縦レヴァーを前後に動かして少しずつ方向転換する。

「縦列駐車みたいね」あえて明るい声を出すのは、ほんとうはストレスを感じている証拠だ。

「大丈夫？」とルーが訊く。「もちろん大丈夫よ」やはり同じように明るい調子で答える。

「船の旅は愉しみ？」アルビンの髪をくしゃくしゃと撫でながらリンダおばさんが尋ねる。

「うん」と彼は反射的に答える。

「誰かさんもそうだといいんだけど」とおばさんは言う。「鎖で車にくくりつけて連れてこなきゃいけないかと思ったわ」

ルーがふたりのほうを見る。アルビンは傷ついているのを悟られまいとする。ぼくに会いたくなかったのだろうか。

「来たくなかったの?」とルーに尋ねる。

「まあね。フィンランドに行くなら、船旅にかぎるよね」話し方もまえとはすっかり変わっている。ルーがため息をつくと、またミントの香りがする。「ひとりで留守番してたかったけど、ママが許してくれなかった」

「その話はもうさんざんしたでしょ、ルー」とおばさんは言い、アルビンの両親に視線を向ける。「あなたたちはラッキーね。男の子は思春期が来るのが遅いから。だけど、いずれこうなるわ」

ルーはまた呆れたように眼をぐるりとまわす。が、どこか嬉しそうにしている。

「そうとはかぎらない」と父さんは言う。「子供もそれぞれだ。それに、反抗したいことがどれくらいあるかにもよるだろう」

リンダおばさんは何も答えなかったが、父さんが背を向けると首を振る。

飲食スペースの出口に向かう。母さんが先頭を進む。テーブルのあいだが狭い場所や、荷物にふさがれて通れない場所があると、プップーと言いながら通っていく。アルビンは思わず顔をそむける。ガラスの壁の向こうの乗船口に警備員がふたりいて、ゲートを通過する乗客をチェックしている。

「ミニスカートが似合うと思ってるとしたらイタいよね？」首にピンク色のフェザーのショールを巻いた女の人の脇を通りながら、ルーは聞こえよがしにつぶやく。

「ルー」リンダおばさんが娘をたしなめる。

「ひょっとしたらラッキーかも。あのふたりが乗ったら船が沈みそう。そうしたらこの悪夢も終わる」

バルティック・カリスマ号

バルト海の賜物号《バルティック・カリスマ》は一九八九年にクロアチアのスプリトで建造された。全長百七十メートル、全幅二十八メートルのこの客船は、最大で二千人以上の乗客を収容できる。もっとも、スウェーデン船籍のこのクルーズ船が最後に満員になったのはもう何年もまえのことだ。今日は木曜日で、船に乗りこむ乗客はせいぜい千二百人程度。今は十一月初めで秋休みが終わっていることもあり、子供はほとんどいない。夏のあいだはサンデッキに所狭しとデッキチェアが並ぶが、今日は早朝にフィンランドから乗船した客が数名、デッキの外に出て寒々としたストックホルムの景色を眺めているだけだ。太陽はまだ完全に沈んではいないが、秋の日の最後の陽光に照らされていても外は凍えるように寒い。船が出航し、バーの開店時間になるのを今か今かと待ちわびている人もいる。

駐車場の頭上を突っ切るギャングウェイを乗客の列がゆっくり進む。その最後尾にマリアンヌという名の女がいる。長髪の男が彼女に腕をまわしている。ガラス張りの通路の外では日が傾きつつあり、斜めに差しこむ夕日が彼らの表情をやわらかく見せている。通路が急に左に折れ、曲がった先に船が姿を現わす。マリアンヌはその威容に圧倒される。船は彼女が住んでいる集合住宅の建物よりはるかに大きい。白と黄色に塗装された金属が何層も積み重なっている。こんなに重そうな物体が水に浮くわけがない。マリアンヌは内心そう思う。船首が開いていて、巨大な口が飢えを満たすように次々と車を呑みこんでいく。あれがバウバイザー（車や貨物用の出入り口であるランプウェイを保護するために船首に取り付けられる扉のような装置）だろうかと考えていると、いきなり足もとに揺れを感じ、もう海の上にいるような気がしてくる。マリアンヌは自分の客室のことを考える。空きがある中で一番安い部屋を予約していた。車両甲板よりも下層の部屋で、水面より下にあり窓はない。一歩一歩進むにつれて船はますます大きく感じられる。船体に〝バルティック・カリスマ〟という名が高さ数メートルはありそうな大きな飾り文字で書かれている。パイプをくわえた巨大な白い鳥が微笑みかけてくる。マリアンヌはまわれ右をしてターミナルに引き返したい衝動に駆られる。それでも、誰もいない部屋のキッチンに響く時計の音が聞こえ、どうにか歩きつづける。ふと、ここにいる人たちはみな家畜で、柵の中を処理場に向かって重い足取りで歩いているのだと思えてくる。が、そんな考えを必死で打ち消そうとする。

船の入口では、総支配人のアンドレアスができるだけ親しみのこもった笑顔で乗客を迎えながらカラオケ・ショーと免税店の宣伝をしている。本来はクルーズ・ディレクターの仕事なのだが、今朝は体調が悪いと連絡があった。夏の終わりからこれで二回目だ。ディレクターはこの船で働くようになってから、飲酒の問題を抱えるようになった。そのことはアンドレアスもよく知っている。

バルティック・カリスマ号の指揮官、ベルグレン船長は操舵室《ブリッジ》で船員とともに出航まえのチェックリストを確認し、チェックボックスに印をつけていく。船はまもなく埠頭を離れる。航海士も見張り役もストックホルムとフィンランドのトゥルク周辺の群島のあいだにある何千もの岩と小島と浅瀬を熟知している。港を出て自動操縦に切り替わると、船長は副船長に指揮を任せる。

スタッフルームではみなせわしなく準備をしている。今夜から十日間の勤務シフトにはいる船員たちは制服を受け取り、着替える。給仕係は厨房《ギャレー》——船内すべてのレストランに料理を提供する、蒸気で調理する機器を備えた巨大なキッチン——から大きな皿を持って出てくると、小走りでビュッフェのテーブルに運ぶ。中には夜遊びのせいでまだ二日酔いの者もいる。今朝、血中アルコール濃度検査のために救護室に呼ばれたのは誰か、その結果、問題ありと判断されて救護室から出てこなかったのは誰かと口々に噂する。免税店ではアンティが店員たちと打ち合わせしている。出航から三十分後にまた開店する頃には、店の外に待ちくたびれた客の列ができている。

スパの大きくて丸いバスタブに張られた湯には波ひとつ立っておらず、パノラマウィンドウの外に見える空と雲が水面にも映っている。マッサージベッドには誰もいない。サウナのヒーターはそっと軋《きし》むような音を立てている。

下層にある機関室では、エンジンの最終確認がおこなわれている。ブリッジがバルティック・カリスマ号の頭脳だとすれば、この機関室は心臓にあたる。機関長のヴィークルンドはたった今ブリッジに電話して、燃料補給が完了し、給油ホースは安全に取りはずされたと報告した。ヴィークルンドは制御室の窓から機関士たちの作業を見守っている。コーヒーを飲み終えて、カップを置き、乗組員専用エレヴェーターのオレンジ色のドアを見る。船が無事に出航し、トゥルクに向かういつもの航路を進みはじめたら、副機関長に仕事を引き継ぎ、ヴィークルンドは持ち場を離れられる。オーランド諸島を通過する頃に戻ればいいので、仮眠をとるつもりだ。

バルティック・カリスマ号はその一部始終を目撃してきた。主《あるじ》のいないバルト海では人は抑制がきかなくなる。安い酒のせいばかりではない。まるで時空がゆがんでしまったかのように、通常のルールが通用しなくなる。無法地帯と化した船内を四人の警備員が監視する。四人はおのおののやり方で日没に備える。千二百人もの乗客のほとんどは酔っていて、逃げだせない場所に閉じこめられている。混沌《こんとん》とした船内の秩序を保つのがこの四人の責務だ。

機関室の外の車両甲板では、乗組員がスウェーデン語とフィンランド語と英語で乗客に指示を出す。トラック、乗用車、キャンピングカー、さらに二台のバスを指定の駐車位置に誘導する。船の重心を安定させるため、それぞれの駐車位置はすべて綿密に計算されている。陽光が届かない下層の空気は冷えていて、ガソリンと排気ガスのにおいが充満している。疲れきったトラックの運転手たちも車で旅行中の家族もみなエレヴェーターか階段に向かう。このデッキはまもなく閉鎖され、オーランドに到着する直前まで乗客は立ち入り禁止になる。チェーンで鋼鉄の床に固定された大型トラックは動物が眠るように暗闇にたたずんでいる。

何もかもが同じことの繰り返しだ。バルティック・カリスマ号は一年じゅう、毎日毎日同じ航路を往復している。深夜零時まえにオーランドに寄港し、朝七時にフィンランドのトゥルクに到着する。その時間にはスウェーデンから乗船した乗客の大半がぐっすり眠っている。出航して二十三時間後にはストックホルムに戻る。ただ、今回はおよそクルーズ船に似つかわしくない乗客がふたりいる。

五歳くらいのブロンドの男の子と、厚い化粧を施した黒髪の女がキャンピングカーを降りる。疲れているらしく、まぶしすぎるほど明るく照らされたエレヴェーターをうらめしそうに見るが、結局狭い階段を選ぶ。

ふたりともうつむき、誰とも眼を合わせようとしない。化粧を厚く塗り重ねていても、深いしわの刻まれた女の顔にどこか違和感があるのは隠しきれていない。男の子はフードをかぶり、くまのプーさんのリュックサックの肩ひもをつかんでいる。ふたりともライラックと薄荷《ハッカ》と、それになんだかわからないけれどよく知っているにおいを漂わせていて、ほかの乗客たちは否が応でもそのにおいに気づき、彼らをそっと盗み見る。女は首に下げた細いチェーンの先にある楕円形の金のロケットにしきりに触れる。そのロケットと左の薬指にはまっている金の指輪のほかには装飾品は身につけていない。右手はコートのポケットに突っこんでいる。女は隣りを歩く幼い男の子を見ている。男の子の靴が床のビニールマットを踏む音がする。子供の小さな足には階段の段差はより大きく感じられる。女は愛情のこもった眼差しで男の子を見つめる。その眼は同時に悲しみもたたえている。それに恐れてもいる。この子を失うことを恐れている。この子は崖っぷちにいて、一歩踏み出したらどうなるかと恐れている。

ガラス張りのギャングウェイでは、マリアンヌとヨーランという名の男が色鮮やかな花で飾られたベニヤ板のアーチをくぐる。ちぢれた黒髪の女が彼らにカメラを向ける。ヨーランはカメラに向かって微笑む。シャッター音が聞こえ、マリアンヌはもう一枚撮ってほしいと思うが——まだ撮られる心構えができていなかった——女はもうヨーランの友人たちにカメラを向けている。一行はようやく船内にはいる。足もとにはえび茶色のカーペット。真鍮の手すりにウッドパネルと大理石調の壁。エレヴェーターのスモークガラスの扉は暖色の明かりに照らされて輝いている。清掃員たちが下船する。灰色の制服を着ていて、白人はひとりもいない。総支配人が夜のイヴェントの宣伝をしているが、マリアンヌはほとんど話を聞いていない。カラオケ・ショーのメインゲストの有名人の名前も聞いたことがない。

船内の様子に圧倒され、マリアンヌの不安はあとかたもなく消えてなくなる。期待だけが残る。どうすればたったの二十四時間で全部満喫できるというの？　彼女は今ここにいる。ヨーランが彼女の肩にまわしている腕に力がこもる。いよいよ冒険が始まる。

ダン

ダン・アペルグレンは走って走って走りつづける。が、どれだけ走ってもどこにもたどり着けない。まるでクソみたいな彼の人生そのものだ。このクルーズ船で来る日も来る日も同じ航路を行ったり来たりしているだけとあっては、よけいに始末が悪い。この世の終焉まで荒れた海を旅することを運命づけられた神話の渡し守になった気分だ。

バルティック・カリスマ号の出航を知らせる汽笛の音が聞こえる。巨大な怪物のお通りだ、道をあけろと周囲の小型船に警告しているのだ。

スタッフ専用のジムで、ダンはランニングマシンのスピードをあげる。マシンが甲高い金属音を発する。ダンの両足がすり減ったゴムベルトをさらに速く、いっそう激しく踏む。汗が噴き出し、眼にはいってしみる。独特の酸っぱいにおいがする。体内に蓄積した化学物質が肌をとおってにじみ出る。血の味がし、自分の鼓動が聞こえる。今ここで心臓発作でも起こそうものなら、とんだお笑いぐさだ。〝ユーロヴィジョン（西ヨーロッパの国際テレビ放送網）のスター、フィンランド行きの酒盛りクルーズ船で死す〟

　汗で濡れたタンクトップの上から腹を触る。四十五歳にしてはまずまずだが、皮膚とかつてはシックスパックだった筋肉のあいだに蓄積した贅肉をどうしてもつまんでしまう。さらにスピードをあげる。確かに彼は負け犬だが、見た目まで落ちぶれる必要はない。

　シューズの底がランニングマシンのゴムベルトを叩くリズムだけを聞きながら走る。今の彼にはもうイヤフォンで音楽を聞きながら走ることはできない。バルティック・カリスマ号で毎晩過ごしていると音楽の過剰摂取になる。カラオケ・バーで何時間も酔っぱらいのどんちゃん騒ぎにつきあい、拍手喝采を送り、面白がっているふりをし、今まで見たことも聞いたこともないと驚いてみせる。同じ歌、同じ人たちに新顔が加わるだけ。そんな日々を乗り切るには山ほどのコカインを摂取しなければならない。ひと仕事終えたあとは、眠りにつくために船内のクラブでしこたま飲む。いたるところに音楽がある。激しく轟《とどろ》き、耳をつんざく音の地獄が彼から魂を奪う。控え室も地獄だ。同じ楽団と同じＤＪが同じ曲を何度も何度も繰り返し演奏するのが聞こえてくる。乗客たちの望みを叶《かな》えてやれと言わんばかりに。

　こんな船なんかくそくらえ。

　彼はバルティック・カリスマ号に取り憑かれている。陸上《おか》には彼を待つものは何もない。

ゲイクラブでさえももはや彼を指名しない。居場所もなく、喜んで迎え入れてくれる友人も今ではほとんどいない。行き場を失った男はどうすればいいか？　どうやって稼げばいいのか？　ほかにできることがあるとも思えないし、かといってマクドナルドでレジを打つつもりもない。船での仕事には宿泊費と飲食代も含まれているが、それでも彼は稼いだ金をすべてつぎこんで忘れようとする。忘れるという行為は高くつく。だから、死ぬまで、あるいはこの船が廃船になるまで、ここから離れられない。果たしてどっちが先か。レースはすでに始まっている。バルティック・カリスマ号は八〇年代に生まれた哀れなおんぼろ怪獣だ。彼の耳には噂話もはいってくるし、乗組員たちがいつ仕事を失うかと常に不安を抱いているのにも気づいている。

頭がくらくらしてくる。窓のないジムの酸素をすべて使い切ってしまったかのようだ。スピードを落として歩く。滝のような汗がゴムベルトに流れ落ち、肌の熱で蒸発する。しばらくして、スウィッチを切り床に降り立つ。脚が震えている。またしても頭がくらくらし、体が床はもう動いていないという現実を受け入れようとする。

もっとも、ここでは床が動いていないことなどありえないのだが、もちろん。いつだってエンジンが響いて振動している。上陸しているときでさえ、彼の体はその振動に合わせて震えている。夜中に眼を覚まし、まだ船上にいると錯覚することもある。細胞という細胞が幻肢痛（切断されてなくなった体の部位に痛みを感じる現象）のように揺れを感じるからだ。

びしょ濡れのタンクトップはすっかり冷たくなり、肌に張りついている。ダンはボトルの水を一気に飲み、スウェットシャツを着る。足早に廊下に出て、休憩室と食堂を通り過ぎる。食堂は夕食を取る乗組員たちでにぎわっている。いつものように、きっちりグループに分かれている。まるで学校のようだ。使い古した木製のテーブルにはチェック柄のクロスが掛けられ、造花の鉢が置かれている。カウンターにはパンとハムやソーセージ、それにフルーツが並んでいる。かたわらにはケチャップとブラウンソースがはいったバスケットもある。ダンはイェニーがいるのに気づく。しまりのない体をした、ダサいダンス音楽のバンドメンバーたちと一緒にいる。イェニーは彼に気づいて眼をそらす。最初に乗船した夜の思い出したくない記憶がよみがえり、憎悪がふつふつと沸いてくる。イェニーは正しい。確かにダンは過去の人だ。が、それを言うなら彼女のほうは、売れる見こみもないのに、いつかその日が来ると信じて無駄に時間を費やしているだけの夢想家だ。自分のほうが彼よりも上だと言える根拠はどこにもない。こんなクルーズ船での仕事を受けるのは歌手としての気高さの現われだと自分を偽る理由もない。なんてひどいジョークだろう。少なくともダンは自分が何者かわかっている。

この船に乗っているものはみな、陸上《おか》にあがれば名もない人々にすぎない。それなのに、船の上では世界の覇者のような顔をしている。警備員のパールもそのひとりだ。船での制服をこよなく愛しているが、おそらく家ではそっけない妻と意地悪そうな子供たちからひどい仕打ちを受けているのが痛いほどよくわかる。船長のベルグレンとその部下たちも例外ではない。航海士には専用の食事室があり、ほかのスタッフと一緒に食事をしなくていいようになっている。もっとも、ほかの食堂と比べて立派というわけではなく、ほんものの植物こそあるものの、むしろ狭いだけの部屋だ。乗組員たちは肩章のストライプの数が示す序列に縛られている。この水上の邸宅の主《あるじ》がベルグレン船長であることは言うまでもなく、船上では王族のような扱いを受けている。とはいえ、ダンとしては、バルティック・カリスマ号のような取るに足らない国の王に尻尾を振るつもりは毛頭ない。

階段を降り、廊下に沿って進む。彼の船室はデッキ9にあり、狭いけれど窓はある。デッキ10の乗組員用の船室——イェニーの部屋もその階にある——とはちがって。

二十年まえなら船内にひとつしかないラグジュアリースイートをあてがわれていた。上層階にあるほんもののレストランの食事は無料で、同伴者も招待できた。それでもきっと断っていたにちがいない。《ハートは熱々》は各種ランキングのトップを総なめにしていた。こんな酔いどれクルーズでの仕事などまるで眼中になかっただろう。

スウェットシャツを脱ぐ。濡れたタンクトップが音を立てて床に落ちる。シューズを脱ぎ捨て、靴下も脱ぐ。素足に青いビニールの床がひんやり感じる。パンツを脱ぐと、股間から少しまえのセックスのかび臭いにおいがする。あの女はなんという名前だったか？　バルティック・カリスマ号の船内で寝た女たちはたいていアンナやマリアやマリーやリンダやペトラやオーサという名だった。が、あの娘はもっと若かった。エルサだったか？　プレスクールに通っていた頃、《ハートは熱々》が大好きだったと言っていた。そう聞いたとたん、ダンの心は乱れた。あそこがかたくなって、我慢汁まで垂らした。あの娘はその対処法まで知っていた。九〇年代生まれの女にはポルノに毒されている子も少なくない。そういう子たちはベッドを注意欠陥障害《ADD》患者のサーカスに変えてしまう。どんな体位も数分しか持ちこたえられない。押さえつけられ、髪を引っ張られ、首を絞められたいと思っている。彼女たちがほんとうに愉しんでいるのは相手の注意を引いているという感覚なのではないか。ダンはいつもそんな印象を受ける。そして二度と忘れられないようにしてやろうと思う。

　ダンは体に残ったエルサの痕跡をシャワーで洗い流す。陰毛を手入れしていると、勃《た》ちかける。あそこが大きく、重く感じる。彼がエルサの船室——友達とシェアしていると言っていたが、その友達には会わなかった——を出たあと、彼女はどんな一日を過ごしたのだろう。彼を捜して船内を歩きまわっただろうか？　あのダン・アペルグレンとのセックスがどんなだったか一部始終を友達に話して聞かせたのか？　どこに住んでいるか知らないが、もう家に着いたかもしれない。船は彼女を吐き出し、活きのいい人間たちをまた呑みこんだ。まもなくバルティック・カリスマ号の新たな一日がまた始まろうとしている。

フィリップ

レジを整頓しているあいだにコーヒーはすっかり冷めてしまった。それでも頭の中に立ちこめる濃い霧をはらってくれるのを期待して、最後の一口を飲み干す。バルティック・カリスマ号のエンジンの振動で、バーカウンターの上に吊るしてあるグラスが互いに軽くぶつかり合う。フェルネブランカを一杯やりたいという思いが頭をよぎるが、結局、布巾を手にしてカウンターを拭く。

もう八日連続で勤務している。ダンスクラブ〈カリスマ・スターライト〉で働くフィリップは疲労困憊している。体を酷使し、筋肉が引き裂かれ、消耗しきっている。いつまで体が持ちこたえられるか、もっと心配すべきなのかもしれない。停泊中に数時間仮眠をとったが、背中がひどくこわばり、感覚が麻痺していて、横になってもマットレスの感触がなかった。店は三十分後に開店する。勤務時間は朝の五時までだ。

あと数日で家に帰れる。ようやくぐっすり眠れる。時々、ベッドから出ても、テレビのまえのソファになだれこむだけで、何日も昏睡と変わらない状態で過ごすこともある。今はそんな日が天国のように思える。が、自分でもわかっている。上陸して一週間も経つと、またバルティック・カリスマ号が恋しくなる。指折り数えて次の乗船日を待ちわびるようになる。

マリソルがうしろに来て、空《から》になった彼のグラスを持ち、スタッフルームにはいっていく。フィリップは背すじを伸ばす。背骨がぽきぽきと音を立てる。バーの向こうの天井には〈カリスマ・スターライト〉という店名の由来でもある星座の形をした光が映し出されている。振り向くと、ちょうどマリソルが戻ってくる。携帯電話の画面をのぞきこんでいて、下からの光が彼女の顔をぼんやり照らしている。親指をすばやく動かして画面をタップしながら笑みを浮かべている。

フィリップは積まれた木箱に歩み寄り、バカルディ・ブリーザーを冷蔵庫に補充する。

「いつまでそうやって吐き気がしそうな恋にうつつを抜かしてるつもりだ？」とフィリップは言い、笑う。

マリソルはエプロンのポケットに携帯電話をしまい、長い黒髪をまとめてポニーテールにする。ヘアゴムをねじって留めるとパチンと音がする。

「あら、わたしたちは一年の半分は家にいられないんだから、普通の人の倍は浮かれていても許してもらえるんじゃない？」

マリソルはスウェーデンで生まれ育ったが、チリ人の両親の訛りを受け継いでいる。

「パーティに来てくれるなら許してもいい」と彼は言う。「恋人ができてから、きみはつきあいが悪くなった」

マリソルはフィリップににっこり笑ってみせる。

彼女は新しいボーイフレンドとどうやってうまくやっているのか。フィリップにはそれが不思議でしかたない。バルティック・カリスマ号で働くようになってから、彼は地上で暮らす相手とは関係を築けなくなっていた。長続きしないのだ。勤務シフトの合間に睡眠時間を削って慌ただしく会話を交わす。土産話にしようと、船内での出来事を全部覚えておこうと努力するのだが、いざ船を降りると、どれもくだらないものに思えてくる。どの話も輝きを失ってしまっている。ふたつの異なる世界をひとつにするのは困難だ。二重生活を送る乗組員も大勢いる。地上と海上でそれぞれ別の関係を持つのだ。

フィリップとマリソルはしばらく心地よい沈黙に包まれて作業する。フィリップは開店準備の日課をマリソルと一緒にできるのが愉しい。穏やかな時間ではあるが、何かとやることは多い。冷蔵庫のドアを閉め、空になった木箱を倉庫に戻す。

「恋人といえば」倉庫から出てくるとフィリップは言う。「カッレはどうしてるかな？」

「連絡はないの？」マリソルは機械的な動きでレモンを輪切りにし、カウンターの下にあるボウルに入れていく。

「ああ、まだ何も」とフィリップは答え、手を洗ってライムをいくつかつかみ、まな板にのせる。

包丁の刃が瑞々《みずみず》しい果実をスライスする音が沈黙を埋める。ワイングラスはまだぶつかり合っている。

「カッレがこの船で働いていたのは、まるで昨日のことみたいだ」と彼は言う、「時が経つのは早い。そう感じるだけかもしれないけど」

「そうね、年寄りはみんなそう言う」とマリソルは憎まれ口をたたき、とびきりの笑顔を彼に向ける。

認めるのはしゃくだが、フィリップはその笑顔にやられる。

「あと何年かすれば、きみだって四十代の仲間入りだ」

「わたしが包丁を握ってるってわかってて言ってる？」とマリソルは言い返す。「そのお友達の新しいボーイフレンドとは会ったの？」

「いや、カッレがここを辞《や》めて、進学のために南に引っ越してからは本人ともほとんど会ってない。連絡を取りつづければよかったんだろうけど……どういうことかわかるだろ」

マリソルはうなずいて理解を示す。いつか彼女のことも同じように話すことになるのかもしれないとフィリップは思う。マリソルにとって、バルティック・カリスマ号での生活はただの仕事でしかない。が、フィリップにはこの船が家であり、人生そのものだ。事実、唯一くつろげる場所はここだけだ。ほかの場所で働くなんて想像もつかない。そのこともっと心配すべきかもしれない。とりわけ、バルティック・カリスマ号の寿命はもう長くないとしきりに噂されている今は。

「その人は何になったの?」とマリソルが尋ねる。「何を勉強してたのって意味だけど?」

「庭園設計士」とフィリップは答える。「そんな感じだった。くそ、もっとちゃんと聞いておくべきだったな」

「そうね」

ピアなら知っているかもしれない。そうすればカッレに直接訊かずにすむ。フィリップはそう期待する。

マリソルが何か言いかけたとき、入口の防犯シャッターを揺する音がする。ふたりは視線を交わす。

「あなたの番よ」とマリソルは言う。

フィリップがシャッターに近づくと、乗客が開店時間を待ちきれずに侵入しようとしているのではないとわかる。ピアが紙袋を持ち、ブーツを履いた脚で体を前後に揺らしながら立っている。

「カッレからメッセージが届いた」と彼女は言う。「〈ポセイドン〉で夕食を食べるところだって」

「ちょっと待ってて」とフィリップは言い、店内に戻ってエプロンをハンガーに掛ける。「すぐにすむと思うけど、開店時間には間に合わないかもしれない」

「少しのあいだならひとりで大丈夫よ」とマリソルは答える。

フィリップがプレキシグラスのアイスバケットに氷を入れると大きな音が鳴り響く。氷の中にボトルを突っこむと、マリソルが吊るしてあるシャンパングラスをふたつ取り、彼に渡す。

マリソルは防犯シャッターの手前まで来てフィリップを見送る。シャッターはいつものように床から一メートルほどのところで動かなくなる。フィリップが悪態をつくと、ピアとマリソルが顔を見合わせて笑う。毎日こうしてこのろくでもないシャッターを押しあげるのに苦労する。フィリップが揺すったり、腰で押したり、引いたりすると、シャッターは耳をつんざくような音を立ててようやく最後まであがる。

アルビン

父さんと母さんが背にしている窓の外をストックホルム群島がゆっくり通り過ぎていく。日没まえの最後の夕日が木々の先端を明るく照らす。木々の合間から木造の別荘が見え、水辺にはあずまやがある。栈橋の先に坐ってクルーズ船が通るのを眺めるのはどんな気分だろうとアルビンは想像する。ああいう別荘は高価で、アルビンたちが住んでいるテラスハウスの十倍はすると父さんは言っていた。

幸せはお金では買えないものよ。母さんはそう言う。が、立派な家に住んでいるのに不幸な人がいるなんて、アルビンには想像できない。そこに住んでいる人が望まなければ、誰も近寄ることさえできないような島で暮らしているとしたらなおさらだ。

「仕入れ担当の連中は馬鹿ばかりだ」と父さんが言う。「やってることがめちゃくちゃだ。結局、いつもおれが尻拭いをする羽目になる。もううんざりだ」

父さんは仕事が好きだと言うけれど、話しぶりを聞いているととてもそうは思えない。

いつも問題だらけだ。しかも、問題を起こすのはほかの誰かで、父さんには責任はなく、自分以外は誰もが無能な愚か者と決めつける。

幼い頃のアルビンは父さんが一番だと信じていた。父さんはいろんな物語を聞かせてくれた。火を吐くドラゴンが大暴れしたり、大地震が起きたりして世界が危機にさらされると、父さんがどこからともなく現われて全人類を救うのだ。けれど、一番好きだったのは、ヴェトナムで孤児だったアルビンを引き取ったときの話だ。ひと目見た瞬間、この子はうちの子になる運命だと感じた、アルビンがなつくまでヴェトナムに数カ月滞在して、それからスウェーデンに連れ帰った。父さんはそう話した。父さんはなんでも知っていて、なんでもできる。幼いアルビンはそう信じていた。が、今ならわかる。父さんの口から出てくるのはどれもただの作り話でしかない。

昨日の夜はまたおばあちゃんの話をしていた。その話をする夜は特に機嫌が悪い。

〝おれは母さんのあとを追うべきなんだ。そうすれば、おまえたちは幸せになれる。そうだろ？〟太く耳障りな声だった。

〝おれが馬鹿だった、愛される資格があると思っていたなんて。

ほかに相手がいれば、おまえはとうの昔におれのもとを去っていたにちがいない。おまえもアッベもおれなんかいなくなればいいと思ってるんだ〟

アルビンは起きていた。階下《した》の部屋で父さんが歩きまわる音に聞き耳を立てていた。父さんが部屋に来るかもしれない。そのときのために心構えをしておきたかった。父さんが階段を踏む足音はことばそのものだ。音を聞けば、父さんが怒っているのか、それとも泣かずにいられないのかがわかる。言っていることは同じでも、そのどちらかによってまったくちがう。どっちにしても怖い。どちらの父さんも人の話を聞く耳を持たないどころか、理解しようとすらしない。時々、真夜中に行方をくらますこともある。これからやる、もう耐えられないと言っていなくなる。

〝これだけは言っておく。おれはもう持ちこたえられないが、おまえのせいじゃない。アッベ、絶対にそんなふうに考えてはいけない〟

カモメの群れが窓の外を通り過ぎる。嘴《くちばし》を開けたり閉じたりしているが、甲高い鳴き声は〈カリスマ・ビュッフェ〉の中までは聞こえない。聞こえるのはナイフやフォークが皿にぶつかる音と、騒々しい話し声だけだ。ルーがここにいたら、それに今でも以前のままのルーだったなら、昔の人はカモメを死んだ船乗りの魂と考えていたと話せたのに。バルト海にはいたるところに難破船が沈んでいることも、海に沈んで死んだまま見つかっていない船乗りが数え切れないくらいたくさんいることも。

ただ、ルーはまだ来ておらず、彼女抜きの食事が始まっていた。

ルーはみんなと一緒に船旅なんてしたくなかったのだ。

アルビンは皿を見つめる。ポテトグラタン、ミートボール、小さなホットドッグ、半分に切ってエビをトッピングしたゆで卵、鮭のマリネ《グラヴラクス》。腹ぺこのはずなのに食事が咽喉《のど》を通らない。考えがセメントみたいな大きな塊になって胃の中を埋め尽くし、食べものがはいる場所がない。最後にルーに会ったのは去年の夏だった。アルビンの両親とリンダおばさんがグリスレハムンに別荘を借りた。その週は毎日雨続きで、アルビンとルーは二段ベッドでずっと本を読んで過ごした。アルビンが上の段で、時々つい身を乗り出してはルーの表情をうかがっていた。ルーは感情が無意識に顔に出るので、表情を見ればどんな場面を読んでいるのか想像がついた。雨が降っていてもおかまいなしで、毎晩港まで行ってミントをトッピングしたソフトクリームを食べた。ルーはホラー映画をたくさん見ていて、夜になると中でも怖いシーンについてアルビンに話して聞かせた。ふたりして怖くなり、ルーのベッドで一緒に寝たこともあった。部屋の隅の影や窓の外で揺れる木々を見ながらずっと起きていた。そこにあるとは知らずに、うっかりカーテンの奥をのぞいてしまい、いつもの世界とはちがう別世界――底がなく、何が潜んでいても不思議ではない世界――を垣間見ているような気分だった。ただただ怖かった。恐怖心が磁石になって、なおさら怖いものを引きつけてしまうようだった。それでも、ルーと一緒にブランケットにくるまり、ふたりの体を恐怖が駆けめぐり、やがてけたたましく笑い出して止められなくなったあのときが休暇中で最高に愉しい瞬間だった。

「六年生になった感想はどう、アッベ？」とリンダおばさんは尋ね、ぎらぎら光る塩漬けのニシンを口に入れる。

「うまくやれてると思う」とアルビンは答える。

「今も成績は優秀なの？」

「クラスで一番だ」と父さんが口を挟む。「簡単すぎて退屈しないように、先生が余分に宿題を出すくらいだ」

アルビンはフォークを置いて言う。「算数以外は。算数はぼくよりできる子が大勢いる」

「算数は大嫌いだった」とリンダおばさんは言う。「だからきっと全部忘れちゃったのね。もうルーの宿題をみてあげられない」

「アッベは勉強のしかたがわかっていないだけだ」と父さんはさらに言う。「今まではその必要がなかったから」

「どの科目が一番好き？」とおばさんは尋ねる。

アルビンはリンダおばさんを見て、覚悟する。おばさんはきれいな人だ。だけど、ただ質問するだけのために、いつも同じ退屈な質問ばかりする大人だ。

「英語とスウェーデン語かな」

「そう」とおばさんは言う。「本を読むのも、物語をつくるのも大好きだったわよね。ルーもそうだった。だけど、今じゃお化粧と男の子のことしか考えてない」

アルビンの胃の中のセメントがいっそう大きくなる。

「大きくなったら何になりたいかもう決めてるの？」とおばさんは質問攻めを続ける。思ったとおりだ。

父さんが期待のこもった眼を息子に向けるが、アルビンは頑《かたく》なに口を閉ざす。

「この子はプログラマーになる。それが将来の夢だ」と父さんが言う。「少なくとも〈スポティファイ〉や〈マインクラフト〉の開発者に負けないくらい創造力がある。そうだな、アッベ？」

父さんが憎い。それは父さんの考えだ。なのに、それこそがアルビンの夢だと彼に思いこませようとする。アルビン自身は何をしたいのか、今はまだわからない。来年になって転校するのが待ちきれないこと以外は。

「すごいわ」とリンダおばさんは言う。「億万長者になっても、わたしたちのことを忘れないでね」

アルビンは努めて笑顔をつくる。

「ルーはどうなの？」と母さんが訊く。

「女優になりたいなんて言い出したの」とリンダは笑って答える。「確かにあの子の振る舞いは芝居がかっているけど。それは否定しない」

まるであらかじめ練習してきたような言い方だ。きっと同じことを言うのはこれが初めてではないのだろうとアルビンは察する。ルーがこの場にいたら、きっと嫌な顔をしただろうけど、母さんは黙ってうなずき微笑む。

「あんな恰好でほっつき歩くのを許しているなんて驚きだ」と父さんが言う。

「あんな恰好って？」

「化粧にしても、なんにしても、すっかり大人びて見える。人からどう見られるかわかったものじゃない」

母さんは決まり悪そうに父さんを見る。「ルーはかわいいわ。今の若い子にはああいうのが流行《はや》っているんでしょうね」

「あんなにませていて心配じゃないのか？」と父さんは言い、リンダおばさんをじっと見る。「あの子には大人の男が身近にいないから」

沈黙が流れる。誰も口には出さないことが重くのしかかり、アルビンは椅子に坐っているのもやっとだ。窓の外を見ると、もうだいぶ暗くなっている。

「おれが言いたいのは、世の中にはおかしなやつが大勢いるってことだ」と沈黙を破って父さんが言う。

「わざわざ忠告ありがとう」とおばさんは言い返す。「とっくに知っているけど」

母さんが咳払いして言う。「ルーはおかしな話し方をするようになったわね。エスキルストゥーナではみんなそうなのかしら？　それとも……」

「いいえ」リンダおばさんは、ルーがさっき眼をまわしたときみたいに呆れた様子で答える。「ルーと友達だけ。苛々《いらいら》するわ」

父さんが席を立つ。ビュッフェのテーブルに並ぶ注ぎ口からワインをグラスになみなみと注ぐのをアルビンは眼で追う。

「兄さんの調子はどう？」とリンダおばさんは尋ねる。

「問題ない」と母さんは答え、アルビンをちらりと見る。知られてはいけないというように。アルビンはまだ何も知らないとでもいうように。

おばさんはため息をつき、腕時計で時間を確認する。そのとき父さんが席に戻ってくる。

「ええと、ほら、ルーに電話しようと思って」とおばさんは言いつくろう。「すぐに来ないと食べる時間がなくなるわよって」

「時間を守れないのは母親譲りだな」と父さんは答える。いつものあの顔――ジョークに見せかけて、実は本気で言っているときの顔――をしている。

「ぼくが呼びにいってくる」とアルビンは言い、止める隙を与えずに席を立つ。

この場から逃げださなくては。

ダン

白く塗られた乗組員専用エリアの階段をデッキ7まで駆けおりる。窓のない、気の滅入りそうな総支配人の執務室を突っ切る。壁には古い海図が貼ってあり、棚は上から下までファイルがぎっしり詰まっている。総支配人のアンドレアスもまるで生気がない。ダンが眼のまえを通り過ぎ、乗客のいるフロアへのドアを開けても顔を上げて見ることもしない。ドアを開けたとたん、騒音と音楽が立ちふさがる。ダンはえび茶色のカーペットを見下ろし、忙しくてストレスを感じているふうを装って、案内所まで数メートル歩く。邪魔をしてくれるな。

誰かが肘を引っ張る。

「ダン・アペルグレンさんですよね？」

ダンは満面の笑みを顔に貼りつけ、ショートカットの女に向き合う。女は青と白のストライプのトップスを着ている。青と白のストライプの上着を着た年増の女はいつもそういう服装なのか、それともクルーズ船に乗っているときだけなのか。海にふさわしい雰囲気を演出しているつもりなのか?

「いかにも」とダンは愛嬌のある笑顔で答える。

「やっぱり!」と女は言う。スタンディングオベーションに値する快挙だとでも言わんばかりだ。ダンと同世代のようだが、だいぶ気合いのはいった恰好をしている。上唇には煙草をくわえているときのようなしわがあり、髪の根もとに灰色のものが混じっている。ぴったりした服を着ているので、ブラジャーの肩ひものうえに肉が乗っているのがわかる。

「夫もわたしも《ハートは熱々》が大好きでした」

「それはどうも」とダンは答える。

「あ、今は元夫ですけど。でも、あの歌は今も好きです」

ダンは愛想よく笑う。元夫はこの女を捨てたことを一瞬たりとも後悔していないだろう。

「『ユーロヴィジョン・ソング・コンテスト』で決勝に進んでもおかしくなかった」と女はさらに言う。「みんなにそう言われて耳にたこができてるでしょうけど」

「何度言われても聞き飽きることはない」とダンはウィンクしてみせる。

そうとも、と彼は思う。そう言われるたび過去の屈辱を思い出さずにいられない。勝ち上がったときでさえ、おれは敗者だったという事実を忘れることはない。

「ただ、ひとこと伝えたくて」と女は言う。

が、立ち去ろうとしない。明らかに何かを期待している。

「ありがとう」とダンは言う。「すごく嬉しいよ」

女はうなずき、ようやく免税店のほうに歩いていく。ダンが案内所に行くと、ミカは黙ってマイクを差し出す。いつもながら、苦痛でしかたないという顔をしている。ダンと同じくらいバルティック・カリスマ号を嫌っているのはこの男くらいだ。

ダンは咳払いし、マイクのスウィッチをオンにする。

「乗客のみなさん！　ダン・アペルグレンです。今夜、カラオケ・バーで大勢のみなさんとお会いできるのを愉しみにしています！」

何人かが立ち止まり、好奇の眼を向ける。アジア人の少年が携帯電話を構える。ダンはとびきりの笑顔をつくり、シャッター音が聞こえるまで笑顔を崩さない。

それからまたマイクで呼びかける。全力をあげていつもの宣伝文句を繰り返し、一文ごとに感嘆符をつけるようにして話す。「オールディーズの珠玉の名曲から最新のヒット曲までなんでもござれ！　誰もがお気に入りの一曲を見つけて歌手になれます！　もちろん、ビールもワインもカクテルも特別価格！　パーティは九時スタート！　デッキ7の船首側の一番奥にあるカラオケ・バーでお会いしましょう！」

バルティック・カリスマ号

船は十五ノットで群島のあいだをゆっくり進む。航海灯と無数の窓から漏れる明かりが暗い水面に反射してきらめいている。

操舵室《ブリッジ》内は落ち着いている。ベルグレン船長は執務室で仮眠をとっている。見張りの船員はレーダーが見落としている小型船舶がいないか、水面の波に眼を凝《こ》らす。当直の航海士は制限速度を超えないよう注意を払う。

デッキ8の厨房《ギャレー》は一日で一番忙しい時間帯を迎えている。料理人と給仕係は互いに大声で呼び合う。レンジとフライヤーはジュージューと音を立て、蒸気をあげる。食洗機がうなり、使用ずみの皿やナイフやフォークを乗せた大きなケースが通過すると食器がぶつかり合う音がする。包丁がキッツキのように小刻みなリズムでまな板を叩く。

スパでは中年の夫婦が温かい湯に浸《つ》かっている。水中で手をつなぎ、アーチ型の大きな窓の外を眺めている。スパの真下の船首デッキには、船が外洋に出るまえに小島や岩礁を見納めしておこうと乗客が集まっている。もう日は沈んでいるが、まだ真っ暗にはなっていない。

ピアとフィリップはメゾネットのスイートルームの上の階にシャンパンを入れたアイスバケットを置く。それから、ふたりでベッドの上に大きな横断幕を取り付ける。

総支配人のアンドレアスがデスクで仕事をしていると、ダン・アペルグレンがまた通り過ぎる。アンドレアスはファイルを開き、絶望した気分になる。支払いを待つ請求書がたくさんある。オーナーの意向でスタッフも削減しなければならない。

アルビンという名の少年がデッキ6の階段の下で船内案内図を見ている。赤い点が現在地を示しているとわかり、延々と連なる小さな四角に書かれた数字を順に見ていく。ものすごい数がある。あちこちに空白のスペースがあり、アルビンは未完成のジグソーパズルみたいだと思う。空白の部分には何があるのだろうと考える。端のほうまで見ていくと、ようやく〝六五一二〟と〝六五一〇〟と書かれた場所がある。左舷側の廊下を進む。案内図を見るかぎり、廊下はかなり長く続いているように見えたが、いざ歩いてみると長いどころではない。どこまでいっても終わりがなさそうだ。老婦人がふたり、走り去る少年を微笑ましく見ている。

いくつかの船室では、免税店で買ってきた品を広げて早くもパーティが始まる。室温と音量の上昇に合わせて期待も膨らむ。デッキ5の船室ではバチェラー・パーティがおこなわれる。新郎が白いヴェールをかぶり、みなで酒宴の歌を合唱する。

厚化粧をした黒髪の女にもその騒ぎが聞こえる。女は少し離れた船室で鏡に向かいパウダーをさらに塗り重ねる。胸はすかすかの肌がはためくように垂れている。黒いワンピースの上にカーディガンをはおり、ボタンを襟もとまで全部留める。いつか〝長老たち〟の仲間入りをして、永遠にこんな姿になる日を想像する。考えるだけでも恐ろしいが、もうひとつの可能性——そこまで長生きできない可能性——について考えるのも同じくらい怖い。窓の外を見る。手を温めるように両手をこすり合わせる。皮膚の下の肉体が妙な動きをする。骨や腱にしっかりつながっていないかのようだ。右手の指の二本は切断されていて、第一関節から先がない。

「もうすぐ暗くなる」女は振り向き、ダブルベッドの中で布団にくるまっている少年に向かって言う。少年は眼を合わせない。「すぐに戻ってくるわね」女はそう言うと、ライラックの香りのオイルをブラシで首のまわりに塗る。欠けていない右手の人差し指がチェーンをたどり、ロケットに触れて止まる。女は努めて笑顔を見せる。歯が黄ばんでいて、エナメル質が欠けているものもある。少年は何も答えない。女の顔から笑顔が消える。

女は下を向いて廊下に出る。両手をカーディガンのポケットに突っこみ、煌々《こうこう》と光る明かりを不安げに見て、足早に歩く。えび茶色のカーペットを靴でこするようにして、次々とドアのまえを通り過ぎる。どのドアもまるで同じで見分けがつかない。中から声が聞こえる部屋もある。若い男のグループがフットボールの応援らしきかけ声を大声で唱和する。女の笑い声。騒々しい音楽。廊下を歩きながら彼女は不安を覚える。船内でことに及ぶのは危険すぎる。それでも、実行しなければフィンランドに上陸できない。まだ魂があるとすれば骨を石に変え、肉体を埋め尽くして、魂にまで突き刺さる。疲労が骨という骨を石に変え、肉体を埋め尽くして、魂にまで突き刺さる。まだ魂があるとすればだが。

眼のまえでいきなりドアが開き、二十代の若い男たちがなだれ出てくる。彼女は咄嗟に近くのドアのほうを向き、カードキーを捜すふりをしてポケットをまさぐる。男たちがいなくなると、また廊下を進む。そっとにおいを嗅ぐと、狭い廊下に男たちのありとあらゆるにおいが充満している。安物のアフターシェーブローション、シャワーを浴びたあとの火照《ほて》った肌、濡れた髪、ビール、タール味のタブレット、磨いたばかりの歯。だが、一番強烈なのは彼らの体が発するにおい——期待と興奮のにおいだ。気持ちが高揚して脈が速くなり、表面に染み出してくるのだ。においはあまりに強烈で、味まで感じられそうだ。彼女は自制心を保とうとする。

中央の階段に続く通路に出る。ここには乗客が大勢いる。彼女は下を向いてカーペットを見つめたまま、人の流れに身を任せて階段をあがる。集中し、鼻孔をくすぐる何百というつくりもののにおいに気をとられないように努める。つくりもののにおいの下から汗と血とホルモンと尿のにおいがする。誰かの皮膚に付着した、乾いた精液の金属的なにおい。頭皮の脂。彼女は飢えて、ますます渇望する。疑念が追いやられる。

彼女の息子はベッドを出て、船室のドアから外をのぞく。眼をすがめて廊下をじっと見る。明かりが少年の顔を照らす。干からびて、紙のようにしわだらけの顔を。少年は思う。あの人が戻ってくるまであとどのくらいかかるだろう。

　背後でいきなり大きな音がしてドアが開いたので、アルビンは驚いて振り向く。両親と同世代のカップルがなだれ落ちるようにして部屋から出てくる。女は男に寄りかかり、男がドアの鍵をかける。男のシャツには左右の肩甲骨のあいだに汗のあとがひとすじ見える。「きっとすごいビュッフェが待ってる」と男は大声で言う。すぐそばにいるのに、遠く離れた相手に向かって話しているみたいだ。「この日を心待ちにしてたんだ、それこそ一週間もまえから。わかるだろ？」

　女は黙ったままうなずく。瞼《まぶた》が重そうだ。アルビンはルーが持っていた人形のことを思い出す。仰向けに寝かせると眼を閉じるはずなのに、ちょうど眼の真ん中あたりで瞼が止まってしまって、起きているようにも寝ているようにも見えなかった。

　ふたりともアルビンには気づかず、彼がさっき来た方向に歩いていく。アルビンは通路をさらに進む。案内図の空白の部分に何があるのかは結局わからない。横に伸びる通路に面したドアが開き、きらびやかなドレスを着た痩せっぽちの女がふたり出てくる。ふたりとも面長で、薄い唇に濃い赤の口紅を塗っているせいで、顔を横に引き裂かれたみたいに見える。

「今夜はとっても愉しい夜になりそうね、ママ」とひとりが言う。「きっと最高の夜になるわ！」

「気をつけて、坊や。わたしたちのお出ましよ！」

ふたりの耳障りな笑い声が廊下に響くのをアルビンは背中で感じる。

通路の突きあたりまで来て、アルビンはようやく六五一〇号室のドアを見つける。そっとノックする。応答を待っていると、床が振動し、ほかのドアが開いて閉じる。もう一度ノックする。

「あたしにストレスを与えるのが最高に上手ね！」と室内からルーが怒鳴り、ドアが勢いよく開く。

ルーは髪をアップにしていて、さっきとはまたちがう顔に変身している。肌はなにものも突き通せないプラスティックのようだ。唇はきらきらと輝き、瞼《まぶた》はまばゆく光っている。そこにいるのがアルビンだとわかり、ほっとしたようだ。ルーは室内に戻る。アルビンも少しためらってから彼女について室内にはいる。

「ダン・アペルグレンを見た」とアルビンは言い、携帯電話を掲げてみせる。「写真を撮っておいた」

「すごい」とルーは振り返りもせずに言う。「世界一のエンターテイナーといえば、ダン・アペルグレンだよね」

アルビンは何も答えない。言わなければよかったと後悔する。ルーはダブルベッドの隣りで四つん這いになる。香水のにおいが部屋じゅうに漂い、洋服と化粧ポーチがベッドの上に散乱している。小さなデスクには化粧品とアクセサリーが散らばっている。丸みのある大きなブラシとドライヤーが床に放り投げてある。ドライヤーはまだコンセントにつながったままだ。女の子らしさが津波となって部屋を襲い、そこらじゅうに爪痕《つめあと》を残したような有様だ。

「みんなかんかんに怒ってる？　いつになったら来るんだって」

「急がないと食べる時間がなくなっちゃうよ」とアルビンは言って、ベッドの端にちょこんと坐る。

「それはイタい」とルーは言い、体を起こしてあぐらをかく。「あそこで食中毒になるのをずっと愉しみにしてたのに」

ルーはミニサイズのウォッカのボトルを取り出す。アルビンも知っている銘柄だ。もしこれが一般的なサイズだとしたら、ルーは巨人ってことになる。ルーは蓋を開け、きらきら輝く唇をボトルの口につけてウォッカを飲む。オエッとえずき、眼を潤《うる》ませるが、笑ってボトルを彼に差し出す。

「飲む？」とルーは訊き、アルビンが首を振ると歯を見せて笑う。「まだほかにもあるから、気が変わったら教えて」

「リンダおばさんに見つかったらどうするの？」

「お掃除の人が今頃これを探してるかもねって言う」ルーはそう言って立ち上がる。

「お酒は絶対に飲まないって言ってたじゃないか」

ルーはアルビンを見る。哀れみとも思えるような表情をしている。「あの頃は、確か、十歳だった」とルーは言う。「あんたは今も十歳みたいだけど」

「そんなことない」とアルビンは言い返すものの、子供っぽく聞こえる。黙っているほうがいい。こんなふうに変わってしまったルーとどう話せばいいかわからない。そもそもほんとうにルーなのかどうかもわからない。「どうやって手に入れたの？」とアルビンは尋ねる。

「遅れた理由はそれよ。免税店はついさっきまで閉まっていたから」

「だけど、子供はアルコールを買えない」そう言ってからすぐに気づいた。万引きしたのだ。

ルーはウォッカを飲み干し、空《から》になったボトルをベッドの下に転がす。「ご忠告ありがとう」そう言って、上着のポケットからガムを出し、口に入れる。「さて、そろそろ行かなきゃね」

マッデ

温かく湿った霧が果実のような甘い香りを漂わせて狭いバスルームに立ちこめる。彼女は髪を洗い、全身を泡で包み、顔をこする。熱いシャワーの下に立ち、湯が肩から背中を流れるにまかせて、つまらない日常、いわば〝現実〟を洗い流す。足もとの排水口を見て、吸いこまれていく水がバルト海に放出される様子を想像する。

ターミナルでほどよい量の酒を飲んだ。このあと親友とビュッフェで食事をし、それからダンスフロアに繰り出し、それから……その先がどうなるかなんて誰にわかる？　クルーズ船の旅ではどんなことだって起こりえる。望みどおりの人間になれる。というより、ほんとうの自分になれると言ったほうがいいかもしれないが。

明日は休暇を取っている。同僚たちが地下鉄でシスタに向かう頃、彼女とザンドラの朝はシャンパン付きの朝食で始まる。

すぐにいくらでも休めるようになる。おそらく長期休暇になるだろう。が、今夜はそのことは一切考えない。首をかしげ、なんとも残念そうな顔をした上司のことも。その上司が事務員をリストラする見返りに高額のボーナスを得るであろうことも、何もかも知らないふりをして過ごす。

旅行をキャンセルしなくて正解だった。これこそ彼女が今まさに求めていることだ。

「中で死んでるんじゃないでしょうね？」とドアの外からザンドラの声がする。「部屋じゅうが温室みたいになってる」

「あとちょっと！」

マッデは渋々栓《しぶしぶ》をひねってシャワーを止め、白いカーテンを開ける。タオルをターバンのように髪に巻く。シンクの上の鏡を拭く。が、上気した自分の顔がほんの少し見えただけで、鏡はまたすぐに曇る。

もう一枚のタオルで――見事なまでにごわごわだ――体を拭く。ドアの向こうから《リヴィン・オン・ア・プレイヤー》のイントロが聞こえてくる。マッデは笑みを浮かべ、タオルを床に放る。ふたりでこの曲を何度聞いただろう？　マッデが初めて買ったアルバムに収録されていた曲だ。あの頃はボーデンのソルガタンに住んでいた。四年生になったばかりで、ちょうどメークをしだした頃だ。ザンドラはまだサンドラだった。ふたりともボン・ジョヴィが大好きだったが、当時は大草原《プレイリー》での暮らしの歌だと思っていた。

ザンドラがノックもせずにドアを開け、ものすごくアルコール度数の高いビールのボトルをマッデに渡す。「さっきのイタリア人の四人組にまた会った」とザンドラは言う。

「免税店で。うってつけね。ちっちゃすぎるのが玉にきずだけど」

「ちっちゃすぎるなら、まとめてつかんじゃえばいい」とマッデは言い、ビールをぐいっと飲む。ターミナルで甘ったるいイチゴのカクテルを飲んだあとなので、すごく苦くて、すぐに酔いがまわってしまいそうだ。

「大事なところがちっちゃすぎなければね」とザンドラは答え、自分のボトルを掲げる。

「年増のふしだらな女に乾杯」

「歯なしのみだらな女に乾杯」

ボトル同士がぶつかり、マッデはさらにビールを飲む。

「なんだか、もう酔っちゃったみたい」とザンドラは言い、ドアの柱にもたれる。

「だったらペースを落として。夜は長いんだから」

「もちろん。心配しないで。そこまで歳じゃない」

「そうだけど、時々どうなっちゃうかわかってるでしょ」とマッデは言い、脇の下にデオドラントを塗る。「お愉しみはあとまで取っておかなくちゃ」

「そうね、ママ」とザンドラはいたずらっぽい笑みを浮かべる。

「ちょっと、今夜はとことん愉しまないといけないのよ。でなきゃどうにかなっちゃう」

「愉しくなるに決まってる。今だってもう愉しい、でしょ？」

マッデは全身にボディローションを塗る。金箔がはいっているので、肌がほんのり輝く。ザンドラが部屋に戻り、マッデは鏡に向き直る。鏡の中に自分の姿がゆっくり現われる。霧の中から幽霊が出てくるみたいに。もっとビールを飲む。ボトルがごぼごぼと音を立てるのがたまらない。

ドライヤーの騒音にかき消されて音楽が聞こえなくなってもマッデはまだ歌っている。狭いバスルームにコンディショナーと温められた髪のにおいが充満する。ブロンドの髪をカールさせてスプレーで整え、さらに金糸に見えるようになるまでゴールドのカラースプレーを重ねる。手早く化粧をすませ、アイシャドウを塗り終えるとビールを飲み干す。シャワーを浴びたばかりなのにもう汗ばんでいる。

「一服したいんだけど」とザンドラが呼ばわる。

「あたしも」とマッデは答える。「すぐ終わるから」

「早くして。壁と睨《にら》めっこしてるだけじゃ気が変になりそう」

窓のない部屋を予約したのはほかならぬザンドラなのだが、マッデはその点は突っこまないことにする。ふたりの船室はデッキ9の中央通路の奥まった場所にある。ほかの靴箱に挟まれた小さな靴箱みたいな部屋だ。どうせ部屋には寝に帰るだけだからとザンドラは言っていた。もし寝る時間があればだが。マッデとしても、今後はもっと節約を心がけなければいけない。ただ、今夜だけはそのことは忘れるつもりだ。

「そんなに我慢できないなら、先に行ってて」とマッデは言い、鏡に映る顔を念入りに確認する。

どこもかしこもきらめき、輝きを放っている。まもなく職を失う事務員にはまったく見えない。

バスルームを出て、マッデは吹き出す。デスクの脇の鏡をザンドラがプラスティックの造花で飾りつけていた。ひとつひとつの花の中にライトが埋めこまれている。

「いい感じじゃない」とマッデは言う。

ザンドラはテレビをつけ、〈クラブ・カリスマ〉のダンスフロアのライヴ映像にチャンネルを合わせる。まだ誰もいない。が、それもあとわずかのあいだだ。マッデの胸に期待がこみ上げる。

「ほら」とザンドラは言い、ミントゥ（フィンランドのミント風味のリキュール）をマッデに渡す。

さわやかなミントの香りがマッデの鼻孔を満たす。

「今日という夜に乾杯」とザンドラは厳かな口調で言う。「どうにでもなりますように！」

「どうにでも！」とマッデも唱和し、酒を飲む。

船はつつがなく進んでいる。

マッデはスーツケースの隣りにしゃがみこみ、中をかきまわして、丈の短い黒のワンピースを取り出す。ほぼ透けていて、服を着ているのかどうかもわからないような代物だ。ワンピースを着て、ゴールドのフープ型のイヤリングをつける。眼のまえが曇るくらい香水を噴霧し、その霧の中でくるりとまわって全身に香りをまとわせる。ザンドラはわざとらしく咳きこむ。

「どう？」とマッデは尋ねる。

「デブだけどイケてる」とザンドラは答え、スピーカーにつないでいた携帯電話をはずす。

「あたしもそうだけど。じゃ、行こう」

マッデは最低限の化粧品をバッグに詰める。ザンドラはフェザーのショールを首に巻き、ブラジャーの中に手を突っこんで胸の位置を直す。廊下に出て、ドアに鍵をかけようとするがなかなかうまくいかない。大きな音を立てて勢いよくドアを閉めると、ようやく鍵がかかる。近くの部屋からちょうど出てきた老人がその様子を面白がって見ている。視線がふたりの頭から爪先まで行ったり来たりする。

「服を着るのを忘れたのかい、お嬢さんたち？」と男は笑って言う。

「いいえ」とマッデは答える。「脱ぐのを忘れたの」

ザンドラは声をあげて笑い、マッデの手を取る。

マリアンヌ

デッキ8に着くと広々としたホールに出る。ホールの左側は床から天井まで窓になっている。控えめな暖色のライトが行き交う人々の姿を引き立てる。若いカップルが手をつなぎ、自分たちだけの世界に浸《ひた》りながら通り過ぎる。彼女と同世代の女たちが大声で笑いあっている。マリアンヌは先を急ぐ。〈ポセイドン〉――テーブルに白いテーブルクロスが掛けられたレストラン――のまえを通り過ぎ、カフェとパブも素通りして振り返る。ホールの突きあたり、ちょうど今のぼってきた階段の隣りに目あての場所がある。〈カリスマ・ビュッフェ〉のスモークガラスの大きな扉が開いている。が、ヨーランの姿はない。入口の外で待っていると言っていなかった？

マリアンヌは窓ぎわに立って待つ。黄昏《たそがれ》が死にゆく一日の最後の一口を吸い尽くそうとしている。窓の外を眺めるふりをしながら、ガラスに映る幽霊のような自分の姿をじっと見る。ワインを飲みたくてたまらない。指で髪を梳《と》き、さりげなく手首のにおいを嗅ぐ。

部屋を出るまえに香水をつけすぎただろうか？

背後を人々が通り過ぎる。ガラスに映るその姿を観察する。誰もが何が欲しいか、どこに行きたいかをちゃんとわかっているようだ。彼女は何もわからない。

もう一度指で髪を梳く。ふと、妙な違和感におそわれる。背中に蟻が入りこんだような感覚。誰かに見られているのに気づき、そっと左右を見る。ヨーランはいない。それなのに、どこかで誰かが見ているという感覚が確信に変わる。〈ポセイドン〉の中からピアノの演奏が漏れ聞こえてくる。パブからはかすかにアイルランドのロックミュージックが流れてくる。

ホールのさらに先のほうでは、年老いたみすぼらしい男がふたり、大画面を備えたゲーム機のまえに陣取っている。そのさらに向こうに小さなブースがあり、乗船口で乗客たちの写真を撮っていた女がいる。パブの中をのぞくと気が滅入りそうなほど暗い。バーのうしろの鏡にシャムロックが飾られている。湿ったパンのような味のするあの黒ビールの宣伝だ。緑色のネオンによればパブの店名は〈マクカリスマ〉らしい。客は大半が男だが、そこにもヨーランはいない。奥の席に唯一の女性客がいる。艶《つや》のない黒髪の女で、カーディガンをしっかりはおり、寒そうにしている。暗くても、厚化粧の下にしわが刻まれているのがわかる。眼は完全に陰に隠れている。テーブルには手つかずのビールのグラスが置かれている。

肌の下の蟻が何倍にも増えて背中から頭にまで這い上がってくる。自分を見ているのはパブにいるあの女だと急に確信する。

女の顔はどこか妙だ。何かがおかしい。普通の顔とは思えない。

光の加減のせいかもしれない。マリアンヌは自分にそう言い聞かせる。女のひどいメークを見て、昔の映画に出演していたベティ・デイヴィスを思い出す（ベティ・デイヴィスは『何がジェーンに起こったか？』であえて醜悪なメークを施し、役柄を作りあげたと言われている）。それにしても、あの人はどうしてほかの誰でもなくわたしを見ているのかしら？

抱っこひもで赤ん坊をまえに抱いている男がふたり、彼女のまえを通り過ぎる。マリアンヌは赤ん坊のふっくらした頬と元気のいい脚とまだ歯のない幸せそうな口を見る。

「ここにいたんだね！　ミントの香りのスイートハート」

ヨーランが駆け寄ってくる。そうするのが自然と言わんばかりの仕種で彼女の腕を取り、ビュッフェのレストランに誘《いざな》う。マリアンヌはもう一度〈マクカリスマ〉のほうを見る。例の女はテーブルを見つめていて、髪に隠れて顔は見えない。今は、ひとりきりでどこか寂《さび》しげな女に見える。自分とはちがって。

ヨーランの友人たちが〈カリスマ・ビュッフェ〉の外で待っている。ガラスのドアの内側に受付台があり、店員の男が営業スマイルを浮かべて、ステンシルの座席表で彼らの席を示す。

「お腹はすいてる?」店内にはいるとヨーランが尋ねる。

話し声とフォークやナイフが立てる音が壁のように立ちはだかり、マリアンヌは圧倒される。今にも原子に分解されて消えてなくなってしまいそうな気分になる。ヨーランに返事をしなければと思う。温かい料理のにおいが鼻孔を満たす。黙ったままうなずく。ビュッフェのテーブルが見える。さまざまな料理がずらりと並んでいる。

「すごい」と思わず大声で言う。「何から食べればいいの?」

驚いている彼女を見て、ヨーランは満足げに笑う。彼の顔を見て、マリアンヌは思いもよらず、おかしな思いにとらわれる。この船旅が終わる頃には、わたしはきっと恋をしている。

カッレ

〈ポセイドン〉ではフランク・シナトラのヒット曲のピアノ演奏が控えめに流れている。客はまだ少なく、夜の早い時間ということもあって、みな静かに話をしている。

カッレとヴィンセントは白いテーブルクロスの上に置かれたシーフードの大皿を見て顔を見合わせる。光り輝く氷の上にロブスター、アカザエビ、ザリガニ、生のクルマエビ、燻製のクルマエビ、アサリ、カニのハサミが山のように盛られている。

「どうぞ召し上がれ」ジェルで毛先を逆立て、四方八方に散らした給仕係が言う。

「ちょっと気味が悪いな」給仕係が去ってまたふたりきりになると、ヴィンセントが感想を述べる。

「だから言っただろ」カッレはそう言ってシャンパングラスを掲げる。「乾杯」

「ああ」とヴィンセントは答える。「きみの人生の一部をようやく知れたことに乾杯」

ふたりはシャンパンに口をつける。カッレは緊張のあまりシャンパンが咽喉《のど》を通らない。

手を見るが、意外にも震えていない。

着替えているあいだ、パニックに陥りそうだった。今夜のディナーのために用意してきた服を見つめた。どう転ぶにしろ、ふたりにとって忘れられない夜になることはまちがいない。できるだけいい恰好でヴィンセントの記憶に刻まれたかった。白いTシャツに黒いジャケットをはおり、ドクターマーチンの濃い赤色の靴を履いた。

「で、ここに帰ってきた感想は？」とヴィンセントが尋ねる。「変わってない？」

カッレはうなずく。ちっとも変わっていない。船内に足を踏み入れたとたん、いつもどういうわけかこの船にまとわりついているにおい――二日酔いと古いビールの甘ったるくむっとするようなにおいやカーペット洗剤の酸っぱいにおい――がした。一気に八年まえにさかのぼった気分だった。ただ、よみがえったのはバルティック・カリスマ号の思い出だけではなかった。あの頃の自分がどんなだったかも思い出した。それは予想外だった。この船で旅行しようと考えたのは名案ではなかったかもしれない。ふと、そんな思いが胸をよぎる。

「まえよりもっとくたびれているけど」とカッレは続ける。「それに客も少ない。最近じゃ業界の競争についていけてないんだろうな。新しい船のほうがずっと大きいし、見栄えもいいから」それとなく話してはいるが、あちこちがたがきているバルティック・カリスマ号の姿を見るのは忍びなかった。当時とはちがう新鮮な眼で見ているから、ほんとうの姿が見えているだけかもしれないが。

「だけど、ぼくたちのスイートルームはすごくきれいだよ」とヴィンセントは笑顔で言う。「ほとんど使われてないからね」とカッレは答える。「たったひと晩のクルーズ旅行のために高い料金を払って、贅沢な部屋で過ごしたいなんて人はあんまりいないんだよ」

「いくらするんだ?」

「わからない。フィリップが安く手配してくれたから」

今頃、フィリップはピアと一緒におれたちのスイートルームにいるはずだ。

ヴィンセントがカニのハサミを取り、殻を割る。

「食べないのか?」とヴィンセントは言い、カニの身をアイオリソースにつけて口に入れる。

「ああ、まあ」とカッレは答える。不安でとても食べられそうにないが、できるだけ悟られないように気をつける。「あんまりお腹がすいてないんだ」

「全部ひとりでは食べられないよ」とヴィンセントは言う。

カッレはクルマエビを取り、ぎこちない手つきで殻を剝く。ゴムみたいな味がする。ひたすら嚙むことに意識を集中させる。

「景色がきれいだ。この世のものとは思えないくらい」とヴィンセントは言う。「あとで外に出てよく見ておかなきゃ」

　青く暗い闇に小島が濃い影となって見える。ところどころ木々の隙間から光が漏れている。カッレは小声で同意を示しながらヴィンセントの横顔を見つめる。わずかにこぶのある鼻、黒い髪、スーパーヒーローのような逞しい顎。口ひげを生やしているせいで、唇の真ん中が盛り上がっているのがいっそう目立つ。青い瞳は水のように光の加減で色が変わる。生き生きとした表情をしている。幾度となくヴィンセントの顔を見つめてきたが、そのたびに初めて見るような気分になるのはどうしてだろう?

「こうして見ていると、バルト海がすごく汚染されているとは信じられない」とヴィンセントは言う。

「ああ」とカッレは同意し、皿に盛られたシーフードを見つめる。どれも窓の外の海で捕れたものではない。「ポセイドンが実在したとしても、とっくにどこか別の場所に行ってしまっただろうな」

　ヴィンセントは笑い、大皿からクルマエビを取って殻を剝く。

　ふたりの初めてのデートは五年まえだった。自分はヴィンセントにはふさわしくない、こんな幸運に恵まれていいはずがないという思いにとらわれずにすむようになるまで長い時間がかかった。新しいアパートメントの部屋にも慣れてきたが、朝、天井まで白い壁が続く寝室で目覚めると、どうしてこうなったのかと不思議に思わずにいられない。時々、ヴィンセントと一緒に暮らしているのがまだ信じられない。

今、カッレはさらなる幸福を手に入れようとしている。

「どこをさまよってた？」とヴィンセントが訊く。

カッレは首を振って言う。「この船に戻ってきたのがなんだか妙な気分なだけだ」

警備員の制服を着た女が彼らのテーブルに近づいてくる。以前と同じように黒髪をきっちりまとめておだんごに結っているが、根もとに灰色のものが交じり、そのせいで髪が薄くなったように見える。最後に会ったときより、いくつかサイズの大きな制服を着ている。笑顔を浮かべているが、疲れているように見える。

「カッレ！」と女が声をかける。「今夜の乗客にあなたがいるかもしれないって聞いてはいたけど。会えて嬉しい！」

声は変わっていない。しゃがれているが、温かみのある、笑い声のような声。酔っぱらいや騒がしい乗客たちがたちまちおとなしくなる魔法の声。必要とあらば容赦しないという厳格さをにじませることもできる声だ。彼女とひたすら話をしながら、何度プロムナードデッキを散歩したことだろう？

「やあ、きみか」とカッレは言って立ち上がる。「変わらないね」

「相変わらず嘘が下手ね」と彼女は答え、やさしくハグする。「それにしても、ずいぶんハンサムになったわね！」ピアは一歩下がってカッレを上から下までじっくり観察し、彼の剃り上げた頭を撫でて笑う。「成功者って感じですてきよ」と彼女は続ける。「それにひげも似合ってる」

「彼はヴィンセント」とカッレは言う。「おれのボーイフレンド」

ヴィンセントも立ち、ピアと握手を交わす。互いに興味津々で相手を見る。

「いい色ね」ピアはヴィンセントの腕に彫られたタトゥーを示して言う。日本の伝統的なデザインにスウェーデンらしいモチーフを取り入れた模様で、クラウドベリーとヘラジカ、それに鮭ではなく鯉が描かれている。

「お会いできて光栄です」とヴィンセントは言い、また坐る。「カッレはどんな人だったのかな？　ええと、八年まえだっけ」

「落ちぶれてた」とカッレはまえのめりに言い、必要以上に笑顔をつくる。

「そこまでひどくはなかった。辞《や》めてなければ、店長になってたでしょうね」ピアはどこか誇らしげだ。

「ピアはこの船の警備員なんだ」とカッレはヴィンセントに説明する。

「制服を見ればわかるよ」とヴィンセントは笑顔で答える。「愉しい仕事なんだろうね？」

「そうね」とピアは答える。「どういうわけかずっと続けてる。一緒に働く同僚たちが好きだからかも。少なくともほとんどの同僚はって意味よ。航行中はいつも二百人近いスタッフがいるから」

ヴィンセントは低く口笛を吹く。

「だけど、乗客には苛々《いらいら》させられることもある」とピアは続ける。「大人向けの大きな遊園地で働いているのかと思うこともある」

ヴィンセントは笑って言う。「意外にも穏やかそうに見えるけど。この手のクルーズには悪評がつきものなのに」

「夜遅い時間になればわかるわ」とピアは言い、カッレをちらっと見る。「今夜は穏やかな夜になりそうだけど。ほぼ半々だから」

「半々って？」とヴィンセントは訊く。「何が半々なんだい？」

「普通は男のほうが多すぎて数が釣り合わない」とカッレが説明する。「そのせいで喧嘩がたくさん起きる」

「そういうこと。相手を見つけられなかった人は、ほかにすることがない」とピアは言い、カッレの肩に手を置く。「ところで、最近はどうしてるの?」

カッレはピアを見て、その役者ぶりに驚く。が、すぐにほんとうに知らないのだと思い直す。電話では詳しい話はしなかった。ヴィンセントのことと、この船でやりたいことを話しただけだった。

「庭園設計士として働いてる」とカッレは答える。

そう名乗ることに戸惑いを覚える。いまだに慣れない。毎朝、スカンストゥルにある華やかな事務所に出勤するたびに騙されているのではないかと思う。

「花を植えたりとか、そういうこと?」とピアは尋ねる。

「ちょっとちがう」とカッレは言う。「仕事はいわゆる建築士と同じだ。設計するのは建物じゃないってだけで」

どこか嫌みに聞こえる。今では自分のほうが立派だと思っているように聞こえただろうか?

「ふうん」とピアはゆっくり言う。

「庭園設計士は」とカッレは続ける。「公園のどこに木を植えるかってことから、街のどこに広場を造るかってことまで、景観に関わることを全部考える」

「そんな仕事をする人がいるなんて考えたこともなかった」とピアは言う。

「まあ、普通はそうだろうね。みんな知らないだけなんだ」とカッレは答える。「いい仕事をすればするほど、誰にも気づかれない。そういう仕事だ」

カッレはもどかしさを覚え、こんな話をする意味があるだろうかと考える。

「すごいわね」とピアは言う。「あなたはきっと何かを成し遂げられる人だってずっと思ってた」

「そっちは？　最近はどう？」カッレはそう言って話題を変えようとする。「子供たちも大きくなっただろうね」

「二十歳と二十一歳」とピアは答える。

カッレは信じられないというように首を振る。オーランド諸島にあるピアの家に何日か泊まったときに子供たちにも会ったことがある。ふたりとも思春期の真っ只中で、ドアを叩きつけるように閉めたり、床を踏みならしたり、狂ったように叫んだりしていた。それこそ『エクソシスト』をお粗末にしたヴァージョンを見ているようだった。それに、当時ピアは離婚したばかりだった。それでも、彼の悩みを聞けるだけの余力があった。そう、あの頃はまだ彼も若かったのだ。

「船旅のあいだはどうやって過ごすの？」とピアは尋ねる。

「今夜は船内を案内してもらおうと思ってる」とヴィンセントは答える。「明日は、カッレがスパのマッサージを予約してくれてる」

「いいわね」とピアは言い、カッレのほうを向く。「だけど、ヴィンセントを特別なガイドツアーに招待したいなら、食事のあと、操舵室《ブリッジ》を見学したらどう？」

ピアはいかにもたったいま思いついたように、自然な流れで提案する。カッレは賞賛の眼差しで彼女を見る。

「中に入れてもらえるかな？」とカッレは訊く。

「もちろんよ。今夜はベルグレン船長が当直だから。船長のことは知ってるでしょ？」とピアは答え、それからヴィンセントに向かって言う。「九・一一の事件があってから外部の人間ははいれないことになったんだけど、あなたたちなら船長も特別に見学させてくれると思う」

「それはすばらしい」とヴィンセントは言う。「お邪魔にならなければ」

「きっと大丈夫」とピアは請け合う。「食事が終わる頃、迎えに来るわね。その時間なら、休憩を取れるから」

「ありがとう」とカッレは言う。

「どういたしまして」とピアは言い、ウィンクしてみせる。「そうそう、フィリップがよろしく伝えてくれって言ってた」

ピアがいなくなると、カッレはシャンパンを飲み干す。ヴィンセントはふたりのグラスにシャンパンを注ぐ。

「すてきな人だね」

「ああ」とカッレは答える。「彼女が勇気をくれたおかげで、ここを辞めて進学する決心がついた」それで、彼女の人生から消えることで感謝の気持ちを表わした、とカッレは胸につぶやく。

「落ちぶれてたってどういうこと?」ヴィンセントはアカザエビをつまみながら訊く。

「パーティ三昧《ざんまい》の日々を送ってたとか?」

「控えめに言えばそういうことだ。毎晩、仕事が終わると飲んだくれてた」

翌朝、血中アルコール濃度が基準値を超えてしまう日もあった。呼気検知機での検査を担当していた看護師のライリとしては残念ながら上層部に報告せざるをえなかった。カッレは呼び出され、ベルグレン船長と総支配人との面談で、これが最後のチャンスだと通告された。もう飲まないと約束したが、その約束が守られなかったのは言うまでもない。

「それだけじゃなかった」とカッレは言った。「どう説明すればいいかわからない」

「とにかく話してみて。知りたいんだ」

「そうだな、船での仕事は一時的なものだと思ってた。だけど、どんどん時が過ぎていった。なんていうか……当時の若さでは考えられないくらい稼ぎがよかった。追加手当てなんかも含めると、ひと月二万五千クローナくらいあった。それとは別にチップももらえた。だけど、酒を飲むほかは使い道がなかった。おまけに船内では割引価格で飲めた。乗組員配給っていうのがあって、ただ同然で飲み食いできる。バーに行けば、店員のフィリップがただで飲ませてくれてた」カッレはそこでひと呼吸置いて考える。どんな生活だったか、どうやって説明すればいいのか？「泡の中みたいに閉ざされた異様な世界で、しばらくすると、泡の外の世界が現実ではないような気がしてくる」

「戻りたいとは思わないのか？」とヴィンセントは訊く。

カッレはその問いかけについて思案する。ロブスターの尾から身をはがして時間を稼ぐ。船で働いていた頃が一番いいときだった。ピアとフィリップはそれまでにはいなかった大親友だった。それでも、手遅れになるまえに行動を起こさなければいけないことはわかっていた。ただ、そのやり方がわからなかった。

それにどうにも耐えられないこともあった。船を降り、普通の世界に戻ったあとで気づいたのだが、そのことにすっかり慣れきってしまっていた。船上にはびこる極端なまでの男性的な文化に。フィンランド人は、スウェーデン人はみんなゲイだと豪語する。スウェーデン人はあらゆる手を駆使して、悪いのはフィンランド人だと証明しようとする。無邪気な人種主義。たとえば、船内の店のマネージャーが、意味ありげな顔でこんなことを言う。今日はギャングウェイがやたらと〝黒く〟見えるな。香水売り場を担当しているリルがはばからずに不満を漏らすこともある。アフリカ人は体臭がちがうから、似合う香水を見つけるのがむずかしくて困るわ。アラブ人はケチだから、キャンプ用のコンロを船室に持ちこんでレストランで食事をしないという根強い偏見もある。カッレはそんな偏見を聞き流していた自分が許せない。アラブ人が室内にキャンプ用のコンロを持ちこむのを誰が実際に見たのかと強く反論しなかった自分が。ただ、当時はまだ若く、そんな勇気はなかった。

代わりに〝陽気なゲイ〟を演じる方法を採った。誰かに打ちのめされるまえに、機を捉えてはゲイならではの安っぽいジョークで得点を稼ぎ、マッチョな男たちにとって無害そのものの存在に徹した。女たちの話に指を鳴らし、意地悪を言うゲイの友達役を演じた。簡単なことだった。あまりに簡単すぎて、最後には自分はほんとうは誰なのかわからなくなっていた。彼のちがう側面を知っていたのはピアとフィリップだけだった。

加えて、船上での生活が長くなるにつれ、彼自身も冷ややかな眼で乗客を見るようになっていた。大勢の酔っぱらいの姿を眼にし、毎日毎日もっとも原始的な状態の人たちと過ごす。とりわけ最悪だったのは、クルーズ旅行をサファリに喩えた皮肉なジョークだった。

どこにでもいそうな酔った乗客を指差しては、展示動物を見ているみたいだと言って笑うのだ。

　このままここにいたら、人間らしい心を失ってしまう。

　ピアが再会を心から喜んでいるのを見て、口に入れたロブスターがまずく感じた。どうして彼女と連絡を取らなくなってしまったのだろう？

　最初はアルナープの大学で何年か勉強を続けた。それはまた新たな泡の中での生活だった。何度もストックホルムを訪れてはいたが、ただヴィンセントに会いたい一心だった。遠距離恋愛を続けるのは容易ではない。彼らの場合も例外ではなかった。その後、カッレは就職し——これも新しい泡の中の世界だ——ピアやフィリップのことを忘れるのは苦ではなくなっていた。ただ一緒に働いていただけだと自分に言い聞かせた。仕事とパーティの仲間でしかなかったと。

　ヴィンセントが答を待っている。果たして自分は彼らに会えなくてさみしいと思っているのか？

「フェイスブックで時々連絡は取ってる」カッレはロブスターを嚙みながら答える。「だけど、離れてると関係を維持するのは簡単じゃない。知ってるだろうけど」

　携帯電話が振動する。カッレは膝に乗せたナプキンでそっと手を拭き、ヴィンセントに見えないように注意しながら画面に表示されたテキストメッセージを読む。

とってもすてきな人ね！　☺　スイートルームの準備は万端よ。じゃあ、あとでね。

ピア

マッデ

階段の踊りでラミネートされたポスターの中からダン・アペルグレンがこちらを見つめている。マフィア風のスーツでめかしこみ、首のうしろに手をあてて笑っている。すごくイケてるのに、カメラを向けられて恥ずかしがっているみたいだ。ものすごくセクシーだ。女の抱き方なら心得ている。欲しいものも、どうやって手に入れればいいのかもわかっている。そんなふうに見える。

「ママも会いたい」ザンドラが電話に向かってあやすように話している。「とっても会いたい」

今、この瞬間もダンはこの船のどこかにいる。そう思うとマッデは胃がひっくり返りそうになる。歩いてきた通路を見る。今いるデッキ9にメゾネットのスイートルームがあるのは彼女も知っている。ダンはその部屋にいるかもしれない。ひょっとしたら、ほんの少ししか離れていない場所で、同じ時間にシャワーを浴びていたかもしれない。マッデは最後にもう一度ダンの顔を見て、階段を降りる。

「明日の夜のちょうど今と同じくらいの時間にパパのおうちに迎えにいくわ」ザンドラが電話に向かって言う。

マッデとしては、明日の夜もザンドラが一緒にいてくれることを期待していた。フィンランドから引き返すあいだもずっとパーティに明け暮れ、ストックホルムに着いたら街に繰り出したいと思っていた。別れた夫が何日も続けて子供の面倒をみるのを拒んだとザンドラは言っていたが、本気で説得したのかどうか怪しいものだとマッデは思う。最近はみんな歳を取ってつまらなくなった。みんな子供がいて、すべてが子供を中心にまわっている。疲れきっていて、自由に使える時間があっても外に出ようとしない。まるで年金生活者のようだ。仕事がなくなったらどんな生活になるのだろうとマッデは想像する。社会との接点すらない日々とはどんなものなのか。

考えちゃだめ。マッデは自分に言い聞かせる。せっかくこうして一緒にいるんだから、今夜のお愉しみを台無しにすることはない。夜はまだ始まってもいないのだから。

「きっと愉しい夜になる。そうでしょ?」ザンドラはまだ電話している。早くすませればいいのにとマッデは思う。

階段を降りてデッキ８に着く。すぐ右側に〈カリスマ・ビュッフェ〉の入口がある。

「パパによろしくね」とザンドラは言う。「今日はもう電話できないけど、寝るときもあなたのことを思ってる。もちろんよ。だからさみしがらないで。愛してるわ。じゃあね。ええ、愛してる。大丈夫よ、安心して。おやすみなさい」

「どうかしたの？」ビュッフェの開け放しのドアを通り抜けながらマッデは尋ねる。

「どうにかなだめられたみたい」とザンドラは答える。「あたしのことで悪い夢を見たらしいの」

マッデは上の空で聞いている。ブロンドの髪にぎょろっとした眼をした痩せっぽちの給仕長がふたりを出迎える。初めて見る顔だ。

「時間に遅れていますね」受付係は乗客リストに印をつけ、ぶっきらぼうに言う。「次の回まであと一時間十五分しかありません」

「だから何？」とマッデは言う。「あなたには関係ないでしょ？」

「二十五番テーブルです」と給仕長は座席表で位置を示して言う。「右側の窓に近い場所です」

「知ってる」とマッデは苛立ちをあらわにして言う。「あたしたちは常連だから」

「まったく。胸糞の悪いやつね」テーブルのあいだを抜けて歩きながらザンドラは文句を言う。

「だよね？　ノーベル賞の晩餐会に遅刻したわけじゃあるまいし」

そう言いつつも、マッデは牛みたいに鈍そうな眼をしたスタッフのことなどこれっぽっちも気にしていない。長いビュッフェテーブルからおいしそうなにおいが漂ってくる。店内は混み合っている。

シャンパングラスではじける泡のように期待で胸が弾《はず》む。

マッデはトレイに皿を乗せ、グラタン、ソースとハム、ゆで卵、グラヴラクス、エビなどをできるだけ隙間が空かないように巧みに皿に盛る。まるでテトリスのビュッフェ版だ。ポテトやパンなど腹に溜まるものは避《さ》ける。ドリンクコーナーに行き、グラスをふたつずつ取って、四杯すべてに口まで白ワインを注ぎ、席に着くとすぐに乾杯する。ワインは甘口で、ほどよく冷えている。皿に盛った料理の写真を撮り、二度目でようやくアップロードに成功する。それから料理の山を取り崩しにかかる。いつもながら、とんでもなくおいしい。

マッデはこれまで少なくとも二十回はバルティック・カリスマ号に乗船している。最初に乗ったのはまだ幼い頃だった。家族でのヴァケーションでストックホルムまで出てきてクルーズの旅をした。マッデはその旅がとても気に入った。〈カリスマ・ビュッフェ〉で食事をしていると、『ファルコン・クレスト』（一九八〇年代にアメリカで放映されたテレビドラマ。カリフォルニアのワイン業界の裕福な一家の確執を描たい」の登場人物みたいにお金持ちになった気がしたものだ。ボーデンの外の世界を垣間見たのはそのときが初めてだった。外の世界の一員になれると初めて気づいたのもそのときだった。その方法を見つければいいだけだった。ストックホルムに引っ越したのはバルティック・カリスマ号に乗るためだと言っても過言ではない。ありがたいことに、ザンドラも一緒に来てくれた。

今ならマッデにもわかる。ほんとうに裕福な人は酒盛りのクルーズ船でフィンランドまで旅したりしない。けれど、そんなことはどうでもいい。こうして休暇を愉しむだけで子供の頃と同じようにわくわくできる。日々の生活を忘れられる。異世界への二十四時間の逃避行だ。

今夜のザンドラはとてもいかしている。髪をツインテールにし、髪留めには首に巻いたショールと同じようにピンクの羽根をあしらっている。三十年まえに知り合ったときのザンドラそのものだ。舌足らずのせいでいじめられていたザンドラ。彼女の両親は過保護で、当時からマッデが娘に悪影響を与えると心配していた。

「もう一度乾杯しよう」とマッデは言う。早くも呂律がまわらなくなっていると気づき、われながら驚く。「最高にすてきなあたしたちに」

ザンドラもグラスを掲げる。「そうそう、よく聞いて」と言ってグラスの中身を飲み干す。

マッデも彼女にならう。「あんたは今もあたしの親友だよ、わかってるよね？」

「もちろん」とザンドラは言ってにやりと笑う。「あたしのほかに誰があんたの友達でいられるっていうの？」

「嫌なやつ」とマッデは言い、ふたつめのグラスに口をつける。

ザンドラはまた笑う。笑うと前歯が重なり合って生えているのが見える。マッデはその歯を見るのが好きだった。そんなことで感傷に浸《ひた》ってしまうなんて、相当打ちのめされている証拠だ。

「あんたの仕事のことだけど」とザンドラが言っているのが聞こえる。「大丈夫だよ、きっと大丈夫」

マッデはもう一口飲む。「あとでカラオケ・バーをのぞいてみなくちゃ」

「もちろん」とザンドラは答える。「喜んでダンの親衛隊になる」

「それはだめ。もうあたしが予約ずみだから。例の四人組のイタリア人といちゃついたら？」

「四季《クアトロスタジオーニ》のピザを出されたら食べないわけにはいかないね」とザンドラは言い返す。

「チーズ抜きだといいけど」

ザンドラは彼女にしかできない笑い方をする。頭をのけぞらせ、大きな胸の谷間を小刻みに揺らし、舌を出して笑う。一緒に笑わずにはいられない。

どういうわけか、ふたつめのグラスもいつのまにか空《から》になっている。が、ドリンクコーナーに行けばまだいくらでもある。あとまる一時間ある。まだ好きなだけ飲んだり食べたりできる。正直に言うと、マッデはもうお腹がいっぱいだ。けれど、まだ食べたいものがたくさんある。皿を脇に押しやり、おかわりをしようと席を立つ。皿はタオルみたいなものだ。いくらでも替えがある。使い終わったら、誰かが片づけてくれる。

アルビン

父さんはイヤマの話をしている。父さんが仕事で家をあけているあいだ、母さんの世話をする介護士だが、いつも仕事をしないでキッチンのテーブルで煙草を吸ったり、雑誌をめくったりしながら、愛犬のことや恋愛の悩みの話ばかりしている。彼女の話になると、普段なら父さんは怒るのだが、今日は機嫌がいいらしい。一転して愉快な話になり、母さんもリンダおばさんも大笑いしている。

今日の父さんはすこぶる上機嫌だ。完璧なものまねでその介護士の様子を伝え、話して聞かせる。ただ、ひたすらワインをおかわりしていて、母さんとおばさんはグラスに全然口をつけていないのに気づいてさえいない。

どうしてずっと飲んでいるんだろう？　飲みつづけたらどうなるか、わかっているはずなのに。それに、母さんとおばさんはどうして注意しないのか？　初めのうちは笑って父さんを調子に乗らせておいて、どうして手遅れになってから辛辣なことを言ったり、それとなく表情で示したりするのだろう？

「子供の頃、隣りに住んでいた女の人を思い出す」とおばさんは言う。「ヨンソンとかヨハンソンとか、そんな名前だった」

「誰だって？」と父さんが訊く。

「ほら、あの人よ。息子がわたしの同級生で、いつも同じ服を着ていて、確かバンディ（ホッケーに似た球技）をやってた」

「おまえの同級生なんて覚えているわけがない。自分の同級生だって覚えていないのに」

「そうだったわね」とリンダは認めて言う。「隣りに住んでいたおばあさんを思い出すきっかけになるかと思っただけ。おばあさんって言うほどの歳じゃなかったかもしれないけど。たぶん、今のわたしたちと同じくらいだったんじゃないかしら」

おばさんは自嘲するように笑うが、父さんは苛立たしげな視線を向ける。アルビンはおばさんが気の毒になる。

「いつだったか、飼ってた犬がうしろ脚を怪我して、夏のあいだじゅう犬を乳母車に乗せて散歩していた」とおばさんは続ける。

「ああ」と父さんは言う。「その人なら覚えてる。思い出してほしいなら、最初からその話をすればいいのに」

おばさんは落胆したような顔をする。

「で、その人がなんなんだ？」と父さんは先を促す。

「そうそう」とおばさんは言う。「その話をしてたのよ。犬を赤ちゃんみたいに連れて散歩してたって。その介護士も同じことをしてるんじゃないかと思って」

父さんは無表情でワインをぐいっと一口飲む。

「あら」と母さんが言う。「ペットがかわいくてしかたない人もいるのよ。きっと家族同然なんでしょうね」

母さんは咳払いし、チョコレートケーキを一口食べる。アルビンも自分のケーキをクリームにくぐらせる。端のほうはほどよい噛みごたえがある。

「ここは電波がよくて最高」とルーは言い、携帯電話を振る。

隣りのテーブルのカップルがルーを見る。「電話をしまったら？」とおばさんは吐き捨てるように言う。「少しくらいわたしたちと一緒に会話を愉しんでも罰はあたらないでしょ」

ルーは眉間にしわを寄せておばさんを睨《にら》みつつ、電話をしまう。「そうするしかないみたいだね」とルーは言う。

リンダおばさんはため息をついて、アルビンの両親に向かって言う。「時々、電話がこの子の手につながっちゃったんじゃないかと思うことがある。ＳＮＳばかりやってるの」

「アルビンには持たせてない」と父さんは言う。「十五歳になるまでは持たせない」

「わたしはあんまりいい親とは言えないけど」とおばさんは言う。「それでも、コミュニケーションの手段が増えているわりに、実際はコミュニケーションがどんどん不足してる気がする」

「ものすごく個性のある見解だね、ママ。すごくいいと思う」とルーはいい、思いきり眼をまわす。勢いよく動かしすぎて、眼がひっくり返ってしまうのではとアルビンは心配になる。

「でも、事実そうでしょ」とおばさんは言う。「あなたはそうやって電話をこねくりまわしてばかりいる」

「こねくりまわす？」ルーは声を出さずに失笑する。

「そう」とおばさんは言い募《つの》る。「まるで電話にしか興味がないみたい」

「すごくいいことを言ってるのに、メモするのを忘れてたらごめんね」

「ルー、いいかげんにして！」おばさんは叫ぶように言う。「そういう態度はもううんざり！　今すぐしまわないと取り上げるわよ！」

「もうしまったよ」とルーはつぶやく。

隣りのテーブルのカップルがなりゆきを見守る。面白がっているのは明らかだ。

「それにしても、このチョコレートケーキはおいしいわね」と母さんがすがるような眼でアルビンを見て言う。「そういえば、夏のあいだ、ルーとふたりでずっとケーキを焼いていたことがあったわね。覚えてる？」

アルビンは黙ってうなずく。八歳のときだった。ふたりしてソファに寝転がってノートパソコンで次々に映画を見ながら、口の中がチョコレートの味しかしなくなるまで食べつづけた。

その頃、母さんはまだ歩けた。長い髪を毎晩寝るまえに梳《と》かしていた。父さんの髪も灰色ではなくブロンドだった。それに、おばあちゃんもまだ生きていた。アルビンは会ったことがないので、おばあちゃんのことなど考えてもいなかったけれど。父さんが酔っておばあちゃんの話をするようになったのは、亡くなったあとのことだ。

「あのときはびっくりしたわ」と母さんは続ける。「ふたりだけでケーキをまるごとひとつ食べてしまったんだもの。それに牛乳もたくさん飲んだ」

「飲むなら牛乳にかぎるよね。あれって、ほら、体液みたいなものでしょ」とルーはアルビンをまっすぐ見つめて言う。初めて昔のルーの片鱗を見た気がする。

アルビンはくすくす笑う。フォークでホイップクリームをすくって舐《な》め、舌舐めずりする。

ルーもおかしそうに笑う。「老いぼれて汚れた牛の乳首から出てきたやつだね」

「おいしいよ」とアルビンは言い返す。

母さんはがっかりした顔をする。

ここに大人がいなければ、赤ちゃんのときは自分だってママのおっぱいを飲んでたくせにとルーに言ってやりたいところだ。アルビンは背すじが痺れるほど大笑いする。

「卵もそう」とルーはリンダおばさんの皿に残った食べものを顎で示して言う。「生理みたいなものでしょ。出てくる場所はお尻だけど」

「いいかげんにしなさい」と父さんがたしなめる。

「お願いだから、もうやめてちょうだい」とおばさんも言う。

母さんがベッドの隣りにトイレ代わりのバケツを置いていることをルーが知っていたらどうなっていただろう。夜中、トイレまで我慢できそうにないと、母さんはバケツで用を足す。

トイレに行くときも、アルビンが手を貸さなければならない場合もある。便座に自動洗浄機能がついているので、いわゆる下の世話をする必要はないけれど、誰かが支えてあげないとよろけて車椅子まで戻れないのだ。

少し離れた席にターミナルで見かけた女の人たちがいる。今もまた笑っている。ルーはそっちを睨んで言う。「ツインテールのおばさんって大好き。世界じゅうで一番太った五歳の子みたいでイタいよね？」

アルビンはまたくすくすと笑う。大人たちは聞こえなかったふりをする。

「だけど、もしかしたらそうなりたいのかも」とルーはさらに言う。「それが人生の目標だったりして。だとしたら、同情しなくてもいいよね。だって、まさに夢を叶《かな》えて——」

「そこまで」とリンダおばさんがさえぎる。「あなたも大人になればわかるわ。いつも完璧に繕ってはいられないって」

「でも、笑い方がいいよね」とルーは得意げに言い返す。「ごちそうさま。アルビンと一緒に船の中を見学してきてもいい？」

父さんはだめだと言いかけるが、ルーはもう席を立っている。

「お願い」とアルビンは間髪入れずに言う。「ルーと会うのは久しぶりだし」

「子供だけで行かせていいものかどうか」と父さんは言う。本心ではよくないと思っているのがはっきり口調に表われている。

「そちらさえよければ、わたしはかまわないけど」とおばさんが口を挟む。「そのほうがみんな気が楽になるし」

父さんは請うような眼で母さんを見るが、多数決の結果はすでに決まっている。アルビンはもう待ちきれない。椅子の上で飛び跳ねないように必死でこらえる。

「十一時には寝ること」とおばさんが言い、ルーはまたしても勝ち誇ったように笑う。

「大人たちが千鳥足になる時間に勝手にうろつきまわってたら承知しないわよ」

「ちゃんと部屋にいるかどうか確かめに行くからな」と父さんが言い添える。「十一時きっかりに」

「わかった」とアルビンは約束する。

「知らない人に話しかけたり——」

「大丈夫だよ、父さん」とアルビンはさえぎって言う。「ちゃんとわかってるから」

「父さんたちを捜しても見つけられないときは、乗組員に助けを求めなさい。案内所に行って、呼び出してもらってもいい。外に出るときは、手すりから身を乗り出さないように。もし海に落ちたら——」

「もうそのくらいでいいでしょ、モルテン」と母さんが軽く笑って言う。「戦地にわが子を送り出すわけじゃあるまいし。ちょっとのあいだ、自分たちだけで遊びたいだけよ」

「現実に船で行方不明になる人がいるんだ」と父さんは言う。

「知ってる」とルーが父さんのほうを向いて答える。「お母さんがクルーズ船で働いている友達がいるから。だけど、いなくなるのは酔っぱらっていてうっかり落ちてしまう人か、自殺しようとして飛びこむ人でしょ。あたしたちはお酒は飲まないし、おばあちゃんみたいに……」

父さんの体がこわばる。見なくてもアルビンにはそれがわかる。

「ルー！」とリンダおばさんが慌てて止めようとする。

「ごめんなさい」ルーは父さんのほうを見たますぐに謝る。「心配しないでって言いたかっただけ。ほんとうに大丈夫だから。免税店でお菓子を買ったら、部屋に戻って映画を見る。だよね、アッベ？」

アルビンは勢いよくうなずく。

「大丈夫よ、モルテン」とリンダおばさんが言う。「そうは思えないときもあるけど、ルーはそういうところはしっかりしてるから」

「十一時だ」と父さんは念を押す。「遅くても」

アルビンとルーは席を立つ。

「わたしもお腹いっぱい」とリンダおばさんが言う。「どうする？　わたしたちも船内を見てまわる？」

母さんは膝にかけていたナプキンを汚れた皿にのせる。父さんも立ち上がる。少しふらつきながら、うしろのテーブルで食事をしている一家に、車椅子が通れるように道をあけてほしいと頼む。ブロンドの小さな女の子が物珍しそうに母さんを見る。

「あなた、赤ちゃんなの？」と女の子は尋ねる。

「そう見える？」と母さんは笑って答える。

「ううん。でも、乳母車に乗ってる」

女の子の両親は気まずそうにする。

「ステラ、邪魔をするんじゃない」と父親が言う。アルビンはその声に聞き覚えがある。ターミナルで聞いた声だ。

「だけど、この赤ちゃん、とっても変だよ」とステラはなおも言い張る。父親にはこの人が見えないのかと驚いているようだ。

母さんはまた笑う。心から微笑ましく思っている。

「このくらいの歳が一番いいわね。ずっとこのままだといいのに」とリンダおばさんが言う。

「それってあたしのこと？」とルーが訊く。おばさんは虚を突かれたような顔をするが、ルーは面白がっている。

「やめなさい、ステラ。じろじろ見るんじゃない」と女の子の父親が注意する。

「いいのよ」母さんはそう言いながら、椅子のあいだを通り抜ける。「不思議に思って当然だもの」

母さんは車椅子のレヴァーと格闘しつつ、気にしないでというようにステラとその両親に向かって微笑む。ふと、アルビンは胸が張り裂けそうになる。アルビンは母さんを愛している。時々そのことを忘れてしまうときもあるけれど、今はその思いが急激にあふれて、思わず泣きそうになる。

「行こう」とルーが促す。

カッレ

カッレとヴィンセントが席を立つのと同時に、サイズの合っていないスーツを着た一行が〈ポセイドン〉にはいってくる。会社名義のカードを持った会議参加者だ。遠目にもカッレにはそうとわかる。男のひとりがネクタイをはずし、一行の中でひとりしかいない女の尻をネクタイで叩く。どうやらその男が一番酔っているらしいが、ほかの者たちも似たり寄ったりだ。女は男の手からネクタイをひったくり、ものすごい剣幕でフィンランド語で罵声を浴びせる。男はただへらへらと笑う。ほかの者たちも追従して笑う。その男が一行の上司なのかもしれない。

ヴィンセントが手をつなごうとしてくるが、カッレは気づかないふりをしてピアを捜す。なんという皮肉だろう？　これからプロポーズしようとしているのに、手をつなぐことすら拒むなんて。人の眼につくことはしたくない。バルティック・カリスマ号ではほんの些細なきっかけですぐに喧嘩が始まると知っているからだ。

船内を縦に貫く長い通路に出る。船尾に近い反対側の端に〈カリスマ・スターライト〉がある。今頃フィリップはバーで客の相手をしているだろう。乗船口で乗客全員を撮影し、その写真を売っている小さな売店が見える。まだその店があると知ってカッレは驚く。誰もがカメラ付きの携帯電話を持っている今の時代に誰がそんな写真を買うというのか？

船内は期待感に満ちている。騒々しい笑い声と酔っぱらいたちの声が聞こえる。乗客の多くはずっとまえからこのクルーズ旅行を愉しみにしていたのだろう。誰もいないバルト海の洋上で食べて、飲んで、踊る。そんな乗客たちをある種の好奇な眼から守りたい。カッレは突然そんな願望にとらわれる。

建築事務所の同僚たちは、こういう船旅を人生にまたとない異世界の体験だと考えている。カッレ自身、バルティック・カリスマ号で働いていた日々について、そう思わせるような話し方をしていなかったか？　船上での奮闘の日々を何度も繰り返し話して聞かせたので、今ではどれも古典の名作のようだ。ビュッフェで鮭を一尾まるごと取って自分のバッグに詰めこんだ女。どこかの民族の入れ墨を入れていて、船内にマクドナルドがないと言って癇癪《かんしゃく》を起こした男。なめし革のような肌をした年嵩の女が若い男たちを自分の船室に連れこんでしゃぶったあと、みんなして下着姿で〈クラブ・カリスマ〉に駆けこみ、友人たちにVサインをしてみせたこと。煙突をのぼろうとした男。腰に〝もっと強く《HARDARE》〟と入れ墨を入れた若い女。一年をとおして週に三回はバルティック・カリスマ号に乗船し、ずっとこの船で暮らしたいと話していた女。船内は隅から隅まで監視カメラに映っていると も知らずに、通路や屋根のない屋外のデッキや子供たちの遊び場のボールプールでセックスする乗客たち。

船上での生活は人類学のフィールドスタディでしかない。カッレはそう割り切って無関心を装ってきた。

「あそこにいる」とヴィンセントが言い、階段を指差す。

ピアもふたりに気づいたようだ。同僚のヤルノに何か話している。カッレはよく知らないが、背が低く、見た目はいいがぱっとしたところはなく、人はよさそうだがシャイな感じの男だ。カッレが知っているのは、彼がこの船の看護師のライリと結婚しているということだけだ。ヤルノはカッレに向かって手を振り、階段をのぼっていなくなる。

ピアは途中で立ち止まり、ショートヘアの毛先を逆立てた中年の女ふたりからターコイズブルーのジントニックのアルミ缶を取り上げる。

「飲みたいなら、どこかのバーに行って飲んで」とピアは言う。

「別にいいでしょ!」とひとりが大声で言い返す。腰に両手をあててピアを睨《にら》みつける。

フードのついたパーカの胸もとにラインストーンで〃セクシーなあばずれ〃と書かれてい

る。

「悪いけど、そういうルールなの」とピアは言う。

「ルールなんてくそくらえ。細かいこと言わないでよ」

「悪いわね、わたしは自分の仕事をまっとうしてるだけ」

「ナチスもそう言ってた」

女の声は今や一オクターブはうわずっている。通りかかる乗客たちが興味津々で見つめる。

「ナチのクソ女」ともうひとりがつぶやく。ピアはおかしそうに笑う。

「あら」とピアは言う。「そんなふうに呼ばれたのは初めてよ。少なくとも今回のクルーズでは」

「部屋に持って帰るから、お酒を返してくれない？」

ピアはゆっくり首を振る。

「それって泥棒と同じじゃない」女は脅すようにたたみかける。「ちくってやるから。どうせあとで自分が飲むつもりなんでしょ」

「わたしを告発したいなら、免税店のそばにある案内所に行くといいわ。きっと喜んでお手伝いしてくれるだろうから。わたしはもう行かなきゃならないけど、ふたりとも水を飲んだほうがいいわね。なんといっても、夜はまだ始まったばかりなんだから」

「まるでお節介な福祉国家ね」と女は言い、友達と一緒に爪先立ちで立ち去る。

「相変わらず大変そうだね」ピアがそばまで来るとカッレは言う。

「あんな場面を見たあとじゃ、またここで働きたいとは思えないでしょうね」ピアはそう言って笑う。「じゃ、行きましょうか?」

カッレは新たな不安の波に襲われる。まもなくそのときが来る。ジャケットのポケットに入れた小箱が鉛のように重く感じる。

ヴィンセントはイエスと言ってくれるはずだ。きっと。いつか結婚しようと話していたじゃないか。

「まったく、ひどい人たちだね」とヴィンセントは言う。

「ほとんどは根っから悪い人たちじゃないってことを忘れちゃいけないの」とピアは言い、ふたりを案内してエレヴェーターのところまで歩く。

「そうじゃない人は?　そういう場合はどうするんだい?」

「たいていはちゃんと話せばわかってくれる」とピアは言い、エレヴェーターのボタンを押す。「あまりに酔っていて手がつけられないときは、独房に隔離する。もっとひどい場合は、最初の停泊地で船からおろして、あとは警察の手に委ねる」

チャイムの音が鳴り、エレヴェーターのドアが開く。チェック柄のシャツを着た長身で肉付きのいい女がピアの制服に眼をとめて微笑む。

「坊やたち、いったいどんな悪さをしたの？」女はウィスキーでかすれた声で言い、思わせぶりにヴィンセントに笑顔を向ける。

「きっと知りたくないと思いますよ」とピアも笑顔で答え、エレヴェーターに乗る。

「手錠をかけるなら、手伝ってあげる」と女がうしろからそう言い、ヴィンセントは笑いだす。

「怖いと思ったことはないの？」エレヴェーターのドアが閉まるとヴィンセントは訊く。

「一、二度はある。でも、船には常時四人の警備員がいて、単独ではパトロールしないことになってる。あなたたちを操舵室《ブリッジ》まで案内したら、わたしもまた同僚に合流する」

「武器は携帯してないの？」

エレヴェーターがデッキ10に向かってのぼっていく。緊張のあまり、カッレの脇の下に汗がにじむ。ヴィンセントとピアを見る。ふたつの別々の世界がこうして出会うなんてとても現実とは思えない。

「警棒だけ」とピアは答える。「銃を持ち歩くわけにはいかない。最悪の場合、どんなことになるか想像がつくでしょ」

　ピアが先に立ってエレヴェーターを降りる。ここは一転して何もかも静かで落ち着いた雰囲気だ。階下《した》に向かう階段と、ガラス張りの壁のせいで透明な飼育器に見える暗い会議室と、プロムナードデッキに通じるドアと板張りの壁しかない。ピアは壁に取り付けられた読み取り機にカードをかざし、暗証番号を打ちこむ。短く四回ブザーが鳴ると、巧妙に隠されたドアを押し開ける。

　カッレの心臓は今にも爆発しそうだ。今まさにここにいるという現実が理解できない。ずっとまえから今日の日のために計画を立て、何度も頭の中で想像してきたからか、まるでデジャヴを見ている気がする。三人は先へ進む。ベルグレン船長が彼らを待っている。

トーマス

「いったいなんの用？」とオーセは言う。「だいたい、なんのために電話したのか自分でわかってる？」

トーマスは眼をしばたたく。そうすれば電話の向こうの彼女の声がもっとはっきり聞こえるとでもいうように。オーセはノルヒェーピングの家にいるが、まるで地球の裏側にいるのではと思うほど遠く感じる。

トーマスは電話を耳から離して画面を見る。電波の受信状態を示すバーは一本しか立っていない。

「ただちょっと、どうしてるかなと思って」とトーマスは言う。

エレヴェーターのドアが開く。中にはいってボタンを押す。スモークガラスの壁があらゆる角度から彼の姿を映し、映し出された姿がまた別のガラスに映る。その繰り返しが果てしなく続く。赤毛の髪は乱れ、湿っている。

どうしてオーセは何も言わないのか？

「わかるだろ？　きみに会いたいんだ」自分でも嫌気がさすが、呂律がちゃんとまわらない。「みんながきみはどうしてるって訊いてくる。ステファンのバチェラー・パーティをしてるのに、自分は離婚目前だなんて言えない。おれの気持ちもわかるだろ？」

エレヴェーターのドアが開き、トーマスはデッキ5に降り立つ。自分の部屋がどっちにあるのかわからず、その場に立ち尽くす。案内表示はどこにあるのか？

オーセは無愛想に笑う。「わたしがどうしてるか知りたいって言いながら、ほんとうは自分がどうしてるか話したくて電話してきたみたいね」

電話を握る手に力がこもる。彼女の声が冷たく響く。とてつもなく冷たく。バルト海が全部凍ってしまいそうなくらいに。

電話したのがまちがいだった。とんでもないまちがいだった。それはわかっていた。それでも電話せずにいられなかった。

「そんなこともわからなくて悪かったな」とトーマスは吐き捨てる。

階段を降りてきたふたり組の女が彼を見て笑う。

「感情があって悪かったな」オーセだけでなく、女たちに向けてつけ加える。

通路のひとつを進む。部屋に煙草を取りに戻るところだった。一服してから電話すればよかった。そうすれば頭がもっとちゃんと働いたかもしれない。が、煙草を吸っているとオーセには悟られなくない。彼女にどう思われるか。今でもトーマスはそのことをとても気にしている。自分が何をしようと、彼女にはもう関係ないとわかっていながら。免税店ではカートンで安く買えるし、今の彼にはまた煙草に手を出すだけの言いわけが充分すぎるほどある。ただ、それだけのことだ。

こんなことになっていなければ、バスがまだノルヒェーピングを発ってもいないのにステファンをぐでんぐでんに酔わせたことや、ペオとラッセが白人の女に手あたり次第声をかけていることを話して聞かせただろう。オーセの笑い声を聞きたい。ほんものの笑い声を。ペオとラッセが女たちにおごった分まで割り勘にしようとするから腹が立つと話し、オーセにも同意してもらいたい。自分はナンパなどしていないと彼女にわかってもらいたい。彼女に勝る人などいないということも。

「何か言ってくれ」とトーマスは懇願する。「頼む。きみにはおれの気持ちがわからないんだ。どれだけ会いたくてたまらないか」

「いいえ、わかるわ」とオーセは言う。「よくわかる」

「おれに会いたくないのか?」自分の声があまりに情けなく響いてトーマスは顔をしかめる。上着の内ポケットに入れておいたビールを出し、ぐいっと一口飲む。なまぬるくて気が抜けている。まわりを見まわす。おれは今どこにいる？　五三一四号室はどこだ？　五一三四……五一三六……五一三八……そもそもこの通路ではなさそうだ。どこもかしこも同じに見えるのに、どうすれば自分の部屋にたどり着けるのか？　床のカーペットも銀色の小さな数字が書かれたドアもどれも同じにしか見えないというのに。

迷路に迷いこんだネズミみたいだ。それも、かなり酔っていて、絶対に出口にたどり着けそうにないネズミだ。

「わたしもあなたに会いたい」とオーセは言う。「だけど、それはもうどうでもいい」

トーマスは足を止める。かすかな期待が胸の中で膨らみかける。オーセも自分に会いたいと思っている。今このときに伝えるべき適切なことばを見つけられれば、まだやり直せるかもしれない。

「なあ」と彼は言う。「お互い会いたいっていう気持ちがあるなら、大事なのは――」

「いいえ」とオーセがさえぎって言う。「そういう問題じゃない。もう遅いの」声に冷たい響きが戻る。

「くそったれ」とトーマスは言い放つ。「おまえはとんだあばずれだ」声に出してそう言うのは気分がいいが、言ったとたんに後悔する。

「浮気したのはわたしじゃない」と彼女は言い返す。

トーマスはますますかっとなる。優位な立場で、好きなときに思いきり罵倒できるのだから、さぞかし気分がいいにちがいない。

「おまえがそこまで意地悪な女じゃなければ浮気なんてしなかったかもしれない」気づくとそう言っている。

またしてもすぐに後悔する。それもさっきよりずっと激しく。振り返り、通路を逆戻りする。反応を待つが、何も聞こえない。もう一度画面を見る。受信アンテナのバーはまだ一本立っている。通話時間を示すタイマーが腹立たしいほど大きく表示されていて、一秒一秒進んでいく。もう三分二十七秒通話している。右に伸びる狭く短い通路のまえで立ち止まる。さっきも通ったはずだが、まるで覚えていない。

「もしもし？」とトーマスは訊く。「聞こえるか？」

「……まだ九時……」電話の向こうでオーセの声がする。「……もうそんなに飲んでるの？」

ほかにも何か言っているが、途切れ途切れでよく聞こえない。無性に腹が立つ。通信状態が悪いのを彼女のせいにする。

「心配ご無用」と彼は言う。「もう関係ないだろ。おまえはおれを捨てたんだから」

「心配したくてしてるわけじゃない」とオーセは答える。「あなたがそうさせてるんでしょ……電話なんかしてきて……しないでって言ったのに……」

通話はそこで切れる。一瞬、オーセが電話を切ったのかと思ったが、画面を見ると圏外と表示されている。トーマスは大声で悪態をつき、なまぬるいビールをもう一口飲む。

さっきとは別の短い通路を右に曲がる。歩きながらドアの数字を眼で追う。五一三九……五一三七……。突然番号が飛ぶ。五三二七……五三二九……先のほうで通路はさらに枝分かれしている。が、部屋番号を見るかぎり、方向はまちがっていないようだ。今度は左に曲がる。

最初に通った通路にそっくりだ。長くて狭くて天井が低い。一瞬、上からのぞいているような錯覚に陥る。深く四角い井戸をのぞきこんでいて、今にも落ちそうになる。胃がひっくり返る。壁に寄りかかり、めまいがおさまって通路がちゃんと通路に見えるようになるまで待つ。

電話の画面を見ると、圏外ではなくなっている。最後にかけた番号にリダイヤルする。発信音は聞こえないが、急に画面上にまた通話時間が表示される。

「もしもし?」と彼は言う。「聞こえてるか?」

何も聞こえない。通話は完全に切れているが、画面上の通話時間だけは進みつづける。

船室から少女がふたり出てくる。シリア人のようだ。ふたりともすごい美人で、眼が離せない。少女たちのほうは彼に気づきもしない。

「もしもし?」トーマスは電話に向かって言う。「つながってるのか? そっちの声は聞こえないけど……もしおれの声が聞こえてるなら……」

少女たちの後ろ姿を眼で追い、角を曲がって姿が見えなくなるまで待つ。

急に実感がこみ上げる。おれは独身だ。ひとりぼっちだ。オーセの性格はよくわかっている。ひとたびこうと決めたら、絶対にあと戻りはしない。

「頼む」トーマスはすすり泣く。「頼むよ。何もかもおれが悪かった」

さっき降りてきた階段をまわりこんで反対側に出る。船室のナンバープレートを順に見る。五三一八……五三一六……ようやくペオとシェアしている部屋を見つける。

「さみしくてたまらない」とトーマスは言い募《つの》る。「ひとりぼっちでいるのも、みじめなのも耐えられない」

お尻のポケットからカードキーを出す。電話の画面を見る。通話は切れている。圏外だ。

トーマスは電話をポケットにしまう。カードキーを差しこむと同時に、通路の先にある別の部屋のドアが開く。

「ハロー?」小さな声がする。

子供の声だ。通路を見まわすが誰もいない。

「助けて」とまた声がする。「お願い、助けてくれる？」

耳に心地よい澄んだ声だ。ディズニーのアニメに出てくる仔犬か、古代を舞台にした映画に出てくる子供みたいに妙に古めかしく聞こえる。

カードキーを引き抜くとブザーが鳴り、ロックが解除される。トーマスは躊躇《ちゅうちょ》しつつ、ドアの取っ手に手をかける。煙草を取りにきただけだ。すぐに戻って、しこたま飲んで、何もかも忘れてしまいたい。

「怖いよう」と子供の声が言う。

トーマスは取っ手から手を離し、ドアの開いた部屋に向かって歩く。

カッレ

「すごい」操舵室《ブリッジ》にはいるなり、ヴィンセントが声を漏らす。カッレもまったく同じ気持ちだ。ここには何回かしか来たことはないが、来るたびに圧倒されて息を呑む。

彼らのスイートルームから見える景色とそれほど変わらないはずなのだが、バルティック・カリスマ号を支配する場所からだとなんだかちがって見える。暗がりの中で無数のディスプレイが光る。電子海図や昔ながらの緑色のレーダーが映し出されている。制御盤にはボタンやダイヤルらしきものが数え切れないほどある。

大きな窓の外で半月が白く輝き、青白い光が水面に映る。

「特別なお客さまをお連れしました」とピアが言う。

ベルグレン船長が立ち上がる。普段なら船長はこの時間はここにいないのだが、ヴィンセントはそんなことを知る由もない。

「会えて嬉しいよ、カッレ」と船長は言う。「久しぶりだね」

面白がっているのが眼でわかる。きっとこの瞬間を愉しみに待っていたのだろう。副船長は好奇心もあらわに彼らを見ている。

「ほんとうにお久しぶりです」とカッレは答え、手を差し出す。汗で湿っていることを心の中で謝りながら。

制服姿のベルグレン船長は肩幅が広く、握手は温かくがっしりしていて、いかにも船長を思わせる。ただ、やはり歳を取った。顎は影も形もなくなり、顔と首のあいだの減速帯と化している。カッレと船長は互いによく知っているわけではない。おそらく一番長く話をしたのは、カッレが二度目に呼気検査の基準を超えたときだ。しかし、ベルグレン船長は乗組員に好かれ、慕《した》われている。彼らがオーナーと揉めると、乗組員の味方をすることをいとわないからだ。

「感激です」ヴィンセントは全員と握手をして言う。「見学させていただきありがとうございます」

ヴィンセントはあれこれ質問し、船長は熱心に答える。カッレにもそのすべてが聞こえているが、実際には聞いていない。理解しようとしても、今は何も頭にはいらない。ひたすらポケットの裏地から小箱を引き離すことに集中する。

ピアが笑顔で彼にカメラを向け、小さくうなずく。

カッレはポケットから小箱を出す。ポケットが裏返り、裏地がだらしなく垂れた舌のように外に出る。カッレはポケットを中に押しこむ。

「連れてきてくれてありがとう」とヴィンセントはカッレに背を向けたまま言う。

「こっちこそ一緒に来てくれてありがとう」とカッレは答える。「きみがこの世に生まれてきてくれたことに感謝している。言ってる意味、わかるだろ?」

今だ。カッレは小箱を強く握りしめ、床にひざまずく。ピアの携帯電話のシャッター音が鳴る。ヴィンセントが振り向く。

トーマス

トーマスはドアが開いた船室のまえに立ち、まぶしいくらい明るい通路とは対照的に薄暗い室内をのぞきこむ。異様なにおいがする。薄荷《ハッカ》とライラック、それに何かが腐ったようなかび臭いにおいだ。

若い男たちが彼を押しのけるようにして通路を歩いていく。

「どうかしたのか？」とトーマスは声をかけ、おそるおそる室内に足を踏み入れる。

「怖いよう」またしても子供の声が泣きながら言う。「病気なんだ。ママは食べものを買いにいって、全然帰ってこない」

やはり古い映画で聞いたような声だ。

ドアを閉めると室内は暗闇に包まれる。においがいっそう強くなる。配水管が故障しているにちがいない。左側のトイレのドアが開いているが、まえを通るとにおいはトイレからしているのではないとわかる。

ベッドサイドのライトがひとつだけ点いている。ベッドの内側に向けられているので、明かりは半ば壁を照らしていて、光が天井まで届きそうだ。ダブルベッドのライトとは反対側に子供がひとり、トーマスに背を向けて横たわっている。

ベッドの隣りにあるデスクの上に小さなリュックサックが置かれている。くまのプーさんが笑顔で蜂蜜の壺に手を突っこむイラストが描かれている。手前の床にキャスター付きの黒いスーツケースがあり、その隣りにはハイヒールのブーツが置かれている。

ベッドサイドのライトが点いていないほうがまだましだったかもしれない。明かりの向きのせいで、部屋じゅうの影が一様に下に伸びている。重力が大きすぎて、影まで下に押しやられているようで不気味だ。だんだん気味が悪くなってくる。あそこが縮こまる。

「部屋の明かりを点けてもいいかな」とトーマスは言い、スウィッチのほうに手を伸ばす。

「やめて」と子供が慌てて請うように言う。「病気なんだ。明るいと眼が痛くなっちゃう」

トーマスはスウィッチから手を離し、重い足取りで部屋にはいる。視界の隅で何かが動いた気がしてぎょっとするが、デスクに置かれた鏡に自分の姿が映っただけだとわかり、馬鹿みたいだと思う。それでも心の中では恐怖が渦巻いている。ベッドに寝ている子供のそばに近寄ると、異様なにおいはさらにきつくなる。

「名前は？」とトーマスは尋ねる。呂律がまわっていない。

子供は何も答えない。どうやら男の子のようだ。ストレートの白に近いブロンドの髪が顔を隠している。よく見ると、Tシャツすら着ていない。痩せこけて尖った肩先が上掛けの下からのぞいている。こんな状態で子供をほったらかしておくなんて、いったいどんな母親なのか？　しかも病気の子供を。それだけじゃない。知らない人を部屋に入れてはいけないと教わっていないのか？　この部屋で何がおこなわれていたのか想像し、トーマスは身震いする。

ベッドの男の子のすぐ隣りに坐る。

「船内放送でお母さんを呼び出してもらおうか？」今度は舌がもつれないように注意して話す。

「ううん。そんなことしたらママはきっと怒るから。ママが帰ってくるまで一緒にいてくれる？」

トーマスはハイヒールのブーツに眼をやり、あんな靴を履いている女とは知り合いになりたくないと思う。頭のいかれた女にちがいない。この男は部屋に入りこみ、息子のそばに坐って何をしているのかと怪しまれるに決まっている。

とはいえ、ひとりぼっちで怖い思いをしている子供を放っておくわけにもいかない。

異様なにおいが鼻の中まで押し寄せてくる。「名前は?」ともう一度訊いてみる。「呼び出してもらうつもりなら教えられない。ママが怒るから。ママはいつも怒ってるんだ」

トーマスは男の子の肩に触れる。肌は冷えていて、ゴムのような感触がする。感染症だろうか。手を引っこめたい衝動に必死で抗《あらが》う。「呼び出してもらうほうがいいんじゃないかな。お母さんは怒ったりしないと思う。お母さんが帰ってくるまでここで一緒に——」

「行っちゃだめ」と少年はきっぱり言う。

少年の肩のトーマスが手を置いた場所に、まるでぬかるみに痕が残るようなくぼみができる。

トーマスは頭皮が縮んで引きつるような感覚を覚える。デスクの上にある船内専用電話で案内所に連絡することもできる。が、それより何よりここから立ち去りたい。一刻も早く。

「すぐに戻ってくる」とトーマスは言う。「ぼくかお母さんじゃなければドアを開けてはいけないよ」

そう言って立ち上がる。これ以上少年の肌に触れていなくていいと思うとほっとする。今すぐ手を洗いたい気分だ。

背後で少年が起き上がるのが鏡越しに見える。ただひとつ点灯しているライトがうしろから少年を照らし、頭の上に光の輪が浮いているように見える。

この子はどこかおかしい。おかしいなんてものじゃない。

「ここで待ってて」とトーマスは告げる。

ドアの手前で小さな手が上着を引っ張る。

「ここにいて」と少年は言う。「行かないで」

「すぐに戻ってくる」とトーマスは答える。もちろん嘘だ。戻ってくる気などさらさらない。

少年が上着をつかんでいた手を離す。トーマスの背後で沈黙が流れる。

尾骶骨《びていこつ》に刺すような痛みを感じる。全身の皮膚という皮膚が収縮して体を締めつける。

ドアの取っ手に手を伸ばす。

突然、首に腕が巻きつく。膝頭が肩甲骨のあいだに押しあてられる。少年がトーマスの背中に飛びつき、猿のようにしがみついているのだ。

細い腕が咽喉《のど》を締めつける。息ができない。少年の腕を振りほどいて圧迫から逃れようとする。指先が少年の肌に食いこみ、皮膚の下の肉が割れて骨に触れているのがわかる。

少年の痩せこけた脚がトーマスの腰に絡みつく。

「放せ」トーマスは息も絶え絶えに言う。眼のまえが暗くなる。耳のそばで何かが弾《はじ》けるような音がする。

まえに屈んで少年を振り落とそうとする。細くて憎らしい腕を引き離しにかかる。が、どうしても振りほどけない。この子はいかれてる。そうでなければこんなに力があるはずはない。咽喉が痛い。痛くてたまらない。頭が破裂しそうだ。それに、この音はなんだ？巨大なハサミか、刈りこみ機か……

思いきり壁に背中を押しつける。トーマスの体と壁に挟まれ、少年の腕から力が抜けていく。少年の腕をひねり、腰にまとわりつく脚を振りほどく。少年が音を立てて彼の背中から落ちる。

咽喉が焼けつくように痛い。夢中で息を吸うと、とんでもない痛みが走る。さらに息を吸う。視界を覆っていた暗闇が晴れていく。

彼の脇を急いで通り抜ける足音がしたかと思うと、急に少年がドアのまえに現われ、全身でトーマスの行く手をふさぐ。少年の体は青白く、暗闇の中で見ると蛍光灯が光っているように見える。

トーマスはスウィッチに手を伸ばし、部屋の明かりを点ける。少年は眼のまえに手をかざし、叫び声をあげる。

トーマスは思わず声を漏らす。

せいぜい五歳くらいだろう。それなのに、胸は老人のように垂れ下がり、肌は体に対してサイズが大きすぎる服のようにたるんでいる。顔は頬骨がでっぱっていて、肌は灰色にくすんでいる。光を浴びて顔をゆがめると、肉体が奇妙な動きをする。

実際の年齢よりも体が早く歳を取ってしまうという病気だろうか。病名はなんといったか？　そのせいで頭もおかしくなっているのかもしれない。

「行っちゃだめ」と少年は下を向いて言う。まぶしいのか、不自然なほど大きな眼でまばたきをする。少年は——というより、この生きものは——とても小さく、不憫《ふびん》で、今にも壊れてしまいそうだ。それでもトーマスは恐怖を感じずにはいられない。

右側にあるトイレのドアに眼をやる。頭を整理して、ここから脱出する方法を思案する。バスルームからは外には出られない。が、閉じこもることならできる。そのうち携帯電話の電波が届くようになるんじゃないか？　壁を叩いて助けを求めれば、通りかかった人が気づいてくれるかもしれない。少年の母親もいずれ帰ってくるだろう。

それにしても母親はどこに行っているのか？

例のブーツの持ち主はバスルームにいるにちがいない。トーマスはそう確信する。そこに隠れ、自分の病的な遊びに少年を巻きこんでいるのだ。

トーマスは手を伸ばし、バスルームのドアを押し開ける。彼とペオの部屋と同じ桃色のビニールシートが床を覆い、その向こうから明かりが室内に差しこむ。やはり同じ白いシャワーカーテンがあり、半分開いているが、奥には誰もいない。

トーマスはバスルームめがけて突進する。が、少年のほうがすばやく動く。両手でトーマスのシャツの襟をつかみ、今度はまえから脚を彼の腰に絡ませる。恐ろしい形相をした少年の顔が眼のまえにある。口は何かが腐ったような悪臭を放っている。トーマスはあとずさり、つまずいて仰向けに倒れる。危うくベッドに頭を打ちつけそうになる。少年が彼にまたがり、両腕を床に押しつけて迫ってくる。

内ポケットに入れていたボトルの中身がこぼれ、なまぬるい液体が脇の下を濡らすが、それすら気づかない。脳内でシナプスが激しく音を立て、眼に映る情報を伝達しようとする。細部まではっきり見える。時間が止まってしまったかのようだ。

少年の眼には青々とした炎が燃えているが、まわりの肌はたるんでいてまるで生気が感じられない。ひび割れてかさついた唇を開き、大きく口を開ける。歯は黄ばんでいて、灰色の歯茎に黒い斑点がある。

この子はどこが悪いのか？　なんの病気でこんなふうになってしまったのか？　狂犬病？　いや、まさか。そんなことがあるか？

少年の歯のあいだから舌が出てくる。灰色をした、肉付きのいいナメクジみたいな舌だ。口が近づいてくる。

そんな馬鹿な。そんな馬鹿な。そんな馬鹿な。

トーマスは体をよじり、腰をそらせて少年を振り払おうとする。

こんなに力があるはずがない。ありえない。

ひび割れてかさついた唇がトーマスの首すじに触れる。ものすごく敏感な神経がくすぐられる。小さな尖った歯があたる。トーマスは頭を激しく左右に振って逃れようとする。

少年の歯が肌に食いこむ。痛みでまたしても眼のまえが真っ暗になる。音が聞こえる。あの音が。少年の舌が傷口のまわりを舐《な》める。音を立てながら、そっと、まるでもてあそぶように傷を舐める。舌は彼の血で濡れてぬるぬるしている。

マッデ

携帯電話の画面に映る自分の眼を見つめる。顔を右に傾けたまま思いきり腕を伸ばす。後部デッキに吹きつける風が髪を巻き上げる。マッデもザンドラも笑顔を浮かべ、いずれ写真を見ることになる人たちに向かってグラスを掲げる。航跡が描く白い扇形の波が真っ暗な水面に映え、写真の背景を飾る。画面上のカメラのマークを親指で押す。少しずつポーズを変えて何度もクリックする。

デッキのさらに後方に男たちのグループがいる。その中にウェディングドレスのヴェールをかぶっている男がひとりいる。バチェラー・パーティの最中なのだろう。彼らに見られているとわかり、ますます撮影に精を出す。まるで見てくれと言わんばかりに。

ザンドラがふたり分の煙草に火を点けている隙に撮影した写真をすばやく確認し、自分の写りがよくないものを削除する。ザンドラに見られたら、たまたま彼女がよく写っている写真を投稿してと言われかねない。が、写真を順に見ていくと、ほかとは比べものにならないくらいよく撮れている一枚がある。これならザンドラも文句はないはずだ。ザンドラは口を半開きにし、ものすごくセクシーな何かを見つけたような眼をしている。フェザーのショールの片側が風で舞い上がり、背後の暗闇でたなびいている。マッデは首をそらし、眼を半分閉じて、キスをせがむように唇を突き出している。

マッデは全体をほんのり金色の色調にするフィルターを選んで、眼と頬骨が目立つようにコントラストを強調する。ザンドラが煙草を差し出し、写真の出来映えを見て満足げにうなずく。

「あの人たち、ずっとこっちを見てる」とザンドラは言う。

マッデは煙草を何度か大きく吸いこむ。〈クラブ・カリスマ〉から聞こえてくる音楽に合わせて踊りながら、加工した写真をアップロードしようとするが、電波が圏外でうまくいかない。船内ではＷｉ‐Ｆｉが利用できることになっているのだが、まともに通信できたためしがない。

マッデは携帯電話をバッグにしまい、レッドブル・ウォッカを一気に飲む。手すりに寄りかかり、ゆっくり煙草をふかす。バチェラー・パーティをしている男たちの視線に気づかないふりをする。

ザンドラがにやりと笑う。マッデが何を企んでいるかは明らかだ。

もっとも、実を言えば、マッデは彼らのことなどどうでもいいと思っている。あの連中はただの練習台だ。今夜はダン・アペルグレンの気を引くつもりなのだから。

ダン

自分の部屋で乱れたままのベッドに坐り、膝に乗せた鏡の上にきっちり等間隔に描いた四本の線をじっと見る。この〝儀式〟をするだけで心が落ち着き、早くも気分がよくなりつつある。前屈みになり、短く切ったストローを片方の鼻の穴に入れる。鏡に映る自分と眼が合う。一本目の線を吸う。ストローを反対の鼻の穴に入れる。二本目の線を思いきり吸いこむ。鼻をつまむ。化合物の味が咽喉《のど》を通過する。咳払いする。もう一度鼻から吸う。それを繰り返す。鏡の上に残った白い粉末を指ですくい、歯茎にこすりつける。ビニールの袋に濡れた指を入れ、隅に残っている粉を最後までかき集める。

すぐに歯茎が麻痺してくる。その感覚がたまらない。もうひと袋取り出し、精神安定剤と一緒にポケットに突っこむ。鏡を壁にかけ直し、自分の姿をじっくり観察する。首をそらせ、白い結晶の痕跡が鼻毛についていないか確かめる。

横を向く。髪は染めたばかりで、こめかみに灰色のものはない。シャツをまくりあげて腹を強く叩き、肉が揺れないことを確認する。二十代の男性には夢見るだけで実際には手に入れられない腹筋だ。

勢いよく飛び跳ねると、エナメル革の靴底が大きな音を立てて床を叩く。鏡の中の自分に向かって、何発かジャブを見舞う。

シルヴァーのリングをはめる。準備万端だ。

トーマス

どうにか少年を押しのけ、体を起こす。ふたりはほぼ同時に立ち上がる。首がずきずき痛む。少年の歯が肌に食いこむ音が耳にこだまする。少年を見る。恐ろしい顔をしている。顎は血で汚れ、体を覆う皮膚はたるみ、胸のあたりがくぼんでいる。

全身の細胞が今すぐ逃げろと叫んでいる。しかし、少年がまたドアのまえに立って逃げ道をふさぐ。

トーマスは内ポケットからビールのボトルを取り出す。視界の隅に鏡の中でまったく同じ動きをする自分の姿が見える。汗で手がすべらないか冷や冷やしながらボトルの先をつかみ、デスクの端に叩きつける。変化はない。もう一度、今後はもっと強く叩きつける。ガラスが粉々に砕ける。

尖った先端が薄暗い光を反射して輝く。

割れたボトルを上下に振ると、ガラスの破片がカーペットの上に落ちる。少年に詰め寄る。とにかくここから逃げなければ。そのためなら多少の犠牲もしかたない。

「きみを傷つけたくない」とトーマスは言う。

鼓動がどんどん激しくなる。首の傷が鼓動に合わせて脈打ち、ずきずきと痛む。少年は何も答えない。呼吸すら聞こえない。

頭の中で考えをめぐらせる。ペオもほかのみんなもまだ〈クラブ・カリスマ〉にいる。彼がここにいることは誰も知らない。どこかで酔いつぶれているとでも思っているだろう。あるいは、女を引っかけているか。明日の朝になって、どこにもいないとわかるまで、誰も本気で心配などしない。

さらに小さく一歩詰め寄る。ふたりのあいだはもう一メートルと離れていない。

「頼むよ」とトーマスは言う。「行かせてくれたら、お母さんにも誰にも言わないから」

少年が口を開いたり閉じたりする。弾《はじ》けるようなあの音がする。

「気をつけないと、怪我を――」

少年が腕を広げ、宙を嚙みながら突進してくる。トーマスは割れたボトルを振りおろす。恐怖に駆られたトーマスの眼のまえで、鋭いガラスの先端が少年の鎖骨の真下に刺さり、深く切り裂く。いとも簡単に。簡単すぎるくらいに。

トーマスは手を引っこめる。ボトルが手から落ちる。「ごめん」と泣きそうな声で言う。「ごめん。そんなつもりじゃ……」

少年は責めるような眼でトーマスを見る。信じられない様子で切り裂かれた肌に触れる。傷はかなり深い。それなのに血は出ていない。傷口の下に灰色の肉が見えるだけだ。気味の悪い色をして、かすかに輝いている。冷凍庫に入れられたまま忘れ去られたミンチのようだ。強烈なにおいがする。アンモニアと腐った果実のような甘ったるいにおいが室内に充満する。

ありえない。こんなことありえない。おれはきっと夢を見ているんだ。眼を覚ませ。

少年がまたトーマスによじ登る。まるで恐怖から逃れようと大人にしがみつく子供みたいにして。トーマスの首に歯を立てる。傷口に口を寄せ、思うように吹き出てこないと言わんばかりに血を吸う。

トーマスはよろけながら二、三歩あとずさりする。が、それ以上は脚が動かず、ベッドとデスクのあいだに尻餅をつく。少年を押しのけようとするが、ショックが大きすぎて体に力がはいらない。

少年の体が彼の血で満たされ、生気のない灰色の背中が健康的なピンク色に変わる。自分はいったい何を見ているのか。トーマスにはそれが理解できない。少年がまたトーマスの首を絞め、仰向けに押し倒す。ガラスの破片が上着を貫通してシャツにまで刺さる。少年の傷口から血が流れ出す。トーマスの血が循環器官を逆流して自分の上に滴《したた》り落ちる。

視界に次々と黒い雲が現われ、それぞれが大きく膨らんでいく。

ここで気を失ってしまったら、二度と生きて戻れない。もっとも、彼の一部はそうなってしまえばいいと思っている。眼のまえにちらつく暗闇に呑みこまれてしまいたい誘惑に駆られる。未知の世界に身を投じ、痛みから逃れたいと望んでいる。テレビを見ながらソファでうたた寝し、そのまま眠りに落ちてしまうのとたいして変わらないのではないか。

だけど、まだ死にたくない。

今や少年はゆっくり血を吸っている。お腹が満たされつつある乳飲み子のようだ。

このままではいけない。

このまま終わるわけにはいかない。

なんとかしなければ。

トーマスは右手を上げ、何度かすばやく息を吸って呼吸を整える。少年の側頭部に一撃を加え、デスクのへりに叩きつける。

少年は獣のようにシューッと音を立てて威嚇する。血が垂れている。トーマスの血が少年の歯からも、てらてらと輝く唇からも、顎からも垂れ、鎖骨の下の傷からも染み出す。

傷のまわりの肌は健康そうなピンク色になり、生気のなかった顔が生き生きした少年の顔になる。

少年の歯が音を立てて宙を切り裂く。トーマスはもう一度側頭部に一撃を食らわす。少年は眼を剝き、彼の体の上でくずおれる。トーマスの叫び声が壁にこだまして部屋じゅうに響き渡る。

少年はとても小さくて、とても軽い。トーマスは吐き気をもよおし、起き上がろうとする。部屋が揺れている。船が予期せぬ嵐に見舞われたのではと思うほどだ。実際、そうなのかもしれない。ほんとうのところはわからない。トーマスはもはやまともな感覚を失っている。部屋がぐるぐるまわりはじめる。暗闇が彼を引きずりこむ。

アルビン

　レジに向かう途中の棚の上でガラスとガラスがぶつかり合う。免税店の店内は白っぽい光に包まれている。香水や酒のボトルがきらめき、マルボロのカートンや巨大なトブラローネのチョコレートバーの箱の金色が輝いている。アルビンはボトル入りのリコリスキャンディをひとつ買いものかごに入れる。父さんと母さんからお小遣いとして二百クローナもらっているが、いろいろなものがありすぎて何を選んでいいかわからない。

　レジの列に並ぶ。ストレートの髪を桃色に染め、真っ赤な口紅をつけた女が香水売り場から彼を見ている。アルビンは不安にかられる。ルーと一緒にいるところを見られただろうか？　ルーがさっき万引きしたのを知っているのか？

　結局、なにごともなく会計をすませる。店の外にでると、ルーが苛立たしげにガムを噛みながら待ちくたびれている。

「ずいぶんはやかったね」ルーはそう言うと、アルビンがまだそばまで行かないうちにさっさと歩きだす。

アルビンはルーを追う。案内所では係の男の人が退屈そうに立っている。階段をのぼり、〈カリスマ・ビュッフェ〉の入口まで戻ると、今度は船尾に向かって歩く。レストランとカフェを通り過ぎ、〈マクカリスマ〉という店のまえまで来る。店内ではコートを着た男たちがビールを飲んでいる。大きなアーケードゲームのところに小さな子供が何人かいて、やり方もわからずにやたらとボタンを押している。窓の外は真っ暗で、自分とルーの姿が映っているほかは何も見えない。

「アッベ！」とルーが呼ぶ。

ルーは小さな売店に向かって歩く。店先に黒い布をかけたボードがあり、光沢のある写真が飾られている。ルーを追いかけて売店にはいると、女の人がひとりいる。最初に船に乗ったときに入口で乗客の写真を撮っていた人だ。

「それはただの見本」眼が合うとその人は言う。かなり訛りがある。「今日撮った写真はこれで見られる。一枚四十九クローナ。仕上がりまでは一時間」

差し出されたｉＰａｄをルーはひったくるようにして奪い、力をこめてガムを嚙みながらものすごい早さで画面をスワイプして写真を次々見ていく。時々手を止めて、写真にコメントする。〝この人の髪の毛、イタいよね？　コンディショナーを変えたほうがいいって誰か教えてあげればいいのに〟、〝ジーンズはこうやって脇の下まで引っ張りあげるにかぎるよね〟、〝この人、父親と母親がきょうだいだって知ってるのかな？〟知らない人たちの顔が画面に現われては消えていくのを見ていると、アルビンはめまいがしてくる。自分も何かコメントしようと思うが、いつもルーに先を越されてしまう。

「ほら、これがあたしたち」

急にその写真が画面に現われたので、アルビンは今もまた見ず知らずの人たちの写真を見ている気がする。全員髪はブロンドだ。アルビンをのぞいては。

撮られる直前にカメラに気づき、笑おうとしたのだが、口もとが半分だけ笑っていて、むしろ不機嫌そうに見える。白いスニーカーは汚れ、ジーンズは膝が出ている。もし見ず知らずの他人の写真だったら、ルーはなんと言っただろう。

「知恵遅れの夢遊病者に見える自分が最高に好き」とルーは言う。

写真の中のルーは半分眼を閉じているが、それでもかわいい。リンダおばさんがルーの肩に手を置いて、愛想笑いを浮かべている。父さんは顔が少してかっているけど、やはりカメラに笑顔を向けている。なんだか父さんとリンダおばさんが夫婦みたいに見える。母さんは車椅子から気まずそうにカメラを見上げている。母さんがとにかく写真を撮られるのが嫌いなのはアルビンもよく知っている。誰かが携帯電話を掲げると、決まって体をこわばらせ、挙動不審になる。撮らないでと頼むか、シャッターが切られる瞬間にそっぽを向く。だから、アルビンは母さんの写真をうまく撮れたためしがない。乗船口で撮った写真がよく撮れていればよかったのにとアルビンは残念に思う。よく撮れていたら、買っていって母さんに見せてあげられたのに。

もう一度、写真の父さんを見る。この自信に満ちた笑顔を見せている人と昨夜の父さんはほんとうに同一人物なのだろうかと考える。

おれは母さんのあとを追うべきなんだ。そうすれば、おまえたちは幸せになれる。そうだろ？

「すてきなご家族ね」と売店の女の人が言う。

「だといいけど」とルーは言い、アルビンを引っ張るようにして店を出る。

暗い色の壁に囲まれた部屋のまえを通る。看板に〝カジノ〟と書いてある。緑色のフェルトが張られた台の奥に女の人がひとりいる。フルーツの絵柄が回転するスロットマシンがあり、何人かがだらしなくスツールに坐ってレヴァーを引き、ボタンを押している。アルビンとルーは通路の突きあたりまで歩く。ダンスミュージックが大音量でかかっている。ルーのポニーテールが歩くたびに振り子みたいに揺れ、肩甲骨をかすめる。触りたい。指にあの髪を絡ませてみたい。アルビンはそんな衝動に駆られる。

広いダンスフロアのあるバーにはいる。バーの頭上に飾り文字で〈カリスマ・スターライト〉と書いてある。天井には白いライトが星座に見えるように並んでいる。ダンスフロアでは色とりどりのライトが光り、板張りの床やステージのまえの閉じた赤いカーテンに模様を描いている。年配の夫婦が抱き合って踊っている。控えめなステップで前後左右に動いているが、まるで音楽に合っていない。ふたりだけの世界に没頭している。きっとふたりは愛し合っているんだろう。その隣りで、裸足の女がジャンプを繰り返している。時々手を叩き、恍惚とした笑みを浮かべている。

「あたしも陽気で浮かれた性格だったらよかった」とルーが真面目な顔をして言う。「何が幸せかはその人次第だけど」

バーとダンスフロアのあいだにあるテーブルを抜けて進む。ルーは誰かが半分飲み残したビールのボトルに手を伸ばす。ブロンドのバーテンダーがルーに向かって首を振る。怒ってはいないようだが——むしろ笑っている——アルビンは今すぐこの場を去りたい気分になる。

「信号機をファッションに取り入れるとかイタいよね？」ルーが少し奥にいる禿げた男を顎で示して言う。

男は赤いシャツを着て、裾を緑色のジーンズにたくしこんでいる。お腹の贅肉が重力に逆らってまっすぐ突き出ている。確かに信号機みたいだ。アルビンは思わず吹き出す。

　裸足の女が年老いた夫婦のまわりをまわる。夫婦はちらっと彼女を見る。筋骨隆々の体をぴったりしたTシャツに押しこんだ男たちがダンスフロアに近づいてくる。そのうちのひとりが、ボトルからじかにビールを飲みながらルーとアルビンを見る。ぼくたちは連れに見えているだろうか。アルビンはルーに近寄る。

「友達のお母さんがクルーズ船で働いてるってほんとう?」とアルビンは尋ねる。

「まあね」とルーは答える。「キモい話をいろいろ聞かせてくれる。この世で清掃員ほど嫌な仕事ってないよね。まあ、想像がつくけど。だけど、誰かが吐いたものを片づけると五百クローナのボーナスがもらえる。クルーズ船では吐く人が大勢いる。特に自分の船室で。人のゲロで大もうけできるってわけ」

　アルビンは周囲を見まわす。真鍮の手すり、ダンスフロアを囲むスモークガラス、艶《つや》のあるテーブルやバーカウンター。いたるところが清潔に保たれている。足もとのえび茶色のカーペットにも染みひとつ見あたらない。暗くてよく見えないだけかもしれないけれど。

「トイレで吐いてくれるのが一番いい。ホースの水で下水口に流せばすむから。それだけで五百クローナもらえる」

　ルーは指を鳴らす。毎日、他人の吐いたものを片づけなければならない仕事とはどんなものだろうとアルビンは想像してみる。

「ほかにもキモい話がいっぱいある」とルーは声を落として続ける。「船室でレイプされる女の子が大勢いる。だけど、警察は何もできない。部屋からいろんな人のＤＮＡがたくさん検出されて証拠にならないから」

ルーは期待をこめてアルビンを見る。話のおちはもう話したと言わんばかりに。だとしたら、アルビンにはそのおちがまるでわかっていない。

「わからない？」とルーは言う。「精液のこと。壁にも床にもそこらじゅうに古い精液が残ってる。みんなそこらじゅうでヤってるから。マジでキモいよね」

ルーは悲鳴をあげ、べたべたしたものを振り払うように手を振る。眼が嫌悪感に満ちている。

アルビンはなんと言えばいいかわからない。ダンスフロアのほうを向くと、さっきの男がまだルーを見ている。ルーは気づいていないみたいだけれど。それとも気にしていないだけなのか。ルーはポニーテールを肩にかけ、指で梳《と》かす。

「お父さんとお母さんは今でもセックスしてるの？」とルーは尋ねる。「ていうか、お母さんはできるの？」

「やめて」とアルビンは言う。

そんなこと考えたくもない。母さんをハグしたとき、肋骨が今にも壊れそうな気がした。父さんが触れようとしただけで折れてしまいそうだ。どんなに気をつけていても骨が砕けてしまうだろう。

「リンダおばさんはどうなの？」とアルビンは尋ねる。

別に知りたくもないけれど、母さんと父さんの話をするよりずっとましだ。

「一度、ヤってるのが聞こえた」とルーは答える。「まえのボーイフレンドと。喘《あえ》いでるのはほとんど相手のほうだったけど」

ルーは口に指を何本か突っこみ、えずく真似をする。少なくともほんとうに気分が悪いのではないとアルビンにははっきりわかる。

「ママはベッドではつまらない女だと思う。普段からすごくつまらない人だから。フェラチオがどんなものかも知らないんじゃないかな」

ルーは呆れたように眼をぐるりとまわす。アルビンは今度もなんと言えばいいかわからない。〝フェラチオ〟ということばがふたりのあいだで宙ぶらりんになる。この頃セックスのことばかり考えていると知ったら、ルーはどう思うだろう。時々インターネットで検索してることや、それを見てどんな気分になるか知られたら。恐怖と快感と気持ち悪さを同時に味わっていると知られたら。

セックスは一見、普通に見える人が急に別人に変わる異次元世界だ。悪夢に出てくる怪物みたいになる。カーテンの向こう側をのぞきさえしなければ、みんなごく普通の世界にいるいたって普通の人なのに。

ルーもそうなのか？　誰かとヤったことがあるのだろうか？

「もう行く？」とアルビンは言う。努めて笑顔をつくる。

「うん」とルーは答える。「ところで、歯に何かはさまってるよ。もうすっかり見飽きちゃった」

ルーはもう出口に向かっている。アルビンは遅れをとる。人差し指の爪で前歯をほじくると、小さな緑色の粒が取れる。口に入れると、ものすごく辛い。

アルビンはジーンズで指を拭き、ルーのあとを追う。

マッデ

マッデは片手を上げて、その場で飛び跳ねる。ハイヒールを履いた足が痛いことなど気にもとめない。顔から汗が噴き出し、今にも服からはみ出しそうな胸の谷間に滴《したた》り落ちる。肌を覆う金色の粒子が〈クラブ・カリスマ〉の明滅するライトを浴びて幾千の星のようにきらめく。ビートに合わせて拳を突き上げていると、自分が音楽を支配しているような気になる。もう片方の手に持っているレッドブル・ウォッカがグラスからこぼれ、甘い酒のせいで肌がべとつく。

クラブにいる客はまだそれほど多くないが、みんな彼女とザンドラを見ている。マッデはそれが嬉しい。注目されると力が漲《みなぎ》る。誰かに見られているあいだは、疲れなど感じない。見ている人たちの話題になりたい。ザンドラも同じ気持ちだ。マッデにはそれがわかる。彼女の眼を見ればわかる。ザンドラがそばに来て、ストリッパーみたいにフェザーのショールを肩からすべらせて落とす。ショールをマッデの首に巻きつけ、捕まえたというように引き寄せる。フェザーが温かく湿っているのをマッデは肌で感じる。マッデは笑い、グラスをあおってぐいっと一口飲む。ショールをつかむザンドラの手に力がこもる。ザンドラは激しく腰を振り、しゃがみこむ。ミニスカートが腰までまくれあがり、白いレースのパンティがまるで蛍光灯のように明るく光る。

ザンドラがよろめき、ショールをつかんだまま尻餅をつく。マッデは頭を引っ張られ、つられて倒れそうになる。グラスの中身が宙を舞う。ザンドラはようやくショールから手を離し、床に倒れこむ。手足をじたばた動かす。彼女の笑い声が音楽を切り裂く。マッデも思いきり笑う。息ができない。体に力がはいらず、立っていることすらできない。喘《あえ》ぎながら屈みこむ。ザンドラの金切り声が耳に響く。マッデの口からよだれが垂れる。それに気づいてますます激しく笑う。

フィリップ

店内は常に薄暗いので、〈カリスマ・スターライト〉にいると時間の感覚がなくなる。それでも、時計を見なくてもフィリップにはまもなく九時になるとわかる。レストランの食事は二部制で、第一部の食事を終えた乗客が二度目の乾杯をしようとバーにやってくるからだ。フィリップとマリソルはジントニックをつくり、ビールやワインやイエーガーマイスター（ドイツのハーブを多く使ったリキュール）をグラスに注ぎ、シードルやアルコール入りの炭酸飲料や大特価のスパークリングワインのボトルを開ける。手を動かしながらも、カウンター席にもたれかかるようにして大声で言い合いをしているふたりの老人から片時も眼を離さないように注意する。

「こんなのは海外旅行とは言えない」とひとりが言う。「フィンランドに一時間ばかりいるだけじゃないか」

「いかにも。フィンランドは外国だろうが。スウェーデンの一部だとでも？」もうひとりがあおるような口調で執拗に言い返す。

「似たようなものだろうが」

フィリップはビールを注ぎながら店内に眼を走らせる。疲れ知らずの裸足の女はまだダンスフロアで飛び跳ねている。そのまわりで、さっきより大勢のカップルが踊っている。すぐそばに痩せこけた女が立っている。フィリップは胸騒ぎを覚える。明るく輝くライトの影になっていてシルエットしか見えないが、ただじっと立っているだけで、ほんとうにそこにいるのかどうかも怪しく思える。加工に失敗した合成写真を見ているようだ。時々、ライトがあたってほんのわずかに顔が見える。がりがりに痩せていて、しわだらけで、かなり濃いメークをしている。

「海外旅行じゃなければ、免税店があるわけないだろうが」頑固そうなほうが言う。してやったりという顔をしている。

「そういう問題じゃない。フィンランドの地に足をつけてもいないんだから」

「いかにも。スウェーデンにだって足はついてない。だからここは外国ってことだ」

フィリップはまた店内を見まわす。バーとダンスフロアのあいだにある席はほぼ埋まりつつある。ソファにはある家族がいる。幼いふたりはソファの背を乗り越えて、肘掛けの椅子のあいだにはさまっている。が、一番年長の分厚い眼鏡をかけた七歳くらいの女の子は黙ったまま両親がビールを飲むのを見ている。親たちはひたすら酔おうとしている。以前はそれほどでもなかったのだが、最近のバルティック・カリスマ号の乗客はそれが使命とばかりにとにかく酒を飲む。いつからそうなったのかはフィリップにもわからないが、もはや歯止めがきかなくなっている。もっと穏やかで、家族向けの船旅をしたいなら、グーグルで検索してほかのクルーズ船を探すしかない。フィリップもネット上のコメントは読んだことがある。ほかの船はスポンサーを見つけて特定のテーマに沿ったプランを提供したり、ＤＪやダン・アペルグレンよりずっと大物のゲストを呼んだりしている。今ではバルティック・カリスマ号は時代遅れのクルーズ船で、安く酒が飲めるほかに売りがない。まっすぐ立っていることもできないような親たちが子供を連れているのを見ると、フィリップは胸糞が悪くなる。両親が鞄いっぱいに酒瓶を詰め、瓶が中でぶつかり合う音を聞くのはどんな気持ちか、彼自身よく知っているからだ。なんという皮肉かとよく思う。そんな自分が今では毎日酒を出す仕事をしているなんて。

ビールの釣り銭を渡し、次の注文を受ける。それから次。さらに次。そのうち、同じ作業を繰り返すだけの機械になった気がしてくる。ジョークを言い、愛想笑いを振りまき、チップが余分にもらえそうなときはウィンクする。が、何も考えていない。頭の中は空《から》っぽだ。

いつかマリソルに瞑想を勧められたことがある。ただじっとしているだけなんて、考えるだけでストレスが貯まりそうだと思ったが、瞑想——心を落ち着かせ、今この瞬間に集中する——がいかにすばらしいかを語り、彼を説き伏せようとするマリソルの話を聞いていたら、まさに今のこの状況を思い出した。フィリップにとっては仕事が瞑想と同じなのだ。

「コスモポリタンを四つ」と女の客が注文する。フィリップはうなずき、その客のきりっと描かれた眉を頭でメモする。そうやってちょっとした特徴を覚えておくと、誰が何を注文したか忘れずにすむ。

マティーニグラスに氷を入れてグラスを冷やす。そのあいだに、ぴかぴかに磨いたシェイカーでウォッカとコアントローと氷とクランベリージュースを混ぜてカクテルをつくる。マリソルが担当するバーのそばの席にイェニーがいる。ステージ衣装の赤いワンピースを着ており、カウンターにはウォッカ・ソーダが置かれている。彼女がいつも飲んでいるカクテルだ。グラスの縁に赤い口紅のあとがついている。艶やかなブロンドをカールさせたイェニーは往年のスターのようだ。彼女はまもなくこの船を去る。一年じゅう、ほぼ同じ曲のレパートリーを聞いているが、それでも彼女の低くハスキーな声が聞けなくなると思うとさびしかった。彼女がこの船で歌うのは明後日が最後だ。正直に言えば、恋しくなるのは彼女の声だけではなさそうだ。

眉毛の女性客のまえにカクテルを出し、クレジットカードを受け取って読み取り機を通す。

「調子はどう？」と笑顔のイェニーに声をかける。

「絶好調」と彼女は答える。「今夜もクルーズ・ディレクターがいないってことをのぞけば」

フィリップは励ますように微笑む。船ではその日が誕生日の客に《ハッピーバースデー》の歌をプレゼントするのだが、クルーズ・ディレクターの代わりにその音頭を取らねばならないのが気に入らないのはフィリップも知っている。彼女はそんなふうに乗客と交流したくないのだ。

誰かが叫ぶ。カウンター席の老人たちが喧嘩をおっぱじめている。マリソルはもう案内所に電話して、警備員を寄越すよう要請している。

フィリップはバーカウンターの外に出て、老人たちのあいだに割ってはいる。双方の胸を押さえて引き離す。幸い、どちらも喧嘩を続けようとはしない。それどころか、まっすぐ立っているだけで精一杯のようだ。

三十秒もしないうちにピアとヤルノが駆けつける。

「さて、おふたりさん」とピアが言う。フィリップは下がって彼女に任せる。「いったいなにごとかしら？」

「おれはハンス・ヨルゲン。こいつを暴行の罪で告発する」と頑固そうなほうが唾《つば》を飛ばしながら息巻く。

「だったらこっちも告発してやる！」ともうひとりが怒鳴る。「最初に手を出したのはおれじゃない。ここにいる全員が証人だ」

「ふたりともわたしたちと一緒に来て、ひと眠りしたほうがよさそうね」とピアは言う。「お酒が抜けてからゆっくり話しましょう」

意外にもどちらも抵抗しない。ただ、お互いに睨《にら》みあっている。

「カッレの件はどうなった？」ピアとヤルノがふたりの老人に手錠をかけるあいだにフィリップは尋ねる。

「プロポーズ作戦は無事終了」とピアは答える。「お相手はちっとも気づいてなかったみたい。すごく驚いてた」

フィリップは笑って言う。「ここに立ち寄ってくれるといいんだけど。ミスター・パーフェクトの顔をぜひとも拝みたいからね」

「今夜はスイートルームから出てこないでしょうね」とピアは言って微笑む。手錠がじゃらじゃら鳴る。「明日、シフトにはいるまえにあのふたりを誘ってプロムナードデッキで散歩しない？」

「いいね」とフィリップは答える。

バーのまえで客が待ちくたびれた顔をしている。そろそろ仕事に戻らなければ。

「ほかにわたしたちが気をつけておくべきことはある？」

ダンスフロアのそばにいた痩せた女のことはすっかり忘れかけていたが、そう聞かれてフィリップは自然とそちらに眼を向ける。女のシルエットはもう消えていた。女がそこにいないとわかって、どういうわけかよけいに胸騒ぎがする。

フィリップは不安を払拭《ふっしょく》するように首を振る。

「ふたり連れの子供が飲み残しのビールに口をつけようとしたくらいだ。男の子と女の子。男の子は十二歳くらいで、タイとか、そのあたりの子じゃないかな。女の子はブロンドで、十二歳から十七歳くらい」

「わかった」とピアは言う。「じゃ、あとでね」

ピアとヤルノはそれぞれ老人を抱えるようにして連れていく。

フィリップはバーカウンターの中に戻る。ピアがいてくれて、この船の乗組員はみんな幸運だ。いつもながらそう思う。ほかの船の警備員は必要最低限の任務しかこなさず、ほかのことは見て見ないふりをする。通路で乗客が酔いつぶれていてもほったらかしにし、真夜中に三歳の子供を連れた客がダンスフロアにいればそっぽを向く。ただでさえ手に負えないことがいっそう面倒な事態にならないのは、ひとえにピアのおかげだ。オーナーの好きにさせたら、もっと強い酒を提供し、とっくに酔っぱらっている客からも注文を取れと言うに決まっている。船上では陸地の法律や規則は適用されない。それに、バルティック・カリスマ号がまだ航海を続けたいなら、もっと儲けなければならない。それでも、ピアはそんなことは断じて許さないし、そんな彼女の姿勢がほかの警備員にも波及し、バーのスタッフの考えを改める。

フィリップは次の注文を受ける。ブロンドのドレッドヘアでデニムのジャケットの襟に緑の党のピンバッジをつけている男性客にビールを五杯。

「お友達の件はうまくいったの？」とマリソルが訊いてくる。フィリップは嬉しそうにうなずき、親指を立てて答える。

次の注文は赤ワイン二杯とピーナッツひと皿。年配の夫婦だ。夫のほうは生えぎわに染みがいくつもある。それからまたビールを何杯か。ストライプのポロシャツを来たふたりの男。

カッレ

　ふたりはデッキ9の通路を歩いてスイートルームに向かう。カッレは全身が軽くなったような気がする。胸がいっぱいで、膨れ上がって宇宙を埋め尽くしてしまいそうだ。ヴィンセントが感きわまっているのを見て、その気持ちがあふれそうになる。

「息をするのを忘れるなよ」とカッレは笑う。

「何か飲みたい気分だ」とヴィンセントは言う。声がかすれている。「きみの友達が働いているバーに行かないか？」

「まずはふたりきりでゆっくり過ごそう」

　もうひとつサプライズを用意してあるから。危うくそう口をすべらせそうになる。通路の突きあたりにある部屋のまえまで来る。カッレはドアにカードキーを差しこみ、ヴィンセントに軽くキスしてからドアを開けて室内にはいる。

　ヴィンセントは戸口でかたまる。床に散らばったバラの花びらを見つめる。カッレが電気を点けるとヴィンセントは眼を見開く。

「これは……？」と驚いて言う。「いつのまに——？　さっきまでここにいたのに」

カッレはヴィンセントの手を取り、ホワイトゴールドの金箔の指輪をはめた指を見る。自分もお揃いの指輪をしている。サイズまで同じだ。カーペットに散らされたバラの花びらを踏みしめながら下の階の大きな部屋にはいる。コーヒーテーブルの上にピンクのハート型のゼリーがはいったボウルが置かれている。階上《うえ》の寝室に向かう階段の手すりはピンクのリボンで飾られている。大きな窓を雨がやさしく叩く。カッレはそのまえを歩きながら船首のデッキを見おろす。白い手すりが暗い水面に映えてくっきり光って見える。手すりは両側から弧を描き、先端で合わさって矢印のようにまっすぐ海を指している。霧雨が降っているのに、デッキは大勢の乗客で混み合っている。

ふたりは階上《うえ》にあがる。ベッドサイドのテーブルにシャンパンのはいったアイスバケットがある。ピアとフィリップはベッドにもバラの花びらを散らしていた。ヘッドボードのうえに大きな横断幕が掛けられ、赤と濃いピンクのフェルトペンで〝おめでとう！〟と丸い文字で書かれている。

「なんてこった、あいつらどうかしてる」とカッレは笑って言う。「あとはペアになったピンクのテディベアがあれば完璧だ」

口ではそう言いながら、カッレは感動を抑えきれない。ベッドに腰をおろし、花びらをつまみあげる。花びらはシルクのようにやわらかい。

「こっちに来いよ」とヴィンセントに言う。

ヴィンセントは階段をのぼりきったところに立ち尽くし、横断幕を見つめている。まるでなんと書かれているのかわからないというように。「ずいぶんまえから計画していたんだね」

「全然気づかなかった？」

ヴィンセントは黙って首を振る。

「ほんとうに？　こっちはいつばれるか心配で……」そう言いかけて、ヴィンセントと眼が合う。

何かがおかしい。ヴィンセントは感きわまっているだけではない。どこか悲しそうにしている。

「大丈夫か？」とカッレは訊く。

「ちょっとトイレに行ってくる」とヴィンセントは答え、階段を降りていく。

トイレのドアが閉まり、水を流す音が聞こえてくる。カッレは落ち着かなげにリズムを取りながら膝を叩く。想像が膨らみつつある。よからぬ想像はすぐにやめるんだ。自分にそう言い聞かせる。

ヴィンセントはイエスと言った。おれたちは結婚するんだ。おれとヴィンセントは結婚するんだ！　もちろん考えなければいけないことは山ほどある。カッレはもう何カ月もまえからあらゆることを考慮し、計画してきた。

指にはまった指輪を左右にまわす。立ち上がる。上着がきつく感じる。上着を脱ぎ、急に息苦しくなった気がしてTシャツの襟もとを引っ張る。

手すりのそばまで行き、階下《した》を見る。彼のいる場所からはトイレのドアは見えないが、まだ水が流れる音がしている。

カッレはアイスバケットからシャンパンを引き抜く。氷が大きな音を立てる。溶けた氷がボトルから滴《したた》り落ちる。アルミの包み紙をはがし、コルクをまわす。弾《はじ》けるような音がしてコルクが抜ける。ヴィンセントが戻ってくるまで待ったほうがよかったのではないか？　が、もう遅い。ふたつのグラスにシャンパンを注ぎ、泡が落ち着くのを待ってさらに注ぎ足す。ためらうことなく一気に飲み干し、二杯目を注ぐ。蠟燭を灯《とも》せればよかったのだが、防火上の理由で船内への蠟燭の持ちこみは禁じられている。

階下《した》でバスルームのドアが開く。カッレは両手にグラスをひとつずつ持ち、ベッドに坐って待つ。足音が聞こえる。

ヴィンセントの顔が見えてくる。ヴィンセントは階段の途中で立ち止まって言う。「できない。ほんとうにごめん。だけど、できない」

「どういう意味だ？」とカッレは訊く。答はとっくにわかっているのだが。

「きみとは結婚できない」

カッレの心は沈む。バルティック・カリスマ号もろとも海の底まで沈んでしまうのではと思うほど深く。「だけど……さっきイエスと言ったじゃないか」どうにか声を絞り出して言う。

「そうするしかないじゃないか。あんなに大勢に見られていたら」ヴィンセントはとがめるように言う。

カッレは立ち上がる。その拍子にベッドの上の花びらが何枚かカーペットに落ちる。

「わけがわからない」

「ごめん」とヴィンセントは言う。「なんていうか……どうすればいいかわからなかったんだ……どうするのが正解なのか……」

打ちのめされた犬のように悲しげな眼をしている。まるでカッレが彼に厳しい試練を与えたかのようだ。どうすればいいのかわからない。カッレは黙ってグラスを差し出す。が、ヴィンセントは首を振る。

横断幕の文字が嘲笑うようにふたりを見つめる。カッレはシャンパンを一気に飲み干す。泡が口じゅうに広がってあふれ出そうになる。上を向いて飲みこみ、グラスを置く。

「でも、どうして?」と、ヴィンセントと眼を合わせずに訊く。「結婚しようと話していたじゃないか」

「わかってる」とヴィンセントは答える。「だけど、それはずっとまえのことで……」

「ずっとまえだって?」とカッレがさえぎって言う。「ついこのあいだの夏の話だ……引っ越しがすんだら結婚しようって……」

「わかってる」

「だったら、いったいどうして気が変わったんだ?」

「わからない。わかれば話せるんだけど」

カッレは顔をそらす。ヴィンセントは今まで見たこともないくらい悲痛な面持ちをしている。

「どうして結婚したくないのか自分でもわからないんだ」とヴィンセントは言う。「ただ、その選択はまちがっている気がして」

「誰かほかにいい相手がいるのか?」

ヴィンセントはきっぱりと首を振る。

「だったらどうして？」とカッレは問い詰める。

沈黙が流れる。

「おれとは一緒にいたくもないってこと？」

ヴィンセントは一秒余分に躊躇《ちゅうちょ》してから答える。「そんなことない」

そう言いつつも眼をそらす。

嫌いになれればいいのにとカッレは思う。何もかもぶち壊しにした彼を嫌いになれればどれだけいいか。「いつからそんなふうに思ってた？」

「そんなふうってどういう意味？　自分でもどう感じているかわからないのに」

「ふんぎりがつかない」とカッレは言う。「そういうことじゃないか？」冷たく突き放したような声になる。実にいい。「アパートメントを買ったときにはもうそう思ってたのか？　巨額のローンを組んだときから？」

「ごめん」とヴィンセントは言う。「ごめん。一時の気の迷いだと思ってた。浮かんでは消えていくものだと……」

「浮かんでは消えていく？」

「ああ、そうだ。よくあることだよ。きみは疑いを抱いたことはないのか？」

「ない」とカッレは答える。「一度もない」

互いに見つめ合う。今やふたりのあいだにはバルト海全体よりも大きな距離が生まれている。

おれたちの関係はこの海みたいなものなのかもしれない。表面上は美しく輝いて見えるけれど、実は不毛地帯だらけで、荒廃していて何も生きていけない。おれはそのことに気づいてさえいなかった。

カッレは彼らのアパートメントに思いを馳せる。やすりをかけて磨き直したばかりの床。試行錯誤の結果、ようやくそれぞれに適した場所に収まった絵画の数々。キッチンをリフォームするために追加でローンを組んだこと。大変な苦労を伴ったストックホルムへの引っ越し作業。家の購入や見え透いた居住イメージの演出にともなうストレス。現実とは思えない金額を目《ま》のあたりにして一世一代の覚悟で銀行との契約書に署名したこと。ヴィンセントはそのときからすでに確信を持てなくなっていたというのか？

「大変な時期が続いたかもしれない」とカッレは言う。「長くかかったかもしれない。でも、それはもう過去のことだ。急に深刻な事態になったから、ひょっとしたら神経質になっているだけかも……」

カッレは途中で口をつぐむ。ヴィンセントを説得しようとして、みずから屈辱を味わうことはない。たとえ本心ではそうしたいと願っていたとしても。ふたりで一緒にやっていくはずだった。きみとおれのふたりで。絶対に思いちがいなんかじゃない。そうだろ？

「どうしてこうなったのか自分でもわからない」とヴィンセントは言う。「だけど、それがはっきりするまできみとは結婚できない」

「どうやってはっきりさせるつもりだ？」とカッレは訊く。「いろんな相手と寝てみて、ほかにもっといい相手がいないか探すのか？」

もはや自分でも何を言っているかわからない。しがみつけるような思考も感情も見あたらない。

「よしてくれ」とヴィンセントは言う。「そういうことじゃない」

だったらどういうことなんだ？　カッレは怒鳴りたくなる。

「これからどうする？」とカッレは言う。「おれたちはこれからどうすればいい？」

ヴィンセントは何も答えない。

「きみがどう感じているかもわからないのに一緒にはいられない」とカッレは言う。「そうだろ？　うまくいくわけがない。何もなかったような顔をしてそばにいるなんて……ほら、おれと一緒にいると愉しいだろ、なんていうふうには振る舞えない」

「そんなことを求められないのはわかってる」とヴィンセントは答える。

「その挙げ句がこの仕打ちか？　きっとそういうことなんだな」

突如としてカッレの心が静まりかえる。感情がありとあらゆる方向へ彼を引っ張るのをやめる。心が無になる。鼓動が穏やかになる。レーザーのように鋭い思考がこのあとやるべきことを整理しだす。

また引っ越ししなければならない。ふたりともひとりではあの家に住み続けられるほどの余裕はない。不動産業者に依頼し、部屋を査定してもらう。幸せそうに彼らを祝福してくれた豊かな髪の銀行の女性に事情を話す。新しい部屋を探し、まだ屋根裏の倉庫に保管してある段ボール箱に荷物を詰め直す。

そのまえに、とにかくこの忌々《いまいま》しい船を降りなければ。今夜と明日をやりすごし、下船したらひとまずどこに滞在するか考えなければならない。

階段の途中でヴィンセントが泣いている。カッレは思わず慰《なぐさ》めたい衝動に駆られる。

「ここにはいられない」とカッレは言う。

「どこかでちゃんと話そう」

「いや」とカッレは拒絶する。「話したくない。きみはここにいればいい。それともどこへでも好きなところに行けばいい。とにかく今はそばにいたくない」

カッレはヴィンセントを押しのけるようにして階段を降りる。横断幕もバラの花びらも見ないようにする。彼が通り過ぎると、階段の手すりに飾られたリボンがかすかに音を立てる。部屋を出て通路に立ち、ドアを閉める。呼吸が荒く、息苦しい。

幸い、まわりには誰もいない。あふれ出ようとする涙を押しとどめる。冷静さを保たなければならない。

ドアの内側でヴィンセントが動いている音がする。カッレは小走りで通路を進み、階段に向かう。

トーマス

天井を見つめ、周囲を見まわして困惑する。どこにいるのか思い出す。狭苦しい部屋に充満する悪臭に気づく。血だらけの——おれの血だ——小さな少年が隣りで横たわっている。何が起きたのか理解しようとする。

ベッドの縁で体を支えてどうにか立ち上がる。アドレナリンはすっかり枯渇していて、全身が震える。

あまりにあっけない、とトーマスは思う。この子の強さは尋常じゃなかった。死んだふりをしているだけだ。すぐに眼を覚ますにちがいない。今は弱々しく見える手が今にもコブラのようにすばやく彼の首に巻きつき、締め上げる。今にも眼を開けて、さっきみたいに……

男の子の体は硬直している。体内が血液で満たされたおかげで肌はうっすらではあるが血色がよくなっている。頰にも赤みが差している。

トーマスの視点が突然切り替わり、客観的にこの状況を俯瞰する。ほかの人がこの場面を見たらどう思うだろう。涙があふれ出す。

なんと説明すればいいのか。この小さな子供が自分を恐ろしい目にあわせた。普通では考えられないくらいの恐怖で、何も考えられず無我夢中で――

殺した。そうだ、おれはこの子を殺したのだ。なんてこった。

首の傷に鈍い痛みがある。デスクの上の鏡を見る。大きく見開いた眼が映る。狂人の眼だ。噛まれた傷口からはもう血は出ていないが、男の子の歯形がくっきり残っている。

正当防衛。少年は自分の身を守ろうとして彼を噛んだ。きっと誰もがそう考えるだろう。だけど、血液は？　男の子の体内の血液はトーマスのものだ。本人の血ではない。それを証明してもらえれば……検査をして……

船内の警備員にどう説明したものか思案する。なにしろ自分でも信じられないのだから。

バスルームに駆けこみ、シンクに突っ伏し、すえたビールと胃液だけの液状の吐瀉物《としゃぶつ》を吐く。口の端から唾液が流れつづける。何もかも狂っている。

狂気の沙汰としか思えない。現実のはずがない。全部想像だ。おれの頭がおかしくなっただけだ。幻覚を見ているんだ。酔っぱらって興奮して、神経が乾いた小枝みたいにぽきっと折れて、罪のない子供を殺して、そのままこの船に閉じこめられて――

確かにこの子はどこかおかしかった。だけど、ほかに助ける手があったはずだ。殺すのではなく。

トーマスは唾《つば》を吐く。太い糸のようにぶら下がる濃厚な唾液を指でつまんで取り払う。唾液が排水口に吸いこまれていくのを見つめる。おれは狂ってなんかいない。この眼でしかと見た。

もっとも、そういう人はみんなそう言うんじゃないのか？

勇気を奮い起こし、バスルームのドア越しに室内を見る。

男の子の体は床に横たわったまま身動きひとつしない。ブロンドの髪が輝いている。

この部屋にはいったところは誰にも見られていない。なにごともなかったふりをして立ち去ればいい。いや、だめだ。あちこちに防犯カメラがある。おれが部屋にはいるところも録画されていて、きっとばれてしまう。

とにかくここから逃げなければ。頭がくらくらする。シンクにもたれて落ち着くのを待つ。手を洗う。が、爪にまで血が入りこんでいる。冷たい水で顔を洗い、頭をすっきりさせようとする。

シャツと上着は黒いので、血がついているとはほとんどわからない。タオルを濡らし、胸のあたりの棒状の染みを拭く。男の子の傷口から流れ落ちた血——割れたボトルの先端で彼が切り裂いた傷から流れ出た血だ。

もう一度吐きそうになる。携帯電話を取り出す。圏外だ。そもそも誰に電話すればいいかわからない。まだ九時をまわったばかりだ。どうしてこんなことになった？　ほんの一瞬ですべてが変わってしまうなんてありえるのか？

ふと、室内にハイヒールのブーツが置かれていたのを思い出す。この船のどこかにそのブーツの持ち主がいる。いつ部屋に戻ってきてもおかしくない。

おれはその人の息子を殺した。

トーマスはトイレットペーパーでシンクと蛇口をきれいに拭き、よろめきながらバスルームを出る。床に落ちているビール瓶を拾い、シャツの裾で拭く。ほかに指紋が残っていそうな場所はどこだ？

男の子はやはり身動きしない。

トーマスはドアのまえまで行き、深呼吸してからドアを開ける。通路には誰もいない。友達を捜さなければ。ペオがいいかもしれない。警備員に話すまえに、信頼できる誰かに話を聞いてもらうほうがいい。

いや、船がオーランドに着くまで誰にも言わずに黙っていろ。心の声が囁《ささや》きかける。この船を降りて逃げろ。別の船に乗ってどこか遠くへ逃げるんだ。

ついその声に従いたくなる。が、これはアメリカのくだらないアクション映画ではない。走って逃げればメキシコの国境を越えられるわけではない。行くあても隠し金もない。

首の傷がうずき、焼けるように痛む。背中が汗で濡れている。壁に寄りかからなければ歩くこともできない。長髪の若者がふたり、部屋から出てくる。トーマスをちらりと見てから歩きだす。トーマスは彼らを眼で追う。どこにでもいる、ただの酔っぱらいに見えただろうか。何か起きたのではと不審に思って警備員に通報するだろうか。部屋から音が漏れて聞かれていたのか？

とにかくここから離れなければ。どこか落ち着いて考えられる場所まで行かなければ。

ダン

「みなさん、カリスマ号のカラオケ・パーティにようこそ！　司会進行役のダン・アペルグレンです！」

まばらな拍手が起こる。まだ夜は早い。カラオケ・バーにいるのは大半が老人で、ふんぞり返るようにソファに坐っている。中には大きく突き出た腹にビールのジョッキをのせて居眠りしている人もいる。

ダンはスポットライトを浴びて汗ばんでいる。コカインのおかげで神経が研ぎ澄まされ、生きている実感が湧く。同時にまわりの汚れたものから隔離され、守られているようにも感じる。それらの汚《けが》れは眼には見えるが、彼の邪魔をすることはない。

「今夜、ここで新たなスターが誕生するかもしれない！」とダンは言う。

何人かがくすくす笑い、老夫婦の妻がからかうように夫の肘を小突く。ほんとうはステージで歌いたいけれど、その勇気がない。ダンにはそういう人がわかる。そういう人は周囲を見まわす。そして、ひとたびマイクを握ったら、もう止まらなくなる。一曲歌い終えてステージを降りると、まっすぐにヨーアンのいるブースに向かい、次の曲をリクエストするのだ。

「まずはみんなのよく知っている歌でウォーミングアップしよう」とダンはウィンクして言う。「みんなも一緒に歌ってくれ！　歌詞がわからなくても心配ご無用。あそこに表示されるから！」そう言って壁に掛けられた巨大なモニターを指差す。画面はまだ青い背景のままで、近くにいる人の顔が映っている。まるでしわだらけになったスマーフ（青い肌をした漫画・アニメのキャラクター）のようだ。

「準備はいいか？」とダンは言い、マイクを宙に放って何回転かさせてからつかむ。ヨーアンに目配せする。「じゃ、行くぞ！」

スポットライトが明るさを増す。さらに熱くなる。ダンは眼を閉じる。脚を開き、横を向く。片手でしっかりマイクを握る。

曲が流れ出す。カリスマ号のカラオケ・パーティでひと晩に二回は歌う曲。かつては数百万人の観客をまえに歌った曲、ユーロヴィジョン歌合戦のスウェーデン大会の決勝トーナメントではチケットが売り切れるほどの人気があった曲だ。

年老いた観客のひとりが痰が絡んだような湿った咳をする。バーテンダーがボトルを落とす。ドラムマシンがビートを刻む。誰かがリズムに合わせて手拍子をし、ほかの客たちもそれにならう。前奏が次第に盛り上がる。ダンはマイクを口もとに運び、眼を開けてまっすぐまえを見る。

ほんの一瞬、彼の眼にはまばゆい光しか見えない。スポットライトで眼がくらむが、かまうものか。

〝心が熱をあげている、おまえの愛がおれを燃やす。離ればなれになればおれは死ぬ。思い焦がれて熱を帯びた雲の上で〟

年老いた婦人ふたりが彼に笑みを向ける。小声で囁《ささや》き、笑い合う人たちもいる。腹の出た老人は体をびくりとさせ、寝ぼけ眼《まなこ》でまわりを見る。

〝おまえの熱い体。その笑顔がおれに火をつける〟ダンは歌いつづける。コーラスが加わり、曲は最高潮へと向かう。〝癒やそうとしても無駄だ。おまえの火でおれは燃え尽きる〟

画面に表示された歌詞が切り替わる。浜辺で水をかけ合う人たち、日あたりのいい公園でブランコをこぐ人、祭りの屋台で道化の帽子を試着する人などを背景に黄色い大文字の歌詞がスクロールしていく。

「さあ！　みんなも一緒に！　よく知ってる曲だろ！」

何人かが呼びかけに応じて大声で歌いだす。この曲をつくったクソ作詞家に数百万クローナもの印税をもたらした歌詞を声に出して歌う。あの禿げのクソ野郎ときたら、《ハート は熱々》の歌詞は十五分足らずで書き上げたとあちこちで自慢げに吹聴している。ダンのほうは、この一曲を二十年も歌いつづけている。それなのに彼の銀行口座にはほとんど残高がない。企業の催しものやゲイバーや小さな町の広場で数え切れないほど歌った。

〝医者なんかいらない、治りたくない。おれはおまえという病《やまい》にかかって、熱をだしたみたいだ。心が熱をあげている。おれの火もとはおまえだ。ベイビー、おれはおまえの炎に焼かれている。おまえへの愛でどこまでも高くのぼれる〟

曲は続く。コーラスが加わり、転調し、さらにコーラスがはいり、ようやく終わる。ダンは満面の笑みを浮かべ、深々とお辞儀する。老人たちは礼儀正しく拍手する。

「すばらしい！　最高だ！　もっと聞きたい人はバーと免税店でおれの最新のベストアルバムを買ってくれ！」

カラオケ・パーティはこのあと五時間続く。ダンはヨーアンのほうを見る。ヨーアンは疲れきったようにうなずいてみせる。

「さて、ヨーアンに今夜最初のリクエストが届いているようだ」とダンは言う。「最初にステージに立つ勇気のある人は誰かな？」

ぴちぴちな服を着た年配の太った女が、『ジュラシック・パーク』の恐竜みたいによたよた歩いてまえに進み出る。緊張した面持ちで微笑み、ダンが差し出した手を取ってステージにあがる。

「ようこそ」ダンは精一杯歓迎するふりをして言う。「お嬢さん、お名前は？」

まばらな笑い声が聞こえる。

「ビルギッタ」女は訛りのある口調で静かに答える。「ビルギッタ・グドムンソン」

「今日はどこから、ビルギッタ？」

女は決まり悪そうに体をよじる。緊張のあまり聞き取れなかったのかもしれない。ダンが質問を繰り返そうと口を開きかけると、女は言う。

「ゲリュケセボ」

「いいところらしいね」

彼女が嫌みに気づかなかったのは奇跡に近い。ゲリュケセボ？　どこにあるんだ？

ビルギッタの頬がワンピースと同じくらい真っ赤になる。そばにいるとその熱まで感じられそうだ。

「ええ、そうね」と彼女は言う。「とてもいいところよ。わたしたちも大好きなの」

「今夜は誰のために歌うのかな？」

「愛する夫のために」

ビルギッタは顔をほころばせ、シャツにヴェストという出で立ちのいかにも生気のなさそうな男のほうを見る。男のほうも彼女を見つめ返す。栄養失調に見えるのも無理はない。きっと家じゅうの食べものをビルギッタが食べてしまうのだろうから。

「彼に捧げる曲は？」とダンは尋ねる。

「ドリー・パートンの《ジョリーン》。思い出がたくさん詰まった曲なの」

「結婚してどのくらい？」

「四十年になるわ」とビルギッタは誇らしげに言う。「このクルーズ旅行はルビー婚式のお祝いなの」

「それはそれは。それじゃ、ビルギッタと彼女の幸運な夫にお祝いの拍手を！」とダンは観客を促す。

盛大な拍手が鳴り響き、ビルギッタは恥ずかしそうに笑う。ダンが歌を披露したときよりもずっと盛り上がる。彼は否が応でもそのことに気づく。

マリアンヌ

もう十時をまわっている。〈カリスマ・スターライト〉のまぶしい光を浴びながら彼らはフォーステップを踏んでいる。店内の空気は重く淀んでいて、自分たちと同じように火照《ほて》ったほかの客の体とぶつかり合いながら踊る。マリアンヌもうっすら汗をかき、ブラウスが肌に張りついている。こめかみから汗が滴《したた》り落ちる。ディナーの席で白ワインをしこたま飲んだ。何杯飲んだのか覚えてすらいない。ビュッフェでは好きなだけワインをおかわりできるので、スカッシュを飲むみたいにワインを飲んでは咽喉《のど》の乾きを覚えてさらに飲み、際限なくそれを繰り返した。味は甘すぎて好みではなかったが、赤ワインに変えようとは思わなかった。あとで鏡を見て歯に色がついているのを見たくはなかったから。

ヨーランは彼女の手をしっかり握り、一心に彼女の眼を見つめている。マリアンヌはもう居心地の悪さを感じていない。むしろその逆だ。こうして見つめられていると、自分が誰にも気づかれない存在ではなくなった気がする。生きていると実感できる。わたしは美しいとさえ思う。

もう何年もこんなふうに解き放たれた気分になったことはなかった。いつも肩越しに自分を監視しているもうひとりの自分からようやく逃れられた気がする。

ヨーランは初歩的なステップしか知らないが、それでも自信たっぷりに彼女をリードする。時々即興のダンスを披露したりもする。マリアンヌがつまずくと、転ばないように体を支えてくれる。

赤いワンピースを着た美人の歌手がバンドを従えて歌っている。その背後にひだの寄った重そうな赤いビロードのカーテンが掛かっている。

ふたりはダンスホールを縦横無尽に踊る。色とりどりのライトが光るたび、まわりで踊っている人たちの姿が垣間見える。手はパートナーの背に添えられ、腰や尻を撫で、首にかけられている。恍惚として眼を閉じている人もいれば、一刻も早くこの場から去りたいとばかりにあたりを見まわしている人もいる。恥ずかしげもなくキスを交わし、笑い合い、相手の耳もとになにやら囁《ささや》いている人もいる。ここでは数多《あまた》の人生が繰り広げられている。今はわたしもその中のひとり、とマリアンヌは思う。

不意にヨーランに引き寄せられ、ふたりは抱き合う形になる。汗で湿った彼の首が頬にあたる。曲が終わり、また別の曲が始まる。が、ふたりは抱き合ったままじっとしている。

マリアンヌはあらゆるものに圧倒されている。

「きみがいま何を求めてるかあててみせようか」とヨーランが耳もとで囁く。

そんなの無理よ、マリアンヌは咄嗟にそう答えそうになる。自分でもわからないのだから。いや、それは嘘だ。しかもまるで説得力のない嘘だ。

「あら、何かしら?」

マリアンヌは息を止めて答を待つ。

「ビールだよ、もちろん」ヨーランは彼女を抱いていた腕の力を抜き、いたずらっぽい笑みを浮かべる。「何を期待していたんだい?」

マリアンヌはあまりの恥ずかしさに顔をそむける。

一歩まちがえばすべてが無様に終わりかねない。が、そういうことをやすやすとやってのける彼をマリアンヌは好きになっている。彼は彼女がとうの昔に遊び方すら忘れていたゲームに彼女を導いてくれる。

「行こう」とヨーランは言う。

手をつないでダンスフロアを横切る。千鳥足のカップルが四方八方からふたりにぶつかってくる。肩甲骨のあいだに誰かの肘があたり、マリアンヌは窒息しそうになる。

ヨーランがビールを買って戻ってくるのを待つあいだ、マリアンヌはダンスフロアを見ている。多くのカップルがいて、まるで芋洗いだ。ひとりで踊っている男もいる。カウボーイハットのつばに隠れた眼は閉じられ、手を高く掲げて前後に揺れている様子はトランス状態にはいっているように見える。

近くのテーブルを陣取っているフィンランド人のグループが大声で話している。マリアンヌはそっとそちらを見る。ことばがわからないので、どんな話をしているのか見当もつかない。生まれ育った町にあった古い工場を思い出す。その工場では大勢のフィンランド人が働いていた。一九六〇年代のことだ。町には彼らのほかに移民はおらず、住民たちはしきりに噂したものだ。フィンランド人はいかにおかしな人たちか。フィンランド語のなんと耳障りなことか。連中はいつも酔っぱらっていて、スウェーデン人と交わろうとしない。里帰りするときには新車を買い、家族に見せびらかしている……。遠い昔の話。絵の中の出来事のような気さえする。

ステージでは歌手がもう次の歌を歌っている。一方で、人間はまるで変わっていないようにも思える。のだろうとあたりを見まわし、彼の後ろ姿を見つけてほっとする。ヨーランはまだ戻ってこない。どうしたのだろうとあたりを見まわし、彼の後ろ姿を見つけてほっとする。バーのまえで百クローナ札を二枚掲げながら——酒を買うつもりも、買えるだけの金もあると示しながら——おとなしく順番を待っている。

汗臭いスーツを着た男が近づいてくる。マリアンヌはおそるおそるその男を見る。大きな顔はまん丸で、頬が重そうに垂れ下がり、頭頂部にわずかに髪が生えている。赤ん坊をそのまま大きくしたような男だ。赤ん坊のようなその男はさらに彼女ににじり寄り、体を押しつけてくる。マリアンヌは脇によけ、ダンスフロアを見ているふりをする。近寄らないで。そう態度で示す。わかるわよね？

だが、男にはその意図が通じないのか、腰を振りながらまた体を押しつけてくる。

「失礼」とマリアンヌは言い、踵《きびす》を返してヨーランのいるバーのほうへ歩きだす。

「あそこに蜘蛛の巣が張った女ばっかりだ」と男が背後から大声で言う。

マリアンヌの体がこわばる。

「なあ、一緒に踊ろうぜ」と男は彼女に追いつき、手をつかんで誘う。

マリアンヌは首を振り、じっと床を見つめる。

ようやくヨーランが戻ってくる。マリアンヌの隣りに立つ彼を見て、赤ん坊のような男はなにやらつぶやき、うつむきながら立ち去る。

「もう新しい友達ができたのか？」とヨーランは笑いながら言う。「何か言われた？」

「なんでもないわ」マリアンヌはそう答えるものの、声が震えている。

ヨーランは肩をすくめると彼女にビールのジョッキを渡し、ちょうど空いたばかりのバーのそばの椅子席を示す。「少し休憩したほうがよさそうだ」と彼は言う。「もう昔ほど若くはないらしい」

「ええ、そうね」とマリアンヌは応じる。

席まで歩きながらまわりを見る。さっきの男はどこにも見あたらない。布張りの椅子に坐り、大きく何口かビールを飲む。生き返った心地がする。泡が弾《はじ》けて乾ききった咽喉を潤《うるお》していく。ヨーランの言うとおりだ。わたしが欲していたのはまさにこのビールだ。

「お友達を捜さなくていいの？」周囲の雑音にかき消されないように大声で訊く。フィンランド人のグループは今や互いに肩を組み、音楽に合わせて甲高い声で歌っている。

「いや、かまわないよ」とヨーランは答える。「おれは今こうしてきみと一緒にいるわけだから」

フィリップ

女性グループの騒々しい金切り声のせいで耳鳴りがする。カウンターに身を乗り出さないとほかの客の注文が聞き取れない。紙ナプキンで額を拭う。それでも汗が垂れてきて眼にしみる。こうしていると初めてバーテンダーの職に就いたときのことを思い出す。われながらよく耐えていたものだ。まだバーの店内での喫煙が禁止されておらず、髪にも服にも煙草のにおいが染みつき、眼も肺も焼けるように痛かった。そんな時代もあったと感慨深く振り返る。

バーカウンターの外から視線を感じる。赤いメタルフレームの眼鏡の女。注文はマリブコーク二杯。注文の品を出す。もう一度額を拭い、次の注文を受ける。眼にはいってしまいそうなほど濃い眉をした年配の男がしわくちゃの紙幣を出してビールを買う。ガチョウみたいにやかましい例のグループからも注文がくる。シャンパンのボトルとグラスを五つ。

カウンターのそばに白いTシャツを着てひげを生やした男が立っている。一心にフィリップを見つめている。眼が合うと、フィリップは驚く。信じられない。見ちがえるようだ。

そこにはカッレがいる。

一気に時がさかのぼる。最後に会ったのはもうずいぶんまえだ。どれほど会いたいと思っていたか、今になってわかる。

フィリップはカッレを思いきり抱きしめる。カッレは新鮮な空気のにおいがする。外の世界のにおい。ひげはやわらかいが、冷えている。カッレはじっとしたまま動かない。

「おめでとう！」とフィリップは言う。「ピアから聞いた。うまくいったそうじゃないか。こんなに嬉しいことはないよ！」

カッレ

フィリップが抱きついてきて、背中を叩く。カッレはされるがままでいる。まだ夢を見ているような心地がする。

「祝杯をあげにきたのか？」フィリップは体を離し、あたりを見まわす。カッレの未来の夫を捜している。

フィリップの制服は今も変わっていない。白いシャツに赤いヴェスト。胸には真鍮製の小さな名札がついている。髪型も変わっていない。巻き毛の明るい茶色は少し薄くなってはいるが。

カウンターの反対の端にいる黒髪のバーテンダーが嬉しそうに手を振ってくる。〝おめでとう〟声を出さずにそう言っている。

フィリップはあらためてカッレをじっと見る。笑顔が炸裂している。話すのをよそうか。カッレは真面目にそう思う。何も言わないほうがいいかもしれない。

「で、フィアンセはどこだ？」とフィリップが尋ねる。

「たぶん部屋にいるんじゃないかな」カッレは首を振り、そう答える。「それにしても、ここは変わらないな」

「おれたち以外は」とフィリップが軽口を叩く。

カッレはどうにかつくり笑いする。

ステージでは歌手がＡＢＢＡの懐かしのヒット曲を歌いはじめる。ガチョウみたいな女子会グループは一斉に奇声をあげ、シャンパンをグラスいっぱいに注いでダンスフロアめがけて駆けだす。カッレはその様子を見送る。

「すべて順調か？」とフィリップは訊く。

「わからない」とカッレは答える。「いや、順調じゃない」

「何かあったのか？」

「わからない」とカッレは繰り返す。「もう何がなんだか」

フィリップは戸惑いつつうなずく。バーは混み合い、熱気にあふれている。注文の順番を待ちきれない客がカウンターのまえに並んでいる。店内は騒がしく、大きな声を出さないと相手の声も聞こえない。カッレにもそれはすべてわかっている。

「部屋には帰れない」とカッレは言う。「どうしたらいいのかわからない」

「よかったら今夜はおれの部屋に泊まるといい」とフィリップは申し出る。

「ありがとう」

「おれのＩＤカードを持って先に行ってるか？　仕事が終わったらおれもすぐに戻る」

カッレは首を振る。スタッフルームでは早めのパーティがちょうど始まる時間だ。ひとりでそこへは行きたくない。今はまだ。素面《しらふ》では絶対に。とはいえ、ここにいても昔の同僚にいつ出くわすかわからない。船内には隠れられる場所はない。

「最近は何かと厳しくなっててね。乗組員が客に交じって飲んだり騒いだりしなくなってる」カッレの心を読んだかのようにフィリップは言う。

カッレはまたしても涙を呑みこむ。「一杯飲みたい」と彼は言う。「強いやつを」

「それならよりどりみどりだ。いつものでいいか？　それとも――」

カッレはうなずく。ああ、いつものを頼む。

トーマス

悪寒がする。

エレヴェーターでデッキ10まであがり、プロムナードデッキに出る。ほんとうは船の頂上にあるサンデッキまで行きたかったのだが、ここから先はエレヴェーターではあがれず、歩いてのぼるしかない。が、数歩で力尽きる。

ベンチの上で体を丸め、震えている。屋根はあるものの、雨が横から吹きこんでくる。トーマスは寝返りを打ち、壁ぎわを向く。通り過ぎる人々の笑い声が聞こえる。酔った勢いで普段より大きな声で話しているのが聞こえる。刺激が多すぎて処理しきれない。しかも、どんどんひどくなっている。どこにも行けない。船内は人々の声と音楽とまぶしい光とスロットマシンが回転する音で混沌《こんとん》としている。何よりにおいがひどくて耐えられない。洗剤、香水、食べもの、ハンドソープ、体臭、バターのようなスキンローション、アルコール、煙草の煙——あらゆるにおいが襲いかかってくる。誰かのポケットの中で温められたコインのにおいまで嗅ぎ分けられそうだ。が、それもこれも、あの強烈なにおいに比べたらどうということはない。激しい頭痛をもたらすあのにおい——そう、生理のにおいだ。エレヴェーターを降りたとたん、あたりにそのにおいが漂っているとわかった。遠く離れた場所からでも血のにおいに気づくサメのように、すぐにわかった。においを漂わせている女を見つけ、股間に顔を突っこみたい衝動に駆られた。一目散ににおいのもとに駆けつけ、体を引き裂いてもっともっと血のにおいを嗅ぎたかった。

下を向いて吐く。ビュッフェで食べた料理が重く刺すような痛みを伴って逆流してくる。たいして量を食べていなかったのがせめてもの救いだ。

オーセ。そう、オーセだ。彼女のことを思うあまり、食事も咽喉《のど》を通らなかった。それはわかっている。ところが、今はオーセのことを考えようとしてもなんの感情も湧いてこない。唯一感じているのは血のにおいの記憶だけだ。

どうにかなってしまいそうだ。おれはいよいよおかしくなってしまうのか。口蓋《こうがい》がうずき、鼻腔まで痛みが走る。舌先で口蓋に触れるとかたくこわばっている。

船の奥深くから伝わってくる単調な鈍い響き、ほんのかすかなベンチの揺れに意識を向けることしかできない。カリスマ号は低音《バッソ・プロフンド》で歌い、彼を慰《なぐさ》める。ほかのあらゆるものから彼の意識をそらそうとする。

泣きたいのに涙がでない。

「ヤバい」近くで子供の声がする。

トーマスは恐怖で体をすくめる。きっとあの少年だ。見つかってしまった。仕返しに来たのだ。おそるおそる声のしたほうを見ると、子供がふたりいて、彼をじっと見つめている。

その子供たちは強烈なにおいを発している。においの微粒子が渦巻いているのが眼に見えるほどに。女の子がつけているローションは化学物質の甘ったるいにおいがする。その下にある血まで感じられる。若く、生き生きとした、みずみずしい血が血管を流れている。口蓋がさらにうずく。顔がゆがむのが自分でもわかる。子供たちがあとずさりする。おれは恐ろしい形相をしているにちがいない。

子供を狙う殺人鬼みたいに。

「ごめんよ」と彼は言う。「心配しないで。ちょっと休んでるだけだから」

声が割れて奇妙に聞こえる。早くどこかに行ってくれ。トーマスはそう願う。このままここにいられたらどうなるか。考えるだけでも恐ろしい。女の子のほうはわざと退屈そうなふりをしている。息から酒のにおいがする。

子供たちの血のにおいを強く感じる。胃が痙攣し、トーマスは胎児のように体を丸める。

が、もはや胆汁しか残っていない。

「マジでヤバい」と女の子が言い、男の子を引っ張って離れていく。

すぐに反吐《へど》の出るような不快な笑い声が聞こえてくる。

トーマスはまた壁のほうに向き直る。頭は割れそうに痛いが、体は清められたようにきれいになった気がする。胃の中にはもう何もなく、ブラックホールのように空《から》っぽだ。

またしても口蓋がうずく。鼻を突き抜け、頭まで激しい痛みが走る。今度ばかりは眼に涙があふれる。

アルビン

「さっきの人、マジでキモいよね」とルーは言う。ふたりは白く塗られた金属製の階段まで来る。その階段をのぼるとサンデッキに出られる。

アルビンはうなずく。ベンチにいた男は体をこわばらせ吐いていた。その様子を思い出し、身震いする。

「誰かに伝えたほうがいいんじゃないかな」とアルビンは言う。「コートも着てなかったし」

「そんなの、本人の責任よ。いい歳をした大人なんだから、お酒の飲み方くらいわきまえてなくちゃ」

アルビンは父親のことを思う。「それはそうだけど」となおも言う。「なんだか具合が悪そうだった」

階段をのぼり、船の屋根にあたるデッキに出る。広大なデッキはすべり止めの緑色のシートで覆われていて、サッカーコートのようだ。船体の左右の手すりにクレーンがあり、丸い形をした灰色のコンテナが備え付けられている。その中に救命ボートがはいっていることはアルビンも知っている。

「飲みすぎたときは、吐いたほうがいいのよ」とルーは言う。「だからスウェーデンのお酒には嘔吐剤がはいってる。誰も彼もがアル中にならないようにね」

アルビンはデッキを見まわす。どう見ても飲みすぎた人が何人もいる。奇妙な動きをし、眼はうつろで、まるでゾンビみたいだ。

「キモいと言えばあれも」ルーは顎で〝スウェーデンはスウェーデン人のもの〟とプリントされたTシャツを着た男を示す。

階段はさらに上の展望デッキまで続いている。アルビンはルーのあとについて階段をのぼり、展望デッキに出る。強風にあおられないように腕をしっかり体に巻きつける。ここがこの船の一番高い場所だ。手すりに向かって歩きながら、アルビンはめまいを覚える。斜め下に数階下にある船首のデッキが見える。眼前には風と海と暗い空だけが広がっている。星ひとつなく、真っ暗だ。霧雨が顔にあたって心地いい。この先のどこかにフィンランドがある。もうオーランド諸島の近くまで来ているはずだ。バルト海は地図で見るとちっぽけな海に思えるけれど、こうして見ると果てしなく続いているかのようだ。

めまいがおさまり、胃のあたりになんだか心地よい感覚が芽生える。まるで空を飛んでいるような心地がする。アルビンは両腕を広げ、眼を閉じて、雨と風を全身で受け止める。ポーズを取ってしまってから、もしルーがあの映画を見ていなかったら、とうろたえる。もしそうなら、ただのおかしなやつだと思われるにちがいない。

「世界はぼくのものだ！」とアルビンは控えめに叫ぶ。

「ちょっと、タイタニックは沈没したのよ。縁起悪いことしないでくれる？」そう文句を言いつつも、ルーは笑っている。「もう行こう」そういって階段を降りていく。「誰にも邪魔されない場所を見つけないと」

サンデッキに戻ると、ルーはあたりを見まわし、階段の下に潜りこむ。アルビンは手すりのそばまで行き、はるか下の水面を見下ろす。船体に沿ってしぶきがあがる音まで聞こえそうな気がする。石油みたいになめらかで真っ黒な海に真っ白な泡が立っている。それからルーのいる階段の下に行き、隣りに坐る。ルーがウォッカの小瓶の蓋を開け、大きく一口飲んでからアルビンにボトルを差し出す。

アルビンはおそるおそる口をつけ、顔をゆがめないよう必死で耐える。ものすごくまずい。ガソリンを飲んだらきっとこんな味がするのだろう。ボトルをルーに返す。ふたりのあいだの金属の床に手をつくと、船の振動が伝わってくる。

「もういらないの？」とルーは訊く。

アルビンは黙って首を振る。

ルーは肩をすくめる。いつのまにかスカーフを顔に巻いて雨をしのいでいる。アルビンもパーカのフードを上着の下から引っ張り出す。

通り過ぎる人たちは誰も彼らを見ない。まるで透明人間になったみたいだ。

「恋したことある？」とルーがアルビンのほうを向いて出しぬけに尋ねる。

「たぶんないと思う」

「恋したら自分でもそれがわかる」

「好きな子ならいるよ」とアルビンは言う。

それは嘘ではないが、真実とも言えない。クラスにはほかの女子よりかわいい子がいる。だからといって、その子のことが好きなのか？　その子をデートに誘う自分の姿は想像がつかない。たとえデートにこぎつけたとして、どうすればいいのかもわからない。

「だけど向こうはあんたに興味ない、でしょ？」とルーは言う。

外の風は冷たく、手がかじかんでいる。アルビンは上着の袖を引っ張って手を覆う。正直に言えば恋がどういうものかはよく知らないが、ルーにそうと知られないためにはなんと答えるのが正解なのか。そんなことを考えていたら、ルーの一撃を食らう。

「ゲイならそれでかまわない。ちがう？　それならはっきりそう言って」以前のクラスメイト――アルビンにとっては今もクラスメイトだが――の話をしているのだろうか。あの子はゲイだという噂があるのは確かだ。どう見てもほかの男子とはちがう。とりわけ人気があって、いやらしいことを言ってもジョークですませてしまったり、女の子が悲鳴をあげるまで胸をつかんだりする連中とは似ても似つかない。だけど、ルーが昔のクラスメイトと今でも連絡を取っているとしたら、どうしてぼくには連絡をくれなかったのか？

手すりの先に四人組の男がいる。煙草を吸い、イタリア語らしきことばで騒いでいる。

「もっと堂々としてれば、あんただってそこそこかっこよく見える」とルーは言う。

アルビンは今度も肩をすくめて答える。「そうかもね」ほんとうはものすごく嬉しいのだが、顔には出さない。少なくともルーから見てぼくは不細工ではないということだ。ひょっとしたらほかの人たちもそう思っているかもしれない。とはいえ、どうすればもっと堂々としていられるのだろう？　自分らしくしていればいい。そうすれば何もかも自然とうまくいく。これでよかったと思えるようになる。人はそう言う。だけど、そんなのは嘘っぱちだ。

アルビンは時々想像することがある。学校に行ったら何もかもが変わっている世界を。

彼がほかの生徒とはちがって、変わり者であることに変わりはないが、いい意味での変わり者になっていることを。どこかミステリアスで刺激的な存在になっていて、誰もが彼のほんとうの姿を見誤っていたことに気づくのだ。

「そっちは？」とアルビンは訊く。「誰かに恋してるの？」

ルーは黙ってうなずき、ボトルに唇を押しあててウォッカを飲み干す。

「つきあってるの？」

「ううん。あいにく向こうはあたしの存在にすら気づいていないから」

ルーはしばらく黙ったままでいる。アルビンは横目でそっとルーを見る。ルーに気づかない人なんているだろうか？　こんなに目立つのに？

「彼は七年生なの。今は学校も別々になっちゃった。まえは毎日彼の顔を見ることができたのに」

今にも泣きだしそうな声だ。アルビンは少しためらってからルーに近づき、ぎこちない仕種で背中に手をまわす。ルーの背中が静かに震えだす。

「その人の名前は？」

「ソーラン」とルーは答え、鼻をすする。

「かっこいいの？」

「ううん。きれいな人。だけど本人はそれがわかってない。わかるでしょ。そこがすごくいい」

「だからって堂々としてないとは言えなくない？」

「それとこれとは別よ」とルーは言う。

アルビンはあえて追求しない。

「このおんぼろ船に電波が届けば写真を見せてあげられるんだけど」ルーはそう言って頬の涙を拭う。「すごくいい人なの。ＳＮＳに人権とか環境問題の記事のリンクをよく投稿してる。ほんとうに大切なことは何か、彼にはわかってる」

アルビンは手すりのほうを見る。イタリア人のグループは火がついたままの煙草を暗闇に放り投げて去っていく。

「だったら本人にそう言ってあげたら？」

「すごくいいアイディア」とルーは言う。「そうするにかぎるよね」

「きっと彼も喜ぶと思うけど。ぼくならそう言われたら嬉しい」

「ほんとに？」ルーは咳払いする。「ほんとにそう思う？　あたしみたいな子に言われたとしても？　いとこじゃなかったとしたらよ、もちろん」

ルーのほうからアドヴァイスを求めてくるなんて現実とは思えない。ぼくがなんでもわかってるとでも思ってるんだろうか。ソーランみたいな男の子のことも、ルーみたいな女の子のことも。

「うん」アルビンはできるかぎり自信満々なふりをして答える。

ルーは涙を拭き、バッグからコンパクトを取り出す。蓋を開け、内側の鏡で自分の顔を見る。

「そろそろ部屋に戻らないと」とアルビンは言う。

「んー。で、ベッドにはいる《ターン・イン》」ルーはリンダおばさんの口癖を真似て言い、呆れたようにぐるりと眼をまわす。「誰が最初に言ったんだろ？　だいいち何に変身する《ターン・イン》わけ？」

「想像してごらんよ」とアルビンは言う。「何かに変身するところを」

ルーはコンパクトを持っていた手をおろし、吹き出す。ルーが急に笑い出したのでアルビンは不意をつかれるが、自分も一緒に笑いだす。ベッドにはいって眠りについたらまったく別の何かに変身する。その様子がありありと眼に浮かぶ。

「超かっこわるいものに変身しちゃったら最悪」ルーは大笑いしながら言う。「で、そのままずっと寝ちゃって、たとえば電車とかで、警備員に起こしてもらわないと人間に戻れないとか……」

おかしすぎて息ができない。アルビンは息も絶え絶えに、たったいま思いついたことを話そうとする。寮の部屋に生きものではないものがたくさんいて、ベッドで鼾《いびき》をかきながら寝ている様子を伝えようとする。

ふたりはさらに想像を膨らませる。寝ている人が何に変身するか。どちらがより面白いことを考えつくか競い合う。やがてアイディアが尽きる。アルビンの体は疲れきっている。頭は空《から》っぽでもう何も思いつかない。ただひたすら穏やかな気持ちになる。

「ああ、もう、頭が痛くなってきた」とルーは言う。

「ぼくはお腹がよじれそうだ」とアルビンも言う。

「せめて少しは人間らしく見えるようにしないと」ルーはそう言って、またコンパクトの鏡をのぞきこむ。「外に出るときはこうするにかぎるよね」

アルビンが見ていると、ルーはさらにパウダーを塗り重ねる。メークもそのほかの装いも全部彼女の外側を覆う殻なのだと気づき、アルビンははっとする。何もかもが傷つきやすく、繊細な部分を守るかたい殻なのだ。そうやって誰にも見つからないようにほんとうの自分を隠しているのだ。

けれど、アルビンはその下にほんとうの彼女がいることを知っている。

自分にもそうやって隠れられる何かがあればいいのに。アルビンはそう思う。

マッデ

まるで豚みたいな鼻だ。ラッセの顔を見てマッデはそう思う。面と向かい合っているのに、鼻の穴の中まで見えそうだ。日焼けして肌がピンク色になっているせいで、よけいに豚みたいに見える。鼻の頭の皮膚はところどころ剝がれかかっている。マッデは気分を害する。バチェラー・パーティをしていたグループの中でよりによって一番醜い男が声を掛けてくるなんて、いったいどうなってるの？　確かにあたしは絶世の美女ではないかもしれないけど、こんな男でもあたしを落とせるチャンスがあるとでも？　いかにも田舎者らしい訛りまで腹立たしい。

ありがたいことにラッセの独壇場はようやく終わったようだ。仕事やスリランカ旅行の話を延々と聞かされていたのだ。〝あそこはタイに代わる新しい穴場だよ。ほかの人が注目するまえに訪れるべきだ〟行き先がどこでも、自分は地元の人間かのような口ぶりだ。

「ステファンのやつもかわいそうに」とラッセは友人を顎で示して言う。

まもなく花婿になる男がつけている薄汚れたヴェールは斜めに傾き、花柄のドレスの胸に入れてあった風船の片方はしぼんでいる。仲間に寄りかからなければまっすぐ立っていることさえできそうにない。ハイヒールを履いていなかったとしても。足首を骨折していないのが不思議なくらいだ。ステファンが松葉杖をついてよろめきながら歩く姿が眼に浮かぶ。

「クルーズ船で酒盛りなんておれは反対したんだ」とラッセは言う。

〈クラブ・カリスマ〉では大音量で音楽が流れていて声がよく聞き取れない。マッデはしかたなく相手に耳を寄せる。足もとで床が揺れている。船が揺れているのか、自分が酔っているだけなのか、マッデにはよくわからない。

「もっとみんなで愉しめることをしようって提案したんだ」とラッセは続ける。「みんなでスポーツでもして、それから〈リッシュ〉で食事すればいいって。あの店にはよく行くのかい？」

マッデは首を振り、ザンドラが戻ってこないかとダンスフロアに眼を向ける。すぐには戻ってこないとわかっていながら。案の定、ザンドラはラッセの友達と顔をくっつけ合うようにして踊っている。相手の名前は確かペオといったか。

「だけど却下された」ラッセはまだ話しつづけている。マッデが彼のほうに向き直ると、いかにも悲しげな顔をしてみせる。「もう昔みたいにしょっちゅうつるんではいられないからね。大人になるとみんな離ればなれになる。そういうもんだ。悲しいけれど、それが現実だ。そうだろ」

ジントニックのグラスが空《から》になる。マッデは氷をいくつか口に含んでかみ砕く。氷が砕ける大きな音が頭に響く。砕岩機が音楽に合わせて作業をしているかのようだ。

「踊らないか？」とラッセが誘う。

「あたしたち、これからカラオケに行くの」

言ってしまってからマッデは後悔する。ラッセが嬉しそうに顔を輝かせている。

「いいねえ」と彼は言う。

「まあね」

「じゃあおれは下手くそなスパイス・ガールズを披露するとしよう」とラッセは言い、マッデを見つめる。明らかに彼女の反応を待っている。

その顔ときたら、反吐《へど》が出るほど醜い。

「すてきね」とマッデは言う。

「そのまえに一杯おごらせてくれないか？　迷惑でなければ。別に見返りなんて期待してないから安心してくれ」

マッデはためらう。ザンドラはいつまで待たせるつもりなのか。あと一杯飲んで戻ってこなかったら、先にカラオケ・バーに行ってしまおう。

「そうね」とマッデは言う。「ジントニックをもう一杯飲もうかな」

ラッセはうなずき、バーカウンターのほうを向く。足が痺れてきたので、マッデはカウンターにもたれかかる。イケてる男が眼にとまるが、向こうは彼女を見ようともしない。誰もあたしを見ない。この豚野郎がわが物顔で隣りにいるかぎり。

「どうぞ」ラッセが水滴のついたグラスを彼女に渡す。

「あら」とマッデは驚いて言う。「ずいぶん早かったわね」

「いつも最初に注文するときにチップをはずむことにしてる」と彼は見るからに得意げに言う。「そうすればその夜のサーヴィスがよくなるから」

マッデは声を殺して笑う。この子豚ちゃんときたら、あたしを感心させようと必死になっている。

「何がそんなにおかしいんだい?」とラッセは笑顔で尋ねる。

「べつに」

誰かに腕を押され、マッデは苛立たしげに振り向く。汗臭いスーツを着た、禿げかけた男が彼女を睨《にら》みかえす。

「そのでかいケツを引っこめてくれないか？　通れやしない」と男は怒鳴る。

「あらまあ、穏やかにいきましょうよ」とマッデは答える。

「そうだ、穏やかにいこう」とラッセも言う。

「悪いのはこっちじゃない。デブ姉ちゃんのケツがバーの半分を占拠しちまってるんだ」

と男はなおも怒鳴る。

マッデは大声で笑いだす。その拍子に手にしているグラスからジントニックがこぼれる。

「そんなにあたしのお尻が気になる？　どんなに頑張っても、あんたには触るチャンスがないから？」

ラッセが不安そうにこっちを見ている。

「なんだ、ひっぱたいてほしいのか？」と男は言い返す。男のジャケットから漂ってくる悪臭で息が詰まりそうだ。

「冗談じゃないわ」

「女性に手を上げる気か？」ラッセが背後から加勢する。

男が眼を細める。それを見て、マッデは急に怖くなる。ラッセは彼女の名誉を守るふりをしているが、いざとなったら迷うことなく彼女を盾にして自分の身を守るにちがいない。

「こんなクソ女、叩くほどの価値もない」と男は小声で言う。

マッデは肩をすくめる。「臆病者が言いそうなことね」よろよろと歩いていく男の背中に向かって言う。男がいなくなると、またカウンターにもたれ、苛立ちまぎれに思いきりストローを吸う。

「あいつのせいで気を悪くしてないといいけど」とラッセは彼女の耳に囁《ささや》く。

「どうして気を悪くしなきゃならないの？」

ラッセは一瞬躊躇《ちゅうちょ》してから言う。「きみのことをあんなふうに言ったから……デブって」

マッデは手で髪を梳《と》き、彼の眼を見ずに答える。「ええ、あたしはデブよ」

「現代の基準でいえばそうかもしれない」とラッセはとりなそうとする。「だけど、女性の体型についての考え方はゆがんでる」

マッデはまた思いきりストローを吸って、もう一口飲む。ラッセの困惑が手に取るようにわかる。この子豚ちゃんは地べたに鼻をすりつけるようにして、ぴったりくる言い方を探そうとしている。

「きみは、その、なんて言うか……すごい」ラッセはようやくそう言う。「ちゃんと自分ってものを持ってる」

「どんな自分？」とマッデは言う。「あなたから見て、あたしはどんな人間なの？」

ラッセは前歯を舐《な》めて続ける。「きみはきみだってことだ。絶対に謝らない。セクシーな服を着て、一目置かれたいと思ってる。〝あたしはあたし。それが嫌なら失せて〟そんなふうに思ってる。きみの体はきみのものだ。言ってる意味、わかるだろ？　自分は絶対に悪くない。そう思ってる」

最大の賛辞を送ったのに、どうしてもっと喜ばないのか。ラッセにはそれが理解できないようだ。マッデにしてみれば、そんなことを今さら豚野郎に言われるまでもない。ここへは愉しむために来ているのだ。それなのに今はちっとも愉しくない。マッデはグラスを置き、バッグのストラップを肩にかける。

もう行くと言いかけたとき、ザンドラが彼女の顔に吸いつく男を引き連れて戻ってくる。「みんなでカラオケに繰り出すわよ！」とザンドラは大声でのたまう。

バチェラー・パーティの面々が歓声をあげる。豚野郎も一緒になって意気揚々と声をあげる。今夜、ダン・アペルグレンに会えたとしても、ものにはできなそうだ。マッデはそう悟る。

トーマス

誰もができるだけ近づくまいとする。彼が横たわるベンチからできるだけ距離を取り、それこそ手すりに身を押しつけるようにして通り過ぎる。トーマスは通り過ぎる人々を見ない。見られたくもない。ただ足音だけを聞いている。彼のそばまで来ると会話がやむのがわかる。

動けない。叫び声をあげることもできない。彼の体は完全に機能を停止している。残されたのは、胸の下でベンチを叩く心臓の鼓動と、頭の中を埋め尽くす何かを砕くような音だけだ。かたいものは下から別のかたいものに押しあげられて砕ける。やわらかい部分は湿った音を立てて引き裂かれる。ひどい痛みを感じる。とても辛い。頭蓋骨に針で穴を開けられているような、いや、斧でかち割られているような痛みを感じる。舌先でまた口蓋に触れる。今や軟骨のようにすっかりかたくなっている。

舌で歯に触れると根もとから前後にぐらぐらと揺れる。それでも触らずにはいられない。

やがて前歯が抜け落ちる。歯茎からなまぬるい血が染み出し、咽喉《のど》の奥へと流れていく。

さらに歯が抜ける。割れている歯もある。口の中がべとついた砂利のような歯でいっぱいになる。トーマスは抜けた歯にまとわりつく血を吸いこんでから、口を開けて歯を吐き出す。歯は鈍い音を立てて木製のベンチの上に落ちる。ベンチの下の床にもいくつか転がり落ちる。

最後に残った奥歯が抜ける。歯茎がちぎれて歯にくっついている。血と一緒に歯茎のかけらも飲みこんでから奥歯を吐き出す。さいころを振ったような音を立てて奥歯が落ちる。

口の中に血が広がる。大量の血があふれ、どれだけ飲みこんでも、今にも口から流れ出そうになる。舌先で歯茎に触れると、均等に深い穴があいているのがわかる。さらに血を吸いこむ。全部吸い出してしまおうとする。

尖ったものが舌の先にあたる。歯のかけらが割れて残っているのか？　いや、ちがう。尖ったものは動いている。だんだん大きくなっている。ひとつではない。あちこちから同じように生えてくる。新しい歯。生えかわったのだ。頭蓋骨のあらゆる場所で軋《きし》むような音が響く。が、一番ひどい音はもうおさまったようだ。古い歯がなくなった歯茎には新しい歯の通り道ができている。

やがて音がやんで静かになる。

遠くに誰かがいる。船の奥深くからエンジンの音が響いてくる。まるでその音が体の一部になったような感覚を覚える。しかし、彼の内部は静まりかえっている。今までに経験したことがないほど静かだ。

もう一度吸いこむ。が、もう血は出ない。

脈も聞こえない。この静けさが何を意味するのか、トーマスははたと気づく。彼の血管にはもはや血は流れていない。

心臓も動いていない。

鼓動がやんだ胸は果てしなく空虚だ。

思考が遠のく。呆然とする。

やがて次の痛みの波に襲われる。体が死にゆく。

カッレ

床が小刻みに振動している。胃が引きつるような馴染みのある感覚を覚え、カリスマ号が進路を変えたとわかる。ここは陸上《おか》ではないと思い知らされる。船はまもなくオーランド諸島に着く。

もうウィスキーで咽喉《のど》が焼けることはない。やわらかなビロードのようにするりと流れていく。カッレは眼を閉じ、店内の喧噪《けんそう》に意識を集中させる。今頃、ヴィンセントはこの船のどこにいるのか、何をしているのか。そのことを努めて考えないようにする。グラスが割れる音がする。ダンスフロアから笑い声が聞こえてくる。ダンスバンドは懐かしの名曲を演奏しているが、歌手の声は痛々しいほどに感傷的で、軽快な伴奏にもかかわらずフィルムノワールのBGMのように聞こえる。バーのスタッフがテーブルを片づけており、グラスがぶつかり合う音がする。

カッレは眼を開け、最後の一口を飲み干す。決まったパターンで明滅してダンスフロアを照らす光のビームは変わっていない。バーカウンターの中では、彼もよく知っている慣れた手つきでフィリップがビールを次々と注いでいる。

船での仕事を辞《や》めようかと考えていたあの頃に戻ったようだ。そのあとに起きたすべてのことは夢だったのではないかという気さえする。カリスマ号に呼び戻されたのかもしれない。ふとそんなおかしなことを思う。一度はこの船を去ったものの、船上でプロポーズするなどという馬鹿げた考えにとらわれて昔の人生に引き戻されたのかもしれない。まんまとその罠にはまってしまったということか。

カッレはウィスキーを飲もうとしてグラスが空《から》なのに気づく。フィリップはトリプルかそれより強いものを出してくれたはずだ。今晩はこれが二杯目だ。

ダンスフロアに眼を向ける。さっきまでバーにいた女のグループが輪になり、ビール片手に歌っている。人目もはばからずにやたらといちゃついているカップルもいる。口を開き、互いの尻を乱暴にもみしだいている。カウボーイハットをかぶった男が両腕を高く上げて揺れている。初めてひとりで立てた赤ん坊のようだ。初めて見る人ばかりだが、どの人も見たことがある。

「どうしてひとり寂《さび》しく坐ってるの？」耳もとでフィンランド訛りの大きな声がして、カッレは飛び上がる。

振り向くと、すぐそばに女が立っている。光沢のある上着を着て、へそを出している。白に近いブロンドの髪がゆるやかにカールし、尖った鼻をしたかわいらしい顔のまわりで揺れている。辛い人生を送ってきた雰囲気があるが、同時に王者のような風格も備えている。ずっとカリスマ号で暮らしていたい、いつもそう言っていた女。カッレが同僚たちに語って聞かせた逸話のひとつだ。

もっとも女のほうはカッレが誰だかわかっていない。

「ほら、一緒に踊りましょ！」女はそう言ってカッレの手をつかむ。「この曲、大好き！」

「いや。やめておくよ」とカッレは答える。「今夜は」

「〝今夜は〟ってどういう意味？　ここには今夜しかないのに」

女は笑みを浮かべている。が、今にも攻撃的な態度に豹変することを彼は知っている。カッレは首を振って言う。

「踊れない」

「踊れないわけないでしょ」女に強く引っ張られ、カッレは椅子から落ちそうになる。女は吹き出す。「おっと！　ほら、踊りましょ！」

「放っておいてくれ！」カッレはそう言い、すぐに後悔する。「すまない、ただ――」

「踊る気がないなら、なんだってこんなところにいるわけ?」

「今日はひどい夜だったんで」とカッレは申しわけなさそうに言う。

「だったら、わたしがいい夜にしてあげる。約束する」

彼の腕をつかむ彼女の手に力がこもる。ネイルが肌に食いこむ。

「ありがとう」とカッレは言う。「でも、やめておくよ」

「いいじゃない、つれないこと言わないで!」

カッレはつかまれている手を引っこめる。汗で湿っている。

「おれは踊らない。とっとと消えてくれ」

フィンランド語の長広舌が始まる。罵りことばのいくつかはカッレにもわかる。

「あんたはわたしみたいな女は自分にはふさわしくないと思ってる、ちがう?」女は最後にそう言う。

どうにかわかってもらおうという気力さえおきない。相手は酔っぱらいだ。感情的になっていて、衝動を抑えられない。女は彼の隣りの椅子にどすんと腰をおろす。倒れたのか坐ったのか彼にはわからない。

「そうじゃない」とカッレはうんざりしながら言う。「信じてくれ。今は誰が自分にふさわしいかなんて考えられる心境じゃないんだ」

「だったら、わたしのどこがいけないの?」と女は髪を払いのけ、責めるように言う。「教えてくれない? 後学のために」

なんと答えればいいのかカッレにはわからない。だいたい、何か言ったところでなんになる? どうせ明日の朝には何も覚えちゃいない。カッレは両手を広げてみせる。

「あっそう。だったら好きにしたら? この負け犬」と女は言い放つ。「あとになって後悔しても知らないから」

女はあざけるように首を振り、そっぽを向く。その場を離れようとしてカッレは動きを止める。バーカウンターのところにヴィンセントがいる。

首と肩がわずかに見えるだけだが、まちがいない。

ヴィンセントはフィリップに何か言っている。フィリップは申しわけなさそうに首を振る。彼が頼んでおいたとおりに。

立ち上がると、思いのほか酔っていることに気づく。八角形の柱の裏に隠れる。柱を覆う鏡にダンスフロアのスポットライトが反射する。なんともみじめな隠れ場所だ。いや、みじめなのはおれ自身だ。カッレはそう思う。柱の影に立ち、結婚するつもりだった相手から隠れなければならないなんて。

カリスマ号で暮らしたいと言っていた女は、いつのまにか椅子で居眠りしている。

マッデ

「調子はどうだい、お嬢さんたち?」ダン・アペルグレンはそう言ってふたりを迎える。

「クルーズ旅行を愉しんでる?」

マッデの顔をスポットライトが照らす。ものすごく熱い。ライトの向こうは暗くぼんやりしている。ダンが腕をまわしてくる。想像していたとおり、彼はとてもいいにおいがする。スパイシーな香水と火照《ほて》った肌。その下に隠れた汗。セックスのにおいだ。セックスのあとの朝のにおい。もう一度セックスするまえのにおい。がっしりした肉体が彼女のやわらかい体に押しあてられている。すべての筋肉があるべき場所にしっかり固定されている。そんな感じがする。シャツのボタンをいくつかはずしていて、やわらかそうな胸毛がのぞいている。その毛を指でつまみたい。うなじのにおいを嗅ぎたい。マッデはそんな衝動に駆られる。

「最高」とザンドラが答える。

いつものことだが、緊張していると訛りが強く出る。

「それはよかった」とダンは言う。「今日はどこから？」

「もともとはボーデンだけど」暗闇で誰かが仲間意識をこめて叫ぶ。「今はストックホルムに住んでるの」

「すばらしい。今日は何を歌ってくれるのかな？」

「《愛のデュエット》」とマッデが答える。

「それはそれは」とダンは言い、彼女に向かってウィンクする。「おれを口説こうとしてるのか？」（《愛のデュエット》の原題は〝わたしが欲しいのはあなた〟の意）

観客が笑う。が、マッデがそのジョークを理解するまでに少し時間がかかる。ザンドラが甲高い声で笑う。今すぐにでも金切り声で鳴くカモメの仲間入りができそうだ。

「かもね」とマッデは答える。

ダンはやさしく微笑む。「どっちがサンディでどっちがダニー？」

ザンドラはためらいがちにマッデを見る。中学生のときに『グリース』のリヴァイバル映画を見て以来、ふたりで何度となくこの歌を歌ってきた。が、パートを分けたことはなかった。いつも両方のパートを一緒に歌っていた。

「ザンドラがサンディ」とマッデは言う。「あたしたちの中では彼女のほうがいい子だから」

暗い客席でさらに笑いが起こる。口笛であおる者もいる。なんてことはない。信じられないくらい自然に話せている。ダンが愉快だからというだけではない。彼はマッデも愉快にさせてくれている。

「なるほど」とダンは言う。彼も同じように感じているのがマッデにはわかる。「それじゃ、ショーを始めよう！」

曲が始まった瞬間、観客も引きこまれる。音楽に合わせて手拍子をする。マッデは深呼吸し、大画面に表示されている歌詞の色が変わるのを待つ。スターティングブロックに足をかけた陸上選手になった気分だ。

ザンドラがまたしても声をあげて笑う。

歌が始まる。

最後の緊張の糸がほぐれる。マッデは歌う。誰も彼女から歌を奪うことなどできない。スプリンターのように大きなストライドで駆け抜ける。エネルギーを解き放つ。店内の空気が変わったのがわかる。

歓声と口笛が響く。

ダンはステージの脇で唖然として彼女を見つめる。

マリアンヌ

マリアンヌとヨーランはダンスバンドの演奏をあとにして〈カリスマ・スターライト〉を出る。通路を進み、カジノとパブとカフェを通り過ぎる。〈ポセイドン〉はすでに閉店していて、もう明日のためにテーブルをきちんとセッティングしてある。さらに進み、さきほどディナーを食べたビュッフェのまえまで来る。店内はもう真っ暗だ。階段の隣りにあるエレヴェーターに乗る。ヨーランがデッキ5のボタンを押す。

鏡にバスローブをまとった女のラミネート加工された写真が貼ってある。眼の下にスライスしたキュウリのパックをのせ、すぐそばに鮮やかな緑色のドリンクが置かれている。〝〈カリスマ・スパ&ビューティ〉で贅沢なひとときを〟ロマンチックな書体の宣伝文句が添えられている。マリアンヌは鏡に映る自分を見て愕然とする。顔は上気してかり、髪も乱れている。慌てて手櫛《てぐし》で髪を整える。

「そのままで充分きれいだよ」とヨーランが言う。

手をおろすと、ヨーランが屈んでやさしくキスしてくる。上顎の無精ひげが彼女の口を引っかく。驚いて声にならない悲鳴をあげる。ヨーランが口角をあげて笑ったのが唇の感触でわかる。やがてふたりの唇が離れる。

マリアンヌはすぐに彼のキスが恋しくなる。

エレヴェーターが止まる。マリアンヌは足もとを見て、誰かが吐いたゲロを靴の先で踏んでしまったのに気づき、顔をあげる。ヨーランが彼女の腕を取る。彼女の靴の汚れには気づいていないようだ。エレヴェーターを降りてデッキ5に出る。正面に乗船するときに通った金属製のドアがある。ヨーランは左へ歩いていこうとするが、マリアンヌはエレヴェーターのそばの床で意識を失っている女を見て立ち止まる。ブロンドの髪が頬にへばりついている。まちがいない。マリアンヌが踏んだゲロの出所はこの女だ。

「大丈夫？」マリアンヌはおずおずと声をかける。が、反応はない。

「行こう」とヨーランが促す。

「放っておいて平気かしら？」

「ちょっと飲みすぎただけだろう。あの様子からして、すっかり眠ってるよ」

「だけど……」

「警備員が面倒をみてくれるさ」

マリアンヌは不安そうにうなずき、ヨーランに手を引かれて歩きだす。カーペットに靴をこすりつけ、できるだけ汚れを落とそうとしながら長い通路を進む。

はるか先まで延々と続くドアのまえを通り過ぎる。いくつかの部屋から音楽が漏れ聞こえてくる。騒ぎ声や笑い声、聞きまちがいようのない喘《あえ》ぎ声も聞こえる。通路の突きあたりに大きなガラスのドアがある。ヨーランがドアを開けると冷たい風が勢いよく吹きこんできて、マリアンヌの湿ったブラウスをあっというまに冷やす。ただ、雨はもうやんでいるようだ。

ヨーランのあとに続いて広い船首デッキに出る。煙草を吸っている人が何人かおり、有毒な煙を突っ切って歩く。舳先《へさき》に近い手すりのところまで来ると、ヨーランは手をお椀のように丸めて風を防ぎながら煙草に火を点ける。風がマリアンヌの髪を乱す。マリアンヌは深呼吸する。新鮮な空気が心地いい。ヨーランは満足げに深く吸いこみ、煙草のパックを差し出す。マリアンヌは首を振って断る。遠くに明かりがきらめくのが見える。船体に沿って弾《はじ》ける白い泡を見ていると催眠術にかかったような気分になる。巨大な船を動かす動力。心を落ち着かせる轟音《ごうおん》。水面より下のどこかに、窓のない彼女の船室がある。ディナーのまえに着替えをしたあの部屋がある。風を受けて身震いする。ヨーランが彼女を引き寄せる。

エンジンの低音の響きが変わる。足もとの振動が大きくなる。

「速度を落としているのがわかるかい？」ヨーランは正面に見える明かりを指差して言う。

「もうすぐオーランドに停泊する」

「でも、この船の行き先はトゥルクでしょ？　トゥルクはフィンランド本土にあるんじゃないの？」言ってしまってからマリアンヌは唇を噛む。馬鹿みたいなことを訊いていると自分でもわかる。

「オーランドに寄れば免税品を売れるんだ。ＥＵだかなんだかの規制をかいくぐるためだろうな。賭けてもいい」とヨーランは言い、煙草を思いきり吸う。煙草の先端がはぜる。

「島民にとってはいい仕事だ。かなり稼いでるんじゃないかな。なにしろ年間数千もの船が寄ってくれるわけだから。それに船で働いている住民も大勢いる。この島には失業者はいないだろうな」

マリアンヌは黙りこむ。自分はオーランド諸島についてほとんど何も知らない。そのことを思い知る。そもそも考えたことすらなく、架空の場所ではないかと思っていたほどだ。

「おかしなものね」しばらくしてマリアンヌはようやく口を開く。「眼を凝《こ》らして探せば、ルールの抜け穴が必ずあるなんて」

「確かに。だけど、船のおかげで島民たちが得ているのは金だけじゃない。悪ふざけがすぎる乗客はここで船から降ろされて、オーランドの警察に引き渡される。そういう弊害もあるんだ」ヨーランはおかしそうに笑って続ける。「一、二年まえ、おれの友達も船から降ろされた。ちょうどエストニア号の沈没事故が起きた頃で、その事故をジョークにしたんだ……服を着たままシャワーを浴びて、ずぶ濡れのままナイトクラブに駆けこんで、バウバイザーが開いてるって叫んでまわった。乗客は恐怖でパニックになった」

ヨーランはまたおかしそうに笑って首を振る。マリアンヌはそんな彼をただじっと見つめる。望んでもいないのに、急に酔いがさめていく。

「なんて悪趣味なことをするのかしら」と彼女は言う。

「酔ってたんだ」とヨーランは言う。それが言いわけになるとでもいうように。

咽喉《のど》の奥に苦いものを感じる。失望の念がこみ上げる。魔法が解けていく。ヨーランも同じように感じている。立ち姿からそうとわかる。

マリアンヌは黙ったまま水面の泡を眺める。エストニア号と乗客がこのバルト海のどこに沈んでいるのか、カリスマ号はその真上を通るのか。その答を知らなくてよかったと思う。こんなに大きな鉄の塊が浮いていること自体、やはりおかしいのだ。今にも船が自分でそのことに気づいてみずから石のように沈んでいくのではないか。そんな子供じみた妄想をする。カリスマ号をごく普通の人が操る物体ではなく、生きもののように考えていることにマリアンヌは気づく。船長がどれほど道具を駆使したとしても、数十万トンもの船を完璧に制御できるはずなどない。

「どうかした？」とヨーランが尋ねる。

「わたしにはエストニア号のジョークが面白いとは思えない」

「わかってる。あいつはとんでもなく愚かなことをした。そんな話をすべきじゃなかった」ヨーランは心から後悔しているようだ。

「そうね、話すべきじゃなかった。せめて笑うべきじゃなかった。だって、ちっともおかしくない。ジョークにしていいことじゃない」

ヨーランは煙草を海に投げ捨てる。点のような光がやがて見えなくなる。

「おれたちみたいな人間は軽率な行動をとってしまうことがあるんだ」とヨーランは言う。「おれやおれの友達は、なんていうか……そんなに洗練された人間じゃないから。きみみたいな女性に出会えることはめったにない」ヨーランはそう言ってしばし黙りこむ。マリアンヌがどういう意味か尋ねようとしたとき、ヨーランは咳払いして言う。「きみは立派な人だ、マリアンヌ。ちゃんと地に足がついてる。そういうところが好きなんだ。すまなかった」

マリアンヌは彼を許す気になる。彼のことばは胸に響く。それにひとりになりたくない。

この旅に出たのがそもそものまちがいだったと思い知り、何も考えられずにただ失望して過ごしたくはない。わたしは冒険したいのだ。

「こっちこそごめんなさい。ちょっと過剰反応してしまったみたい」とマリアンヌは言う。「エストニア号の事故で友達が亡くなったから、それでつい」自分でも気づかないうちに嘘が口をついて出る。すぐに後悔するがもう遅い。

眼をそらすと、上層階のデッキがぼんやりと見える。一番上のデッキの手すりのそばに人影が見える。おそらく操舵室《ブリッジ》の上にあるデッキだろう。

「ほんとうにごめん」とヨーランは言う。「親しい人だったのかい？」

「その話はしたくない……やっぱり煙草をもらおうかしら」

ヨーランは彼女の手を離す。心臓が早鐘を打つ。彼の丸まった手の中でライターをつける音がする。

「自分でも嫌になる。しょうもない話をしてしまって」ヨーランはそう言って、彼女に煙草を渡す。「自分にも自分の減らず口にもうんざりだ」

マリアンヌはおそるおそる煙を吸いこむ。意外にもおいしいと感じる。もうずいぶんまえから吸っていなかったのに。やめたのはいつだったかしら？　確か八〇年代半ばだった。離婚したときでさえ再び煙草に手を出したりはしなかった。

「もうよしましょう」とマリアンヌは言う。「今夜はそのことは思い出したくない。こんなに愉しいのは久しぶりだから」

「少なくとも愉しいと思ってくれてるんだね？　こうして一緒にいることを」

マリアンヌはうなずき、思いきって彼の眼を見る。

「それならよかった。夜はまだこれからだから」

バルティック・カリスマ号

同じくデッキ5。数百メートル離れたオフィスで、ボッセは〝おじいちゃんは世界一〟と書かれた陶器のマグカップでコーヒーを飲み、にやにやしながら眼のまえの画面を見つめている。ふたつ上のデッキ、船尾に近い短い通路で若いカップルが壁を背にことに及んでいる。監視カメラにばっちり映っているとも知らずに。女のスカートは腰のあたりまでまくれあがっている。女は時々ボトルからじかに酒を飲む。突き上げられた衝撃でボトルを口まで運ぶことができず、それがおかしくて笑ったりしている。画像は粗いが女のうつろな眼が濡れて輝いているのは見て取れる。

ボッセはコーヒーを飲みながら画面に見入る。神の視座のごとくすべてを見渡せる位置に陣取っているおかげで、今のところ、このカップルに気づいているのは彼だけだ。

男はますます激しく女を突き上げる。女の手からボトルが落ち――やがて行為は終わる。女はスカートをもとの位置までおろす。男はズボンを引っ張りあげ、女に軽くキスする。

はいっていく。

女はその場にとどまり、男が通路を歩いていくのを見送る。それから向きを変え、船室に

ボッセは笑みを浮かべて首を振り、ほかの画面に眼を走らせる。このオフィスがあるデッキ5のエレヴェーターの隣りで眠りこんでいるブロンドの若い女に眼をとめる。黒髪の女がカメラに背を向け、若い女のそばにしゃがんで肩を揺する。ボッセはなりゆきをじっと見守る。若い女が眼を覚まし、隣りにいる女がなんと言っているのか理解しようとする。うなずき、バッグの中をあさってカードキーを取り出す。黒髪の女は若い女の腕をしっかり支えて立ち上がらせる。一瞬だけ顔が見える。かなり濃い化粧をしている。ボッセはなんだか嫌な予感がする。戸惑いながらデスクの上の電話を見て、それからまた画面に眼を戻す。ふたりは左舷側の通路を歩いている。ボッセは映像を切り替えて監視を続ける。どうやら心配なさそうだ。ボッセはそう判断する。警備員にはもっと深刻な事態に集中して対処してもらわねばならない。

若い女——名前はエルヴィラ——は思う。こんなに酔ったのは生まれて初めてだ。支えてくれている女の人からは妙なにおいがする。薄荷《ハッカ》と何かが黴《か》びたような甘ったるいにおい。とはいえ、親切な人であることに変わりない。やさしくいたわるように話しかけてく

れる。なんだか昔の人のような話し方だ。せめて〝ありがとう〟と言いたい。どうしてこんなことになったのか説明したい。〝飲みすぎたのは自分でもわかってる。だけど、いつも退屈でつまらない女でいるのにはもううんざりだった。羽目をはずしてみたかった。みんなと同じように。一度でいいから。友達と一緒に〈クラブ・カリスマ〉にいた。そこまでは覚えてる。それにしても不公平よね。酔いつぶれた友達を何度助けてあげたかわからない。だからみんな一緒にいてくれるんだと思う。それなのに、わたしが助けを必要としているときは見捨てるなんて〟

見ず知らずのこの人にすべてぶちまけてしまいたい。それなのに口がいうことをきいてくれない。うなり声しか出てこない。ドアのまえまで来ると、黒髪の女はカードキーを差しこむ。手の指が何本かない。エルヴィラは片眼をつぶって女をじっとみる。焦点を合わせようとする。が、眼もいうことをきいてくれない。今度は反対の眼で見てみる。視力検査をしているみたいだ。どっちがよく見える？　右、それとも左？　どちらも大差ない。それでも、この女が普通でないのはわかる。なんだかおかしな顔をしている。それに、このにおい……

また気分が悪くなる。女に導かれるまま部屋にはいり、室内を見まわす。背後でドアが閉まる。わたしたちの部屋はツインのはずだけど……どうしてこの部屋にはダブルベッドがあるのかしら？　エルヴィラは女の手から逃れようとするが、また吐いてしまうかもしれないと思い躊躇《ちゅうちょ》する。もう吐きたくない。女は彼女をそっとベッドに坐らせる。ベッドは乱れたままで、床に敷かれたカーペットには大きな染みがあり、ガラスの破片が散らばっている。誰かがこの部屋でパーティをしていたのだろうとエルヴィラは思う。黒髪の女が急に怒ったような顔をしたのはそのせいかもしれない。それ以上は何も考えられず、うなだれる。頭がとても重く感じる。もう顔を起こせそうにない気がしてくる。女は彼女をそっとベッドに寝かせ、三本しかない指で髪を撫でる。エルヴィラが何か言おうとすると、やさしく、しーっと言う。エルヴィラは眼を閉じる。ひとりきりじゃないことを嬉しく思う。ちょっとひと休みするだけ。そのあとで、ここで何をしているのか訊けばいい。

黒髪の女は恐怖におののく。カーペットの染みからまだ血のにおいが漂っている。女は当惑する。あの子がこんな危険をおかすなんて。きっともう待ちきれなかったのだろう。この女を見つけるまでに手間取ってしまったから。最初は〈マクカリスマ〉のテーブル席で見つけた年配の女に狙いを定めていた。これでもかというほど孤独をまとった女だった。が、その女には連れがいた。普段なら見誤ったりしないのだが。急激に膨らんだ希望のせいで、それまで以上に飢えの苦しみが増した。カーペットの染みを見つめながら、あの子はどこに行ったのだろうと不安になる。今頃どこにいるのか？　わたしへのあてつけでこんなことをしたのか？　息子が自分に腹を立てているのは彼女にもわかっている。はるか昔、この生活が始まった頃はストックホルムで穏やかに暮らしていた。ほんとうの家と呼べるのはあそこだけだった。しかし、長くはいられなかった。彼らはどこにも定住できない。女は車両甲板に停めてあるキャンピングカーのことを思う。持ちものはその車に収まっているだけで全部だ。これほど長く一緒に暮らしているのに、悲しいかな、所有しているものはほんのわずかしかない。女はエルヴィラを見る。首に手をかけ、指の感覚を頼りに頸椎を上から順に数える。エルヴィラがなにやらつぶやく。が、眼を開けることはない。

車両甲板に停まっているトラックの運転手にオッリという名の男がいる。今は水面より下にある船室で、夢を見ることもなくぐっすり眠っている。ベッドのそばの床に半分空になったボトルが転がっている。免税店で買ったロシア産のウォッカのボトルだ。ドアをノックする音がするが、すぐには起き上がれない。手探りでベッドサイドのランプを点け、まぶしい光に眼をしばたたく。オッリは酔っている。飲酒運転で捕まるのも時間の問題だ。自分でもそう思っている。が、そうなればむしろ楽になれるかもしれない。彼にはアルコールが必要だった。ストレスと慢性的な首と肩の痛みを解消するには酔って眠るほかない。

明日になったらまた長時間運転しつづけなければならない。何時間もずっと。考えるだけで気が滅入る。運送業者は法律を守っていない。彼らにはやましいところしかない。積み荷がなんなのかすら教えてもらえないことも珍しくない。言えない理由があるからだ。

またノックの音がする。

「いま行く、いま行く、地獄でおとなしく待っていろ」オッリはフィンランド語でうめくように言い、濃い胸毛をかきむしる。携帯電話で時間を確認する。まだ二時間ほどしか寝ていない。ドアノブに手をかけてから、下着しか着ていないことに気づく。ほんの少しだけドアを開ける。ブロンドの髪をした五歳くらいの男の子が、眼に涙をためて彼を見上げる。ハートの形をした顔。すじの通った小さな鼻。赤いパーカのひもを不安そうに引っ張っている。

「ママがどこにもいない」と男の子は言う。

Tシャツの首のあたりからジグザグに伸びた傷がいくつかあるのにオッリは気づく。ごく最近できた傷なのか、まだ赤みがかっててかっている。いったい誰が小さな子供にこんな傷を負わせたのか。背すじに震えが走る。オッリはドアを大きく開ける。

マリアンヌ

彼女の部屋がある下層のデッキに通じる狭い階段にはカーペットは敷かれていない。ドアをいくつも通って車両甲板に出て、さらに階段をくだって金属製のドアのまえまで来る。マリアンヌがそのドアを開けると、浄化槽の悪臭が鼻をつき、うなるようなエンジン音がいっそう大きく響く。

「こんな場所だとわかっていたら、下の階の船室を予約したりしなかったんだけど」とマリアンヌは言い、目的のデッキに通じる最後の階段を降りる。

デッキ2の明かりはむき出しで寒々とした光を放っている。カーペットは目が粗く、擦り切れている。マリアンヌは思う。あらゆるものがここは下層階級だと喧伝《けんでん》している。文字どおりカーストの底辺。糞尿《ふんにょう》のにおいまでする。

ヨーランの部屋に行ければいいのに。マリアンヌは切にそう願う。が、彼は友達と四人で同じ部屋に泊まっている。行為の最中に彼の友人たちに千鳥足で部屋に帰ってこられても困る。

頭のてっぺんから爪先まで全身が真っ赤になる。このあと何が起きるか、どうしたいのかわからない。そんなふうに気持ちを偽ったところで、それは嘘だと自分でもよくわかっている。

自分の部屋を探して歩きながら、だんだん頭が混乱してくる。閉所恐怖症になりそうなほど狭い通路を進む。ディナーに向かったときとは別の階段を降りてきたので、どんな順番で部屋が並んでいるのかさっぱりわからない。緊張しているせいもあって、方向感覚がまるでない。通路の突きあたりまで行くと、ようやく二〇一五号室のドアが見つかる。マリアンヌは先に立って部屋の中にはいり、シングルベッドに坐って読書灯を点ける。靴を脱ぎ捨てると、天国にたどり着いたような快感を覚える。脚を持ち上げてベッドの上で正座する。船のかすかな揺れを感じて、少しめまいがする。アルコールのせいもあるだろう。それは言うまでもない。飲みすぎてはいないなどとは夢にも思っていないが、意外にも素面でいるのと変わらない。ちゃんと地に足がついている。あらゆる感覚がはっきり目覚めている。

ヨーランがドアを閉めて室内にはいってくる。いちだんと背が高く、肩幅が広く見え、この部屋がいかに狭いかをマリアンヌは痛感する。

「ここに友達とふたりで泊まるつもりだったのか？」とヨーランが言う。

マリアンヌは首を振って答える。「まさか。友達は隣りの部屋を予約してたの」そう言ってしまってから、しまったと思う。もし隣りの部屋から物音が聞こえてきたら、なんと言いわけすればいい？「隣りじゃなくて、いくつか先の部屋だったかもしれないけど。よく覚えてない」

ベッドの頭側の壁が軋《きし》む。壁の外側には凍てつくように冷たいバルト海の想像を絶するような圧力がかかっているのだ。

ヨーランが隣りにきて坐る。マリアンヌは彼のポニーテールにした髪型が気に入る。きれいな頭の形がよく見える。

「お友達を置いてきてしまって、ほんとうによかったの？」と彼女は尋ねる。

「気にすることはない」とヨーランは答え、彼女を見つめる。「チャンスさえあれば、連中だって同じことをしただろう」

マリアンヌは笑みを浮かべ、それがどういう意味かを考える。女なら誰でもいいのか、それとも彼の友人たちも彼女を魅力的だと思っていて、彼女とだったら一緒にしけこむということか。後者であってほしい。マリアンヌは切にそう願う。こんなにも誰かに認めてもらいたいと思っていたと気づき、みじめな気持ちになる。

「さっきも言ったけど……こんなに愉しいのは久しぶりよ」と彼女は言う。「愉しみ方なんてすっかり忘れてると思ってた」

ヨーランは笑って言う。「そうは思えないけど」

スカートがまくれあがって膝が丸見えになっているのに気づき、マリアンヌはそっとスカートをおろして膝を隠す。

「ほんとうだと知ったらきっと驚くわよ」

沈黙したまま数秒が過ぎる。

「やけに静かだと思わないか？」とヨーランが言う。

マリアンヌはうなずいてから、彼は船のことを言っているのだと気づく。振動は止まり、低い機械音だけが聞こえる。

「オーランドに着いたみたいだ」

マリアンヌは今度も黙ってうなずく。何も言うことがないからだ。部屋に戻るまでのあいだ、ヨーランはこの島のまわりに沈んでいる数多《あまた》の難破船の話をした。十九世紀初頭にロシアに向かっていたフランスの船が沈没し、中からシャンパンが発見された。何年かまえに引き揚げられたシャンパンには一本数十万クローナの値がついた。「いくらお金持ちでも、シャンパンにそれほどの値打ちがあるとは思えないけど」とマリアンヌは言った。

「そんなものを欲しがるなんて、よっぽど心が貧しい人たちなのね」彼女のことばにヨーランは声をあげて笑った。

彼はわたしのことが好きだ。それはまちがいない。眼を見ればわかる。

「こんなことするのも久しぶり」とマリアンヌは言う。

「こんなことって？」とヨーランは尋ねる。が、今度はすぐにからかわれているのだとわかり、わざわざ説明して恥をかかずにすむ。

「なんだか不思議な気分」と彼女は言う。「お互いのことをほとんど知らないのに……ここでこうして一緒にいるなんて。わたしはあなたのことをほとんど何も知らない」

「おれがフッディングでひとり暮らしをしていることは知ってる。それに、おれも友達も昔は電気通信公社で働いていたことも」

「それだけじゃよく知ってるとは言えない」

「ほかにたいして話すことはないよ」とヨーランは言い、壁に背をもたれる。「だけど、聞きたいことがあるなら遠慮なくどうぞ」

ヨーランは腹のうえで両手を組み、脚を大きく開いてしっかり床につけ、くつろいでいる。とても安らかに見える。マリアンヌには訊きたいことは山ほどあるが、思い浮かぶ質問はどれもこれもこの場にはふさわしくないように思える。

ひとりのときは何をして過ごすの？　そもそもひとりきりのときはあるの？　ご両親はどんな人？　神を信じる？　大病を患ったことはある？　わたしたちはここから何か始まると思う？　ほんとうにわたしのことが好き？　ずっと一緒にいてくれる？

「結婚したことがあるのかも、子供がいるのかも知らない」

「結婚はしてた。子供はいない」

奥さんはどんな人だった？　奥さんは子供を欲しがったけど、あなたはつくりたくなかったの？　それが原因で離婚したの？　ふたりのあいだに何があったの？　もしこのさきがあるなら、ずっと一緒にいるなら、その関係を壊さないためにわたしは何をすればいい？

「わたしについて知りたいことはないの？」と彼女は尋ねる。

「ない」ヨーランはそう言うと、彼女の太腿に手を置き、スカートを指先でもてあそぶ。

「ミステリアスなところがいい」

マリアンヌは思わず笑いだし、そのことに自分でも驚く。「わたしはミステリアスなんかじゃないわ」

マリアンヌは深呼吸し、あれこれ訊くのはやめにする。見ず知らずの相手とベッドをともにする理由を見つけて自分を納得させようとするのは諦める。

ことばを発したらこの瞬間が壊れてしまいそうな気がする。それが嫌なら、よけいなおしゃべりはしないことだ。

ヨーランはベッドに横になり、肘をついて顔を支える。もう片方の手は彼女のスカートの中に忍びこみ、ストッキングの上から太腿の内側に指を這わせる。彼に触れられてマリアンヌは鳥肌が立ち、背すじに電撃が走る。

もはや見ず知らずの他人とは思えなくなっている。今は彼について知るべきことをすべて知っている。

「横になって」とヨーランが言う。

マリアンヌは言われたとおり横になり、ランプのスウィッチに手を伸ばす。

「点けたままにしておいて」と彼は言う。

今度は言われたとおりにはしない。スウィッチを切る音がして部屋の明かりがすべて消える。まるで闇に呑みこまれたかのように。眼のまえに何かの影か形が見えた気がするが、きっと想像だろう。ヨーランが彼女のスカートをまさぐる。マリアンヌはスカートとタイツを脱がせやすいように腰を浮かせる。それにパンティも。愛撫されると彼女の体は敏感に反応する。彼が触れた場所に指紋が残っているとさえ感じる。

マリアンヌは泣きだす。暗闇のおかげで、嗚咽《おえつ》が興奮した喘《あえ》ぎ声に聞こえることに感謝する。ベルトをはずす音がする。ヨーランはジーンズを脱ぎ捨て、彼女に覆いかぶさる。顎に押しあてられた唇が、やがて彼女の唇にたどり着く。

暗闇の中、クルーズ船の奥深くでふたりはキスを交わす。外の海ももはや怖くない。

マッデ

豚野郎のラッセともうすぐ花婿になるステファンはステージでケニー・ロジャーズとドリー・パートンになりきってデュエット曲を熱唱している。ふたりのあいだにビールと煙草の灰で汚れたヴェールが落ちている。観客も一緒になって歌い、盛り上がる。けれど、マッデはとても見ていられない。ステージに眼を向けると、照明が上へ上へと動いて、全世界がひっくり返りそうになる。いや、ひっくり返るのは自分のほうかもしれない。ひとたび倒れたら、何度も何度も転がって、永遠に宙返りを繰り返すことになりそうだ。だから、倒れないように椅子のクッションをしっかりつかむ。眼を閉じたらよけいに眼がまわりそうで、それもできない。室内は熱気に満ちて暑いのに、彼女の顔は青ざめている。

吐き気がするが、立ち上がったら気を失ってしまいそうだ。どうしてビールなんか飲んだのだろう？　鉄の棒を飲みこんだみたいな苦さが口の中に広がる。

ザンドラはペオと顔を寄せ合っていちゃつくのに夢中で気づいてくれない。

今にももどしてしまいそうだ。もう待てない。きつくクッションをつかんでいた手を離し、ザンドラの太腿に触れる。ザンドラが顔をあげる。口のまわりが唾液で濡れて輝いている。

「大丈夫？」とザンドラが言う。

少なくともマッデには彼女がそう言ったように思える。実際には彼女の濡れた唇が動くのが見えただけだ。店内の喧噪《けんそう》で声は聞き取れない。

マッデがなんとか切羽詰まった状況を訴えたのか、ザンドラが彼女を見てすぐに察したのかはわからないが、いずれにしろザンドラはペオの膝からおりてマッデの手をつかむ。躊躇《ちゅうちょ》している暇はない。マッデは急いで立ち上がる。そうするしかない。激しい吐き気におそわれる。もう時間がない。何かが咽頭《いんとう》反射を引き起こす。サーモンにしろニシンにしろ、夕食に食べたものが全部生き返って、彼女の体内でのたうちまわっている。尾びれで咽喉《のど》の奥を激しく叩く。

今やマッデは顔面蒼白だ。それなのに汗が滴《したた》り落ちてくる。

ザンドラは彼女の手を引き、そこらじゅうの火照《ほて》った体を押しのけて突き進む。マッデはステージの脇にいるダン・アペルグレンを横目で見ながら、引っ張られるがままついていく。

魚がさらに激しく暴れだす。勢いよく泳いで彼女の胃の中を引っかきまわす。マッデは床を見つめる。カラオケ・バーを出ると、ザンドラは右に進む。床のカーペットが突然タイルに変わり、気づいたときにはトイレにいる。マッデは屈みこみ、急いで便器の蓋をあける。ザンドラが個室の鍵をかける。

便座の下のほうに茶色い汚れがいくつかある。マッデはその汚れに意識を集中させる。口からゲロが飛び出す。大量のビールに続いて、ジントニック、それから半分消化された食べものが吐き出される。粘り気のある吐瀉物《としゃぶつ》が咽喉に引っかかり、マッデは咳きこんで窒息しそうになる。温かい涙が冷たい頬を流れ落ちる。

ザンドラが彼女の髪をつかんで持ち上げ、背中をさすってくれる。

「ちくしょう」とマッデは声を絞り出す。「ちくしょう」

「気分はよくなった？」

マッデはトイレットペーパーをちぎって丸め、口を拭き、それから眼に押しあてる。

「ちくしょう」

もう一度そう言い、体を起こす。また吐き気をもよおすのではないかと身構えるが、もうおさまったようだ。服に汚れが飛び散っていないか確かめてから、丸めたトイレットペーパーを便器に投げ捨てて水を流す。

「うん」とマッデは言う。「もう大丈夫」

吐き気はおさまったが、今度は頭が割れるように痛い。早くも二日酔いになったかのようだ。指で眼をこすると、はがれ落ちたマスカラで指が黒くなる。

「よかった」とザンドラは言い、また彼女の背中をさする。

ザンドラは娘に向けるのと同じ母親の眼でマッデを見ている。やさしくいたわるような思いやりに満ちた眼をしている。

「ペオと一緒に彼らの部屋に行ってもいい？」とザンドラは言う。

その意味を理解するのに少し時間がかかる。

「今から？」とマッデは言う。「パーティしてるのに」

「あの人はかなり酔ってる」とザンドラは言う。「ウィスキーのせいで勃《た》たないかもしれない。このまま飲ませておいたら、ふにゃちんとヤることになっちゃう」

「だけど……あたしはどうすればいいのよ？」

「ほかの人たちと一緒にいればいいじゃない？」とザンドラは言う。「ほら、あの人なんて——名前はなんていったっけ？——あんたに熱をあげてるみたいだし」

「冗談じゃないわ」マッデはうしろによろめき、タイル張りの壁にもたれる。「今夜は一緒にパーティするはずでしょ？　そう約束したじゃない」

「充分愉しんでるじゃない」ザンドラはそう言って笑う。平然とした顔をしている。

「いかにもあんたらしいね。男を引っかけたとたんにほかのことなんかおかまいなし。特にあたしのことなんてどうでもよくなる」

「よしてよ。あたしがさきに相手を見つけたのが気に入らないだけでしょ。もし逆の立場なら、あんただってきっとそうする。そうなってもあたしは文句を言ったりしない」眼に怒りがにじんでいる。

「そうでしょうとも」とマッデは言い返す。怒りがこみ上げ、力が湧いてくる。新たな力が全身に満ちていく。「自分は心が広いって言いたいんでしょ？　あんたはヤれるチャンスさえあれば平気で友達を捨てる。だけど、置いてきぼりをくらって、あたしがどんなに悲しい思いをしてるか考えたことある？」

ザンドラはマッデを見据える。このあとどんな聖人ぶったことばが飛び出すのか、彼女が口を開くまえからマッデにはわかっている。

「あんたが辛い思いをしてるのは知ってる、仕事のことやらなにやらで。だからってあたしに八つあたりしないで。あたしのせいじゃないんだから」

ザンドラはドアの鍵を開けて個室から飛び出す。ドアが勢いよく閉まり、ふたりを隔てる。

「黙れ、このクソ女！」とマッデは怒鳴る。ドアの外にまだザンドラがいるかはわからないがとにかく怒鳴る。「自己中のあばずれのくせに！」どうしてこんなことに？　どうして急にこんなことになったの？

ひどい頭痛がする。鉄の爪が頭蓋骨にじわじわと食いこんでくるみたいだ。マッデは個室を出る。ザンドラの姿はない。

手洗いの蛇口から直接水を飲む。別の個室から出てきた少女が手を洗いながら妙な眼でこちらを見ているがかまうものか。体を起こして鏡を見る。驚くほどちゃんとして見える。眼は血走っているが、ほかはなんともない。

頭を整理する。何がどうしてこうなったのか理解しようとする。

〝逆の立場なら、あんただってきっとそうする〟

ザンドラの言うとおりだ。

トイレを出て、急いでカラオケ・バーの上気した熱気の中に戻る。ステージではダンが《ハートは熱々》を歌っている。マッデはステージのまわりで声を張り上げて一緒に歌っている人たちを押しのけ、さっきまでいたテーブル席に向かって歩く。

そこにザンドラはいない。ピンクの羽根が何枚か落ちている。ほかに彼女がいた痕跡を示すものは何もない。ペオもいなくなっている。豚野郎のラッセがマッデの姿を見て顔を輝かせ、手を振ってくる。テーブルを埋め尽くすようにショットグラスが置かれている。

「こっちにおいでよ」とラッセが呼ぶ。マッデは彼の隣りの椅子に体を沈める。ほかにどうすればいいかわからない。

ラッセがショットグラスを渡してくる。室内は暗いので中身がどんな色をしているかはわからないが、何やらべとべとしたものだということだけはわかる。そっとにおいを嗅いでみると、甘いゼリーのようなにおいがする。

「さあ、飲んで」彼らの仲間のひとりが促す。

マッデは黙ってうなずく。こうなったらとことん飲んでやる。頭痛を追い払うにはそれしかない。ここで飲まなかったら、もうゲームは続けられない。

ショットグラスの中身は咽喉にするりと流れこむ。飲みこむ必要すらない。豚野郎がもう一杯押しつけてくる。

「きみのお友達はペオと一緒に部屋に帰っちまった」と彼は言う。「だから彼女の分もどうぞ」

マッデはステージのダンを見る。ぴったりしたシャツが胸に貼りついている。股間の筋肉もあんなふうに盛り上がっているにちがいない。今は一物を指す矢印のようにズボンの中に隠れているけれど。

寝るにはまだ早い。

二杯目のショットグラスを飲み干すと、ラッセが身を寄せてきて、彼女の髪をいじりだす。

「きみたちの部屋は空いてる」と彼は言う。「部屋で一緒にナイトキャップを飲まないか？」

マッデは首を振る。声に出して断る気にもなれない。髪をもてあそんでいた彼の指が動きを止める。

「なあ。いいじゃないか」

「嫌よ」マッデは彼に冷ややかな眼差しを向けて言う。ありがたいことに眼の焦点が合うようになっている。

最初がザンドラで、今度はこの男。ひと晩のうちにこんなたわごとにつきあうのはもう充分だ。

「嫌ってどういう意味だよ？」

「嫌ってことばの何がわからないの？　ひょっとしてスウェーデン語を話せないとか？」

ラッセが前歯を舐《な》める。豚野郎は怒っている。かんかんに怒っている。

それを見て、マッデは吹き出す。

ラッセが手を引き抜くと髪が引っ張られて針で刺されたような痛みを感じる。それでもマッデは笑いつづける。もうとっくにおかしくなんてないのに。

「やっぱりな」とラッセは言う。「最初からタダ酒を飲んで、とんずらするつもりだったんだ。これで満足か？　この飲んだくれのクソアマが」

彼の仲間たちが心配そうにこちらを見ている。何かあったと察したようだ。

「おごったらヤれるとでも思ってたの？」とマッデは言う。「だったらさっさと忘れたほうがいいわね。あんたなんかちっともタイプじゃないから」

怒りが彼の眼に暗い影を落とす。「そうだろうとも。おまえの好みならわかってる。しきりにあいつに色目を使ってたのを見てたからな」ラッセはそう言ってステージのほうを身振りで示す。「アペルグレンなんてただの負け犬だろうが。あいつが女にどんな振る舞いをするか、ストックホルムに住んでる人間なら誰だって知ってる。殴るだけじゃない。そんなのは序の口だ。もっともおまえからすりゃ、不良は超イケてるってことになるんだろうな」

最後の部分は声が引きつっている。この男はいったい何を言っているのか？　ダンがそんな男だなんて、あたしが信じるとでも？　確かにそういう噂はある。だけど、それを言うなら、暗い噂のひとつもない有名人なんてこの地球上には存在しない。が、マッデはあえて反論しない。相手の口車にのるような真似はしない。

「女なんてどいつもこいつもみんな同じだ」ラッセはまだ息巻いている。「いざとなったら、自分をクソみたいに扱う男を選ぶ。おれはいいやつだ。だけど、それがなんになる？口では偉そうなことを言っても、誰もいいやつなんて求めてない」

「問題はそこじゃないと思うけど」とマッデは言う。「あんたがモテないのは、この世のものとは思えないくらい不細工だからでしょうが。でもって、そんな自分が哀れでしかたないと思ってる。それってちっともセクシーじゃない」

「人のことを言えた義理か、このブス」と彼は言い放つ。「何を言っても、おまえにはどうせわからないだろうけどな。女なんて、ちょっとおっぱいを見せて、スカートの裾をまくし上げりゃ、どんな男だって落とせるんだから」

「焼きもちをやいてるみたい。ひょっとしてゲイとか？」

「どんなに望んだところで、おまえほど醜い女にはなれないだろうな」

「言ってくれるじゃない。そんな相手を部屋に連れこみたいと思ってたの？」

「誰が見たって、遠目からでもおまえたちが安っぽい女だってことはわかる。必死に口説かなくてすむと思っただけだ」

マッデの手が宙で大きな弧を描く。が、相手の顔には遠く及ばない。ラッセが蔑むように笑みを浮かべる。彼の仲間たちが立ち上がる。

「申しわけない」とステファンが傾いたヴェールを直して小声で言う。「こいつは酔うといつもこうなんだ。あとはおれたちが面倒をみるよ」

マッデは何も答えない。彼らが去って行くのを見もしない。

ステージでは誰かがスウェーデンの古いフォークソングを小さな声で歌っている。

バルティック・カリスマ号

操舵室《ブリッジ》にはベルグレン船長がいる。長い仮眠を取り、航海士専用の食堂で〈カリスマ・ビュッフェ〉の残りもので食事をすませて戻ってきた。今は窓の外のオーランド港を見つめている。下船した数人の乗客が、ターミナルから伸びた触手のような、明るく照らされたガラス張りのギャングウェイを歩いていく。

老人や家族連れの乗客はこの時間は部屋で寝ている。そうでない乗客にとっては、パーティが始まったばかりだ。ダンスフロアもバーもそういう人々でごった返している。

免税店とスパのスタッフは勤務を終え、すでに寝ている者もいる。休憩室でカードゲームをする者たちや、映画を見ている者もいる。何人かは私服に着替えて乗組員用の船室に集まり、乗客や同僚たちの噂話に花を咲かせている。今夜の免税店の売り上げは上々だった。店長のアンティは店を閉めたあとでスタッフにシャンパンを振る舞う。厨房《ギャレー》ではスタッフがディナーのあと片づけに精を出している。大量の汚れた皿がわずか数時間ですべてきれいになる。グラスはもっとたくさんある。ビュッフェの客が食べきれない量の料理を皿に取るので、船では毎週数トンもの食料を廃棄しなければならない。

カラオケ・バーでは女がひとり、ショットグラスを手に持ったまま眠りこけている。テーブルの上にピンク色の羽根がいくつか落ちていて、女の深い寝息にあおられてゆっくり宙を舞っている。

最下層のデッキの船室では年配の女が出会ったばかりの男とセックスしている。いとこ同士の子供がふたり、ダブルベッドに横になり、テレビ画面に映る〈クラブ・カリスマ〉の店内の様子を見ながら笑い合っている。

そのひとつ下のデッキの船室では、やはりダブルベッドにエルヴィラという女がいる。上から四つめの頸椎がちょうど砕けたところだ。首から下の感覚は麻痺している。もはや感覚を失った体に意識だけが閉じこめられている。パニックに陥って全身に血がめぐり、肌は紅潮し、強烈なにおいを放っている。彼女の隣りには黒髪の女がいる。ベッドの縁に坐って彼女の口に布を詰めこむ。それでもエルヴィラは懇願する。痛みをこらえてなんとかことばを発しようとする。家に帰りたい。家に帰りたい。パパとママに会いたい。家に帰りたい。家に帰りたい。涙がこめかみを伝い、耳の中に流れこむ。港のターミナルの明かりが窓からまっすぐに射しこんでくる。厚化粧をした黒髪の女の眼が、その光を受けて暗く輝く。女はささくれた指でエルヴィラの頬を撫でて涙を拭く。それから小首をかしげる。これからすることを申しわけなく思っているかのように。

女はもう覚悟を決めている。これ以上は待てない。食欲が満たされなければ、きちんと考えることもできない。


床に伝わる振動が変化する。カリスマ号はゆっくりとオーランド港から出航する。そのとき、デッキ10の外のベンチで意識を失っていたトーマスという男が目覚める。トーマスはもはや何も考えていない。自分が誰なのかもわからない。感じるのは飢えだけだ。そのせいで焼けるような痛みを感じ、同時に寒さで震える。あらゆる細胞と神経の末端に氷とマグマが共存しているかのようだ。彼は飢えている。それから混乱する。痛みをこらえて立ち上がる。脚は痺れていて重く感じる。顔を傾けて空気のにおいを嗅ぐ。彼の心臓はふたたび鼓動を打ちはじめている。体がゆっくり苦痛を伴って収縮し、血流の絶えた体内に血を送りこむ。トーマスは開けっぱなしになっているドアを通って明るい船内に足を踏み入れる。中にはいるとにおいは温かく、いっそう強烈になる。

人々は彼が通り過ぎると嫌悪をあらわにする。何の気なしにこんなことを言う者もいる。ほんとうに酒が飲めないやつもいるんだな。誰かあの哀れな男を助けてやればいいのに。

ああいうやつがいるからクルーズ船の評判が悪くなるんだ。が、姿が見えなくなると、誰もが彼のことなどすぐに忘れる。はたから見れば彼もまた自分の限界を知らない乗客のひとりでしかない。それに、ここにはほかにもっと愉しいことがたくさんある。もっと気になる人も大勢いる。可能性も希望も恐怖も山ほどある。

トーマスは壁にもたれながら広い階段を降りる。鏡に映る自分の姿を見ても、うろ覚えの夢のようにしか思えない。ふたつあるダンスフロアとカラオケ・バーから弾《はず》むような重低音が聞こえ、彼の肉体と骨に響く。まるで心臓がいくつもあり、そのすべてが同時に脈を打っているようだ。人々のにおいにそそられる。中でも興奮して血流が早くなっている人のにおいは格別だ。トーマスはためらいがちに歯を鳴らす。

デッキ5の船室では黒髪の女が食事を終える。女は息絶えたエルヴィラの頭をつかみ首の骨を折る。頸椎を完全に断裂させて、体と脳のつながりを遮断する。エルヴィラの血が女の体に染みこむ。蜘蛛の巣のように張りめぐらされた血管を通って体じゅうに行き渡る。指にもふくらはぎにもピンや針で刺したような鋭い痛みを感じる。手のひらの肉をつまんでみると、しっかりとした弾力がある。が、ようやく手に入れたものを満喫している暇はない。女はバスルームに行く。壁に備え付けられたディスペンサーから石鹸《せっけん》を大量に出し、シンクで顔を洗う。厚く塗り重ねた化粧はもう要らない。流れ落ちた化粧と石鹼の泡が排水口に吸いこまれていく。何もかもうまくいく。女は自分にそう言い聞かせる。往復のチケットを買ってあるし、少女がひとりいなくなったところで、カリスマ号がストックホルムに帰着するまで誰も心配などしないかもしれない。清掃員がこの部屋で死体を見つける頃には、息子と一緒にここからいなくなっている。フィンランドの広大な森の奥深くにある新しい隠れ家にいる。女は鏡に映る自分の姿を見る。頰に触ってみる。肌に張りが戻り、温かくなってきている。

女はドアに向かう。息子を捜し出さなければ。今すぐに。

カッレ

カッレは足を引きずるようにして狭い階段をのぼり、乗組員専用エリアに向かう。小高い山を登っているみたいに一歩一歩が重く感じる。金属製の白い手すりにつかまり、目的のデッキのひとつ下の階までくる。〝9〟と書かれた四角い金属製の標識で現在地がわかる。うしろを振り返り、コの字型に折り返した階段を見下ろす。

フィリップに借りたIDカードを読み取り機にかざす。ブザーが鳴ってからドアを開ける。通路の先まで乗組員の船室のドアが並んでいる。パーティをしている部屋がある。閉じたドアの向こうから大音量の音楽が漏れている。笑い声と話し声も聞こえる。フィリップの部屋に行くには、その部屋のまえを通らなければならない。カッレは躊躇《ちゅうちょ》し、それから歩きだす。音楽が突然やむ。誰かがマイケル・ジャクソンの曲をかける。激しいブーイングと盛大な歓声が同時に聞こえてくる。カッレは歩くスピードを速める。ちょうどその部屋のまえにさしかかったとき、ドアに何かがぶつかる鈍い音がする。室内で爆笑が起きる。

いきなりドアが開き、ソフィアが通路に飛び出してくる。かつて免税店で一緒に働いていた同僚がハイヒールを履いた足でよろけ、反対側の壁に手をついて体を支える。髪は以前と同じストレートのボブカットだが、今は色が桃色になっている。ソフィアは笑いながら眼にかかった髪をかきあげて顔を上げる。

髪の色をのぞけば、どこも変わっていない。肌は相変わらず艶《つや》があり、スパで欠かさずトリートメントをして磨きあげているおかげで、ほとんど透明に近い。ソフィアはカッレを見て眼を輝かせる。

「あら、まあ!」と大声で言い、彼を上から下まで見る。「アンティ、誰がいると思う?」

アンティがドアから顔をのぞかせる。カッレはどうにか笑顔をつくる。アンティとはちょうど同じ時期に免税店で働きはじめた。髪はブロンドで、眉毛と睫毛はほとんど白に近い。どことなくパロディめいた船内のマッチョ文化の旗頭のような男だ。世界はおれのものと言わんばかりの態度をとっていながら、そう見えることに腹を立てている。そういう男だ。

「これはこれは」とアンティは言う。「そういえば、今日は珍しい乗客がいるって聞いてた」

ふたりの女とひとりの男も通路に出てきて、好奇心まるだしでカッレを見る。三人とも見たことのない顔だ。

ソフィアがよろけながらそばに来て、彼を抱きしめる。カッレはシトラス系の香水と煙草の煙のにおいに包まれる。アンティがほかの三人を紹介する。カッレは〝うちのスタッフ〟と呼んでいることから、カッレはアンティが店長に昇進したことを知る。驚くことではない。本心ではソフィアが店長になるべきだと思ってはいるが。

「おめでとう！　ピアから聞いたわ。結婚するんですってね」

カッレは笑みを浮かべる。顔がひび割れてしまいそうなくらい必死で。

「閉店の少しまえにフィアンセが店に来たよ。きみを捜してた」とアンティが言う。「映画のスターみたいだった。あんなイケメン、どこで見つけたんだ？」

ソフィアが苦笑する。「ちょっと。カッレだっていい男よ。でしょ？」それからカッレのほうを向いて言う。「ほんとうに嬉しいわ。いい人が幸せになるのを見るほど嬉しいことはない」

「で、どっちがウェディングドレスを着るんだ？」とアンティがにやにやしながら言う。

「アンティ、よしなさいったら」ソフィアは笑いながら彼の胸を小突く。

ヴィンセントは彼になんと言ったのだろう。アンティはおれたちのあいだに何があったか知ってるのか？　知っててからかってるのか？　ほかの人たちも彼を変な眼で見ているのだろうか？　いや、それはない。ただの被害妄想だ。ヴィンセントが彼らに話したとは思えない。それに、もしアンティが事情を知っていたら、黙っていられるはずはない。

「よかったらクラブで一緒にパーティしない？」とソフィアが誘ってくる。「まえより厳しくなって、乗客にまぎれて騒ぎづらくなってるんだけど、今日の総支配人はアンドレアスだから大目に見てくれると思う」

カッレは首を振って言う。「ありがたいけど……」

「それにしても、こんなところで何をしてるんだ？」とアンティが割りこむ。

「フィリップに頼まれてちょっと忘れものを取りに来たんだ」

ソフィアが何か言いかける。

「でも、あとでなら寄れると思う」カッレは慌ててつけ加える。だったら忘れものを届けてくるまで待ってる、忘れものっていったいなんなの、とソフィアに訊かれるまえに先手を打つ。

「そうこなくちゃ」とソフィアは言う。「ちゃんとお祝いしなくちゃ。シャンパンをごちそうするわ。きっと来てね。約束よ」

「ああ、約束する」とカッレは言う。

「会えてよかったよ」とまるで心がこもっていない様子でアンティが言う。

ソフィアがカッレの頰にキスする。カッレは最後の力を振り絞り、かろうじて笑みを顔に貼り付けたまま、小さくうなずく。それから、夢遊病者のようにふらつきながらフィリップの部屋まで行き、中にはいるとすぐにドアを閉める。

見慣れた光景が眼に飛びこんでくる。ビニールの青い床。乱れたままのベッド。小さなデスクとその上に置かれた鏡。窓の外は真っ暗闇で、船が進んでいることはほとんどわからない。外はまた雨が降り出している。

デスクの上にウォッカがある。デスクのそばまで行くと、鏡に貼られた写真が眼にはいる。昔の自分が映っている。デッキ10の会議室で開かれた彼の送別会のときの写真だ。彼のうしろに満面の笑みを浮かべたピアがいる。カッレは昔の自分の姿に見入る。フィリップがこんなふうに写真を飾っていると知り、驚くとともに感慨を覚える。フィリップと一緒にバーで働いていた女や〈カリスマ・スターライト〉の歌手の写真もある。

カッレはウォッカのボトルをつかみ、ベッドに横になる。雨がやさしく窓を叩く音に耳を傾け、ボトルの蓋を開ける。ストックホルムに着くまでこの部屋から一歩も出ない。そう心に決める。

アルビン

「見てよ、あの酔っぱらいのおばさん」とルーがテレビ画面を指差して言う。「今にも倒れそう」

ふたりはルーとリンダおばさんの部屋のダブルベッドに坐り、〈クラブ・カリスマ〉のライヴ映像を見ている。ダンスフロアでは大勢の客が押し合いへし合いしている。アルビンは画面に眼を凝《こ》らし、ルーの指が差している人を見る。ブロンドの女の人がほかの客に押されてあっちこっちに揺れている。顔まではよく見えないが、意識がはっきりしていないのは明らかだ。

もう真夜中になっているけれど、父さんはふたりがちゃんと部屋に戻っているかどうかまだ確認に来ていない。

「あの人の名前はアンネリ《優美》で、仕事は美容師」とアルビンは言う。

「正解」とルーが答える。「美容院の名前は〈優美なハサミ《サックシガ・アンネリ》〉」

アルビンはリコリスキャンディをひとつかみ口に放りこみ、笑いを嚙みしめる。いつのまにか、先に笑ったほうが負けというルールのゲームになっている。

「旅行するならクルーズ船にかぎるとアンネリは思ってる」とアルビンは言う。

「それにかぎる」とルーも同意する。

心が温かくなる。ようやく〝ルーのことば〟を使いこなせるようになってきた。同じことばで話していると、大きな泡に包まれたふたりだけの世界にいるような気がしてくる。

「アンネリは家に帰りたくないと思ってる」とアルビンはさらに言う。

「正解。なんでかって言うと、あの人のだんなさんは世界一退屈な人で、誰も見てないところで自分の耳垢を食べちゃうから」

「それはイタい」アルビンは頰の内側を嚙んで必死に笑いをこらえる。「かわいそうなアンネリ」

「イタくない」とルーは言う。「だってアンネリはものすごく人生を愉しんでるから」

女の顔がいきなり画面から消える。いよいよ立っていられなくなったようだ。まわりの人が振り向く。隣りにひざまずく人もいれば、そしらぬ顔で踊りつづける人たちもいる。

「アンネリはちょっとお昼寝してる」とアルビンが言う。「床はやわらかくて、寝心地がいい」

警備員がふたり、人の波をかき分けてやってくる。

「どうしてアンネリを寝かせておいてあげないの？」とルーは怒ったふりをして言う。

警備員が女を抱き起こす。女の体はぐにゃぐにゃしていて、関節が全部はずれているみたいだ。

「起こされないといいけど」ルーはそういってリモコンを手に取り、チャンネルを次々切り替える。

さっきとは別のダンスフロアが映る。赤いカーテンのまえで赤いワンピースを着た女の人が歌っている。アルビンは画面を見ながら想像する。この人はどんな声をしてるんだろう。美人なのかな。ステージの明るい照明が画面を切り裂くように映りこんでいて、その人の顔はほとんど見えない。

ステージの手前でたくさんのカップルが踊っている。男女のペアもいれば、女性同士のペアもいる。アルビンは眠くなってくる。が、居眠りをしてルーと一緒に過ごせる時間を無駄にしたくはない。

「うわ、キモ！」突然、ルーが悲鳴をあげる。アルビンはびっくりして、リコリスキャンディがはいったプラスティック容器を床に落としそうになる。

ルーがまたチャンネルを変える。

「どうかしたの？」とアルビンは尋ねる。

ルーが泣きそうな声で言う。「ママが映ってた！　世界で一番イタいジャケットを着た、ぞっとするような男と一緒に」

「見てもいい？」とアルビンは言い、リモコンを取ろうとする。

「だめ！」とルーは大声で言い、横になって体を丸め、全身でリモコンを守ろうとする。

「お願い」

「絶対にだめ」

「頼むよ！　きみの新しいパパを見たいんだ！」

「やめてよ！」とルーは甲高い声で抵抗する。

が、声は笑っている。アルビンはルーに馬乗りになり、リモコンを握っている指をほどこうとする。

そのとき急に部屋のドアが勢いよく開く。パニックが全身を駆けめぐる。振り向くと、戸口に父さんがふらふらしながら立っている。背後から通路の明かりがまぶしく射しこむ。アルビンはルーから離れ、ベッドの反対側であぐらをかく。室内が急に暑くなった気がする。

出ていって。アルビンは心の中で懇願する。お願いだから、出ていって。

「お邪魔だったか？」と父さんはかすれた声で言う。咽喉《のど》の奥から絞り出したような、じわじわと窒息しつつあるみたいな声だ。ルーもベッドの上で起き上がって坐る。

「まさか、そんなことない」ルーはそういって、ポニーテールにした髪に指を通す。

父さんが部屋の中にはいってくる。ドアが閉まると室内がまた暗くなる。父さんはゆっくり歩き、なにやらうめきながら倒れこむようにしてベッドの縁に腰かける。アルビンのすぐ隣りに。近すぎると思うくらいそばに。

「寝るまえに、おまえたちがちゃんと部屋にいるか確認しようと思ってな」と父さんは言う。

舌が麻痺していて呂律がまわっていない。局部麻酔を打たれたのかと思うほどだ。

「母さんは？」とアルビンは訊く。

「まだ戻ってきていない。リンダと一緒にいる」

アルビンは車椅子の母さんのことを思う。リンダおばさんがイタいジャケットを着たどこかの男とダンスをしているあいだ、母さんはどうしているのだろう？　話しかけてくれる人はいるのか、それともひとりぼっちでいるのか？　もし部屋に戻りたくなっても、ひとりで帰ってこられるだろうか？

母さんの姿がありありと眼に浮かぶ。人前に出るといつも緊張し、無理に笑顔をつくる母さん。そわそわとまわりに眼を向けているけれど、その実、何も見ていない母さん。自分もその場にいるほかの人たちとなんら変わらない。しきりにそう示そうとする母さん。

アルビンは今でもよく空を飛べる夢を見る。が、母さんはもうそんな夢は見ない。かわりに今は走る夢を見るという。母さんにとってそれは夢のまた夢なのだ。ダンスをしている人たちに囲まれて、いったいどんな気持ちでいるだろう？

今すぐ母さんを見つけだして、思いきり抱きしめたい。アルビンは急にそんな気持ちでいっぱいになる。

「おまえたちが仲良くしてくれて嬉しいよ」父さんがアルビンの膝を軽く叩きながら言う。「家族は大切だ」

アルビンはルーを見る。父さんの眼はテレビの光に照らされて輝いている。

出ていって。アルビンは心の中で叫ぶ。お願い、父さん。頼むから出ていって。

「リンダと約束したんだ。子供たちにさみしい思いはさせないって。おまえたちにも知っておいてもらいたい。自分は無条件に愛されていると」

父さんは手を伸ばし、アルビンの向こうにいるルーの頬を撫でる。ルーが逃げたがっているのが手に取るようにわかる。父さんにはそれがわからないのだろうか？

「おまえのことも愛しているよ、ルー。わが子同然に。そのことを忘れないでくれ」

ルーはこわばった笑みを浮かべ、膝を抱えこむ。

「おやすみなさい、父さん」とアルビンは言う。が、父さんには聞こえていないようだ。まばたきさえもスローモーションのようにゆっくりになっている。

「いつもお互いのことを気にかけていなさい」と父さんはなおも言う。「約束だ」

「約束する」とアルビンが言い、ルーは黙ってうなずく。

「だめだ！」父さんは急に怒り出す。「ちゃんと約束しなさい！　適当にはぐらかそうとするんじゃない！　人は誰しも頼れる家族がいるってことを知っていなければいけないんだ！」

ルーがヘッドボードに背中を押しつける。今になってアルビンはようやく気づく。父さんのことを恥ずかしく思う気持ちでいっぱいで、全然気づかなかったのだが、ルーは怖がっているのだ。

「約束する」とアルビンは慌てて言い、ベッドからすべり降りるようにして床に立つ。「そろそろ寝たほうがいいよ、父さん。疲れてるみたいだから」

ほんとうのことを言える勇気さえあれば。アルビンはそう思う。父さんはわずらわしくてやっかいな酔っぱらいだ。そう言えればどれほどよかったか。心の中に激しい怒りが燃え上がる。今にも爆発してしまいそうだ。

父さんがアルビンのほうを向く。青白い肌に小さな黒い点のような無精ひげが見える。

「ああ、そうだ。おれは疲れている」と父さんはつぶやく。「何もかもに疲れきっている。おれは必死でやってきた。だけど、どんなに頑張ったところで、何ひとつうまくいかない」父さんはそう言うと立ち上がる。よろめいて、またベッドに尻餅をつきそうになるが、どうにかまっすぐ立つ。「もう行くよ。これ以上おまえに恥をかかせないように」そう言ってアルビンを見る。

「そんなつもりで言ったんじゃないよ」アルビンは反射的にそう答える。

実際は、そのとおりなのだが。ほんとうはそう思っている。けれど、父さんは今にもいつもの〝泣き虫父さん〟になる寸前だ。それに、この部屋から出ていきたくないと思っている。

「一緒に心が通い合うときを過ごせると思ったんだ。そのためのクルーズ旅行だった。だけど、みんなそんなことはどうでもいいと思っている。たったの二十四時間のあいだでさえ、ほんとうの家族のふりをすることもできない」父さんは笑って首を振る。「おやすみ、また明日」

そう言ったものの、部屋の真ん中に突っ立ったままで動こうとしない。鼻息が荒い。

「おやすみなさい、モルテンおじさん」ルーがそっと言う。

「おやすみ、スイートハート」と父さんは答える。

それからアルビンのそばまで来て額にキスする。無精ひげがアルビンの鼻をこする。

「おれはそんなに悪い父親なのか？　ヴェトナムからおまえを連れてこないほうがよかったと思ってるのか？」

ルーがショックを受けているのがわかる。が、父さんがこういうことを言うのは今夜が初めてではない。

「ううん、そんなことないよ」とアルビンは言う。「おやすみなさい」

ふたりが黙ったまま見ていると、父さんはようやく部屋を出ていく。隣りの部屋にはいっていく音がする。脱ぎ捨てた靴が壁にあたる。すすり泣きが聞こえてくる。壁の反対側で父さんが泣いている。

またこっちに来るだろうか？

アルビンは立ち尽くす。ルーの視線を背中に感じながら。どうすればいいのかわからない。ルーと眼を合わせられない。父さんがいるから隣りの部屋にも帰れない。外にも行けない。こんなに遅い時間に子供がひとりで船内をうろつくわけにはいかない。

「大丈夫？」とルーが訊く。

「うん」とアルビンは答え、またベッドに坐る。

じっとテレビを見つめ、耳を澄ます。

「今夜はこっちに泊まってもいいよ」とルーは言う。

「そうだね」

ルーはアルビンの肩に手を置く。同情なんてしてほしくない。アルビンはそう思う。ダンスフロアにいる人にあれこれ文句をつけていてほしい。父さんがこの部屋にはいってくるまえみたいに。

隣りの部屋からまたくぐもった物音が聞こえる。トイレを流す音がする。

「ねえ」とルーは言う。

「うん」

「これから話すこと、お父さんとお母さんに言わないって約束してくれる？」

アルビンはやっとルーを見る。黙ってうなずく。

「約束よ」とルーは眼をすがめて言う。

「約束する」

「モルテンおじさんは瀬戸際にいる。ママはそう思ってる。おばあちゃんもそうだったたって」

アルビンは大きく息を呑む。自分のことを話してくれるのだと期待していた。父さんとは関係のない話をしてくれるものと思っていた。

「どういう意味?」とアルビンは尋ねる。「瀬戸際ってどういうこと?」

「心の病気ってこと」

アルビンは凍りつく。このまま動かずにいれば、時が止まって話の続きを聞かずにすむかもしれない。

「ママは昔、病院で働いていて、そのとき誰かに相談したんだって」とルーは続ける。

「父さんは瀬戸際なんかじゃない」

「あんたにはそれがなんなのかもわかってないのよ」

返すことばが見つからない。

「ママはインターネットでもいろいろ調べた。おじさんの様子にあてはまる症状がいくつもあるって言ってた」

リンダおばさんはよその人に父さんの話をしている。アルビンがこれまで誰にも、母さんにさえ話せなかったことを、おばさんは赤の他人に話しているなんて。

「ごめん」とルーは言う。「話さないほうがよかったかも。ちゃんと知っておいたほうがいいかと思ったんだけど……」

「父さんは気分が落ちこむことはあるけど、病気なんかじゃない」とアルビンはさえぎって言う。「おばあちゃんが死んでから辛い思いをしてきたから。それだけだよ」

「おじさんはもっとまえからおかしかった。あんたはまだ小さかったからわからなかったか、覚えてないだけかもしれないけど……」

「きみは覚えてるの？」

「ううん」とルーは認めて言う。「だけど、ママがそう言ってた。まえからずっとおかしかったって。それに、どんどんひどくなってきてるって」

そんなことない。おばさんはまちがってる。

「おばさんは父さんのことを何も知らない。だって一年以上も会ってないし」

「実はその逆」とルーは言う。「ママはおじさんがどんな人か嫌というほどわかってる。だからずっと会わなかった。どう接したらいいのか、もうわからないから」

隣りの部屋が静かになったことにアルビンは気づく。父さんが聞き耳を立てていたらどうしよう？　もし聞こえていたら、父さんはどうするだろう？

こっちの部屋に駆けこんできて、怒鳴り散らすかもしれない。アルビンに自分の悪口を吹きこんだと言って、ルーを責めるかもしれない。いつも母さんをそうやって責めているように。ただひたすらわめき続けて、誰も手がつけられなくなる。そんなことになったら、ルーはもうぼくに会ってくれないかもしれない。

「おじさんはお酒を飲むと夜中に電話してくる」とルーは続ける。「ママに怒鳴り散らすこともあれば、自殺するって言うこともある」

アルビンは何も言えない。ことばが出てこない。

だけど家では死なないよ。おまえか母さんがおれを発見することになるから。それは約束する。

もしおれが死んでも、おまえのせいじゃない。自分を責めないでくれ。おまえはおれの人生にとってかけがえのない大切なものだ。ただ、おれはもう耐えられない。

「ママだっておじさんが本気で死ぬとは思ってないよ、もちろん」とルーは慌ててつけ加える。「だけど、おじさんが電話してくるとママはいつもすごく困ってる。一緒に暮らしてるあんたとシーラおばさんは、その千倍は大変だと思う」

アルビンの肩に置かれた手にぎゅっと力がこもる。その感触はどこか遠く離れているように感じられる。アルビンの心は体の奥深くで小さな点の中に閉じこもる。

「だからあたしたちはエスキルストゥーナに引っ越したの」とルーは言う。「離れていれば、おじさんも電話しかできないから。引っ越すまえは、夜中にうちに来ることもあった。家に入れてあげなかったときなんて、ママの友達に電話してこう言うの。あいつは自分の兄ですら大切にできない人間のクズだ、友達を持つ資格なんてないって。だけどママはあのとおり意気地なしだから、何も言い返そうとしない。だから、おじさんと顔を合わせなくてすむように引っ越したの」

　ルーの話を聞いていると、父さんは完全に頭のおかしな人みたいに思える。

　実際、そうなのか？

　ルーはいつからそのことを知っていたんだろう？

　何がなんだかさっぱりわからない。あらゆるピースがまちがった場所に置かれている。

　出ていかなくちゃ。この部屋にはもういられない。ルーからも、壁の反対側に父さんがいる部屋からも遠く離れたところに行かなくちゃ。

「きみはなんにもわかってない」とアルビンは言う。「リンダおばさんとあることないこと話をして、わかったような気になってるだけだ。だけど、ほんとうはどうなのか、なんにもわかってない」

「どこに行くの？」ドアのほうへ歩いていくアルビンに向かってルーは言う。

「母さんを捜しにいく」とアルビンは答える。

「おばさんには言わないで。お願い。ママと約束したの。絶対話さないって」

　アルビンは何も答えず、ドアを開けて通路に出る。

「あたしも行く」背後でルーがそう言うのが聞こえる。

マッデ

マッデは気持ちよく眠っている。誰かの手がやさしく彼女を揺する。そんなのずるい。マッデは無視して、また深い眠りに落ちようとする。が、手はしつこく彼女を揺する。音楽が鳴っている。《スイート・ホーム・アラバマ》を歌っている人がいる。すぐそばで声がする。「もしもし、起きてください」

渋々《しぶしぶ》眼をあけると、黒髪をおだんごにまとめた女がいる。その隣りでがたいのいい男が笑みを浮かべている。どちらにも見覚えがある。ふたりとも制服を着ている。

「ここで寝てはだめですよ」と女のほうが言う。

マッデは眼をしばたたく。見下ろすと、膝の上でぐったりした手にショットグラスが握られている。甘ったるい酒がこぼれて手の指と太腿が濡れている。

店内は混み合っているが、彼女のいるテーブルには誰もいない。みんなもういなくなっている。ステージで歌っている女はことごとく音程をはずしている。

マッデの頭はゆっくりとしか働かない。一度にひとつの感覚しか処理できない。口の中が苦い。舌先で前歯に触れるとフェルトの敷物のようにねばねばしている。

「寝てないわ」とマッデは言う。「眼を休ませてただけ」

「なるほど」と制服の女は言い、同僚と視線を交わす。面白がっている。

マッデとしては怒ってもおかしくないところだが、不思議と腹は立たない。この女の人はとても親切そうだ。

「ここじゃなくて、部屋に帰って休むほうがいいんじゃないかな」と男のほうが言う。

「嫌よ」とマッデは答える。「大丈夫。ちゃんと起きてるから」

「さあ」と女のほうが促す。「一緒に部屋まで行って、ちゃんとベッドで寝るまで見届けてあげる。ここでこうしているより、横になるほうが気持ちいいと思わない？」

確かにそうかもしれない。マッデには彼らと争う気力もない。

「ただ愉しい時間を過ごしたかっただけよ」と彼女は言う。「ほら、見て。おっぱいまで金粉を振りまいてあるの。パーティするならおっぱいはこうでなくちゃ。でしょ？」

男のほうが恥ずかしそうにうなずく。マッデが吹き出すと、女の警備員も一緒になって笑う。

「部屋まで歩ける？」

「もちろんよ」とマッデは言い、立ち上がる。ショットグラスを置こうとするが、指にへばりついて離れない。マッデはまた声をあげて笑い、手を振ってグラスを指から離す。危うく転びそうになるが、男の警備員がさっと抱きかかえて立たせてくれる。

警備員に連れられてバーを出る。ふたりは彼女をやさしく、それでいてしっかりと抱えている。マッデは自分が浮いているような心地になる。眼を閉じる。

「あなたたち、とってもやさしいのね」

「ひとりにしておいて大丈夫だと思う？」と女の警備員が同僚に言っている。

マッデは笑みを浮かべる。「ダンによろしく言っておいて。あたしの部屋がどこかもちゃんと伝えてね」

「まずわたしたちに部屋の場所を教えてくれたらね」と女の警備員は言う。「番号を覚えてる？」

「上の階の真ん中。窓のない部屋よ」

こうしてしっかり支えられながら眼を閉じていると、とても気持ちがいい。女の警備員が男のほうにバッグの中からカードキーを捜してと言っている。バッグを置き忘れないように確認してくれたのだと知って、マッデは泣きそうになる。こんなふうに世話をされていると、子供の頃のことを思い出す。ママとパパがホームパーティを開いたときのことだ。

マッデはソファで寝てしまい、両親は彼女をそっと抱き上げてベッドまで連れていってくれた。にぎやかな声と笑い声と音楽が家じゅうから聞こえて、みんなはパーティをしていて、自分もその場にいるけど、でも体はそこにいなくてもいい。ただ眼を閉じていれば、自分は安全で、みんなは愉しんでいて、すべてがいつもどおりあるべき姿におさまっているのがわかる。

マリアンヌ

船の振動と水面下で鈍い音を立てている暗闇に包まれ、マリアンヌは眠りかけている。ヨーランに腕枕されながら。彼の肌は温かく、やわらかい。一方、自分の肌は、まだ彼の指や唇に触れられているような錯覚を覚える。膝の裏と胸とあそこのほとばしりを体が覚えている。

ヨーランがこちらを向いて、額にキスしてくる。

「寝てるのかと思った」とマリアンヌは言う。

「眠りかけてた」

ヨーランが肘をついて上半身を起こしたので、彼女は彼の腕枕から頭をどかす。彼が首をかくのが音でわかる。大きなあくびをしたらしく顎の骨が鳴る。それから寝返りを打ち、彼女に覆いかぶさってそっとキスする。

スウィッチの音がして部屋の電気が点く。明かりがまぶしくて、マリアンヌはぎゅっと眼をつぶる。両手を眼のまえに掲げて顔を隠す。眼をきつく閉じているせいでしわのよった顔を彼に見られたくない。

「おっと、もうこんな時間か」と彼は言い、もう一度あくびをする。「一時間以上ヤってたみたいだな」

彼が嬉しそうにそう言うので、マリアンヌも笑うしかない。

「くそ、小便が漏れそうだ」

「入口のそばにトイレがある」とマリアンヌは言う。

ヨーランは片足を床につき、ベッドから抜け出す。マリアンヌは上掛けを引っ張りあげ、初めて見る彼の裸をじっと観察する。ポニーテールにした髪が染みのある青白い背中で揺れている。肋骨がはっきり浮かび上がるほど痩せているのに、下腹は出っ張りつつある。ちらっとペニスが見える。しぼんだ風船のようにだらりと垂れ下がるそれを見て、マリアンヌは感慨にふける。上掛けで顔を隠し、笑いをかみ殺す。このクルーズ船に乗ろうと決めたのは、ちょうど二十四時間まえだった。

あっけないほど簡単だった。どうしてもっと早く行動に移さなかったのだろう？

もっとも、もしもっとまえに決心していたら、こうしてヨーランに出会うことはなかった。

そのヨーランが床を見まわし、彼女にお尻を向けて屈む。ジーンズを拾い上げ、中からパンツを出す。

服を着る。

マリアンヌは横向きになって、彼と向き合う。上掛けを整えて体を覆い、二重顎が見えないように顔を傾ける。

「きみは行かないのか？」とヨーランが言う。

一瞬、なんのことかわからず困惑する。

「バスルームに？」とマリアンヌは答える。「ええ、わたしは大丈夫」

「だって、また出かけるだろ？」ヨーランはそう言いながら、シャツを着てボタンを上まで留める。

マリアンヌは上体を起こし、上掛けの端を鎖骨に押しあてる。

「でも……」ことばが途切れる。なんと言えばいいかわからない。「でも、どうして？」ようやくそう言う。

ヨーランはデニムのヴェストをはおり、ベッドにどすんと腰をおろす。

「じゃあ、行かないのか？」と彼は言う。

マリアンヌはよく考えるまえに首を振っている。「疲れてるの。もう夜はおしまいだと思ってた」

「そんなことはない」とヨーランは笑顔で言う。

でも、わたしはここであなたと一緒に眠りにつくものだと思ってた。朝食に遅れないようにアラームをセットして、明日も穏やかですてきな一日を過ごせるとばかり思ってた。天気がよければ外のデッキを散歩したりして。お互いのことをもっと深く知れるように。なのに、どうして出ていこうとするの？　このままここにいたら、チャンスを逃してしまうとでもいうの？

どうして一緒にいてくれないの？

「やっとクルーズ旅行に来られたんだ。今、寝てしまって、せっかくの夜を無駄にしたくない」とヨーランは言う。「仲間たちを見つけて、もう少し飲むことにするよ」

今になって、仲間のほうが大切だっていうの？　欲しいものはもう手に入れたから？　だいたい、七十になろうっていう人たちがいまだにお互い仲間と呼び合うなんて、なんだかみじめじゃない？

「そう」マリアンヌはそう言うと、ベッドに横になる。

壁が迫ってくる気がする。外部からの巨大な圧力にとうとう耐えられなくなったかのように。

「一緒に行こうよ」とヨーランは言い、彼女の腕を撫でる。「ほんとうにひとりでここに残るつもり？」

そうじゃない。わたしはあなたにここにいてもらいたいの。「ええ」

「おいおい、人生は一度きりだよ」とヨーランは笑顔で言う。

「ありがたいことにね」

ヨーランは笑い、腰を屈めて靴を履く。「気が変わったら〈カリスマ・スターライト〉をのぞいてみてくれ。そこで踊ってるから。仲間たちがまだそこにいなければ、見つけて連れていくよ」

マリアンヌはあえて返事をしない。苦々しく思っているのがわかってしまうだろうから。幸せで心穏やかでいるふりをするのは昔から苦手なのだ。どんなに頑張っても落胆を隠しきれない。これまでどれだけ試してきたか計り知れない。

ヨーランが彼女の頬にキスして立ち上がる。マリアンヌは思わず気が変わったと言ってしまいそうになる。が、騒々しい人混みの中に舞い戻るなんて考えられない。もう遅い。すべて終わったのだ。

ヨーランはポケットからペンを出し、デスクに置かれている免税品のパンフレットに何か書く。

「おれの携帯電話の番号だ。その気になったら電話してくれ」と彼は言う。「海の上では電波が届かないかもしれないが」

「確かに」とマリアンヌは言う。「夜を愉しんでね」

「明日また会えるかな？」ヨーランはそう言うとドアを開ける。

「会えるといいわね」

マリアンヌは電気を消す。戸口に立つヨーランの姿が通路の明るい光に背後から照らされて黒いシルエットに見える。少しためらっている。マリアンヌはかすかな希望を抱く。が、彼はそのまま出ていく。ドアが閉まり、部屋はふたたび暗闇に包まれる。

アルビン

「アッベ、待って！」うしろからルーの声が聞こえる。「ごめん。謝るから！」

ルーは息を切らしている。アルビンは返事をしない。酔った客たちのあいだを縫うようにして〈カリスマ・スターライト〉の奥に向かって進む。いたるところに人がいる。背が高く、汗ばんでいて、千鳥足で、騒々しい人たちが行く手をはばむ。女の人がアルビンにぶつかってつまずく。グラスからビールがたくさんこぼれ、アルビンのパーカの肩にかかる。

「危ないじゃない、このガキ！」女の人がうしろから罵声を浴びせる。

「アッベ、待ってったら！」

ルーの声がさっきよりも遠ざかる。音楽にかき消され、ほとんど聞こえないくらい離れている。

「アッベ、お願いだから待って！」

振り返ると、パーカの肩にできた染みからビールの気持ち悪いにおいがする。制服姿の男女が眼に飛びこんでくる。客たちはそのふたりのために道をあける。ルーの姿が見える。両側を警備員に挟まれ、不服そうな顔をして歩いている。

「こんばんは」アルビンに追いつくと、女の警備員が声をかけてくる。「悪いけど、あなたたちはもう寝る時間よ。部屋まで送るわね」

警備員の胸には真鍮製の名札が輝いている。〝ピア〟と名前が書かれている。

「母さんを捜してるんだ」とアルビンは言う。「このあたりにいるはずだから」

「それはもう話した」とルーが言う。

「それよりもう寝たほうがいいんじゃないか？」と男のほう——名前は〝ヤルノ〟——が言う。

「部屋には帰らない！」

アルビンの声は悲痛な響きを帯びる。必死さがにじんでいる。ふたりの警備員は顔を見合わせる。

「だったら、こうしましょう」とピアが提案する。「わたしたちも一緒にあなたのお母さんを捜す」

「助けなんか要らない」とルーは抵抗する。

「いいえ」とピアは言う。「そうはいかない」

「要らないって言うなら、証明してごらん」ヤルノがわざと明るい調子で言う。

「要らないったら」とルーはなおも抵抗する。

しかし、いざピアがさきに立って歩きだすと、アルビンはひそかにほっとする。ピアは愛想よく、同時に断固とした態度で客たちに道を空けさせる。中には彼女を睨《にら》みつける人もいるが、警備員の制服に気づくと、みなおとなしく従う。

「いた」とルーが大声で言い、指を差す。

ルーが指し示す方向を見ると、鏡張りの柱の陰に母さんとリンダおばさんがいる。イタいジャケットを着た男は見あたらない。リンダおばさんは肘掛け椅子に坐っている。座面が低いので、車椅子の母さんは身を乗り出しておばさんに耳を寄せ、話をしている。さっきまで踊っていたので、おばさんは汗だくだ。こめかみの生えぎわが汗に濡れて暗い色になっている。ダンスフロアの色とりどりのライトがふたりの顔を照らす。

アルビンの予想に反して、母さんはひとりぼっちではなかった。

リンダおばさんが先に気づき、母さんに何か言う。母さんは車椅子のレヴァーを操作して向きを変え、こちらを見る。

「ここで何をしてるの?」アルビンたちが近寄ると、音楽にかき消されないように大声で訊く。警備員の姿を見て、不安そうに愛想笑いする。

ピアがふたりのそばまで行って説明する。「この子たちはあなたを捜していたんです。こんな時間に子供だけで船内を動きまわらせるわけにはいかないので」

「知らなかったんです」母さんは上を向いて大声で言う。「夫は先に部屋に戻ったし、それに……」そこで口ごもる。それからアルビンに向かって言う。「何かあったの？」

アルビンはなんと答えればいいかわからない。今まで話したこともないことをこの場で大声で話し合うことはできない。警備員が聞いているところではなおさら。

「どうかしたの？」とリンダおばさんが訊く。「ルー？」

ルーは黙って肩をすくめる。

「連れてきてくれてありがとう」と母さんは警備員を見上げて言う。「わたしたちが部屋に連れて帰ります」

「嫌だ！　部屋には帰らない！」

母さんはアルビンを怪訝そうに見る。警備員にも見られているのがわかる。

「カフェはまだ開いています」とピアが言う。「よかったら、そこでお話ししてはどうですか？」

母さんは黙ってうなずく。

何かが弾《はじ》けるような音がする。ヤルノがベルトに留めてあったトランシーヴァーを手に取る。

無線のひび割れた声が、カラオケ・バーの外で男がどうこうと言っている。ヤルノは急に憂鬱そうな表情になる。「急ごう」と言ってピアを見る。

ピアは屈んでアルビンに言う。「ここでさよならしても大丈夫？」

アルビンは黙ってうなずく。

「もし助けが要るときは、案内所に行って、わたしたちを呼んでもらってね。それか、あのバーテンダーに頼んでもいい。フィリップっていって、とってもいい人だから。いいわね？」

アルビンは今度も黙ってうなずく。助けを呼ぶことはないとわかっていながら。正直に言えば、誰かに助けてもらいたい。だけど、これは自分ひとりで向き合わなきゃならない問題だ。

ダン

白い粉で描いた線をさらに四本吸いこんで、ダンはすぐにやめておけばよかったと後悔する。脳が熱に浮かされて頭蓋骨の内側でくすぶっている。あらゆるものがものすごいスピードで動いているが、それでもそのすべてを痛いくらいはっきり知覚できる。熱気も、興奮して上気した人たちの顔も、すべて。ステージではふたり組の二十代の女がきついフィンランド語訛りで《愛のかげり》の歌詞を絶叫している。警備員は少なくとも『グリース』の曲を歌ったあのデブ女は始末してくれた。デブ女は連れがみんないなくなったあともテーブルにひとり陣取り、一心にこっちを見つめていた。身の毛もよだつとはまさにこのことだ。さっきまでデブ女が眠りこけていたテーブルで、今はロシア人の売春婦が商売に励んでいる。男の膝の上に乗り、時々その男の友達の太腿に手を置く。ダンは時々、彼女の仲介人からコカインを買うこともある。きれいな女だ。あと十歳若かったら、モデルと言ってもとおるかもしれない。あの男どもはわかっているのだろうか。そいつとヤるには金がかかるってことを。金さえ払えばお望みのことは何でもさせてくれる。なんならふたり同時に。脳内にあれこれイメージが浮かび、次から次へと急流のように流れていく。パンツの中ではあそこがかたくなる。

曲が終わる。拍手と口笛が鳴り響く。ダンも手のひらが痛くなるまで拍手し、精一杯の笑顔を観客に向ける。ふたり組の女がステージを降り、友人たちとハイタッチする。

「ありがとう、お嬢さんたち。スクールダンスの名曲だ」ダンがそう言うと、観客の数人が同調して笑う。

続いて、鮮やかなピンクのノースリーブを着た、だんご鼻の華奢な女がステージに上がる。真っ黒に染めた髪はスポットライトにあたって青みがかって見える。

「やあ、どうも」ダンはそう言って女を迎える。「お名前は？」

「アレクサンドラ」

女が緊張した面持ちで笑うと、前歯に埋めこまれた小さなダイヤモンドが光る。そこそこ美人だ。三十手前といったところか。

「ハイ、アレクサンドラ！　みんな、アレクサンドラに盛大な拍手を」

観客たちは言われたとおり拍手を送る。口笛ではやしたてる者もいる。ダンは腕をまわして女の骨張った肩を強く抱く。

「今日は何を歌ってくれるのかな、アレクサンドラ？」

アレクサンドラは彼を見上げる。「そのまえに……最初に言わせてください。わたし、あなたの大ファンなんです」

「おれもきっときみの大ファンになるにちがいない」ダンは観客のほうを向いて笑う。

「歌う曲は？」

「《パラディーソ・トロピカル》」それを聞いてダンの笑顔がこわばる。唇が死後硬直みたいにかたまる。

「すばらしい」

あれは自分で作詞したバラード曲《風に向かって》でユーロヴィジョンへの復活を目論んだ年のことだった。亡くなった父親を歌った曲だ。ダンはすべてをさらけだして全スウェーデン国民のまえで熱唱したが、二回戦にも進めなかった。ミランとミランダが脳天気なカリプソもどきの《パラディーソ・トロピカル》を披露してその年のスウェーデン代表の座を勝ち取ったのだった。まるでジョークのようなほんとうの話だ。まさにスウェーデン国民が求めていた曲だった。その年の夏、わずかに残っていた彼の幻想を打ち砕いたこの曲がいたるところで演奏された。

温度がいちだんと上がった気がする。ダンは急に天井の低さを実感して愕然とする。脳が激しくくすぶっている。心臓が早鐘を打つ。

これは何かのテストか？　人をおとしめることだけが目的の新しいテレビ番組が隠し撮りしてるのか？　今ここでアレクサンドラの顔をマイクで何度も何度も叩いたら、ユーチューブでどのくらい再生回数を稼げるだろう？

ダンは唇を舐《な》める。上唇がしょっぱい。慌てて手で口を拭い、その手を確認する。鼻血が出ているのかと思ったが、ただの汗だ。

観客は静まりかえっているのか？　どのくらい時間が経ったのか？

「では、どうぞ！」ダンはそう言ってアレクサンドラにマイクを渡す。「頑張って！」

「ありがとう」

ヨーアンが伴奏のスウィッチを入れると、憎たらしいスチールドラムの前奏が始まる。アレクサンドラは眼を閉じ、ビブラートをきかせて情感豊かに歌いあげる。彼女の歌は、どこかの貸し切りリゾートにあるゲイディスコの音楽というより、キリスト教の楽園を歌ったゴスペルのように響く。ダンは満面の笑みを浮かべているものの、心臓はどくどく脈打って、憎しみが血管を通って全身を駆けめぐり、頭の中で炭酸のようにしゅうしゅうと音を立てている。

暗い店内で誰かが悲鳴をあげる。グラスが割れる音がする。アレクサンドラはびっくりして声を詰まらせるが、それでも歌いつづける。さっきまでとは別の理由で声が震えている。

店内の空気が一変する。客たちが振り返る。筋肉質の男がふたり、体にぴったりしたタンクトップを着て大声で笑っている。バーテンダーがカウンター内の壁に備え付けられた電話に手を伸ばす。

ダンはバーテンダーの視線を追う。店内を突っ切ってくる男がいる。人々は男が通るとあとずさり、筋肉質の男たちはいっそう激しく笑う。

男は四十代。眼がすわっていて、ひとりごとをつぶやいている。ジャケットはゲロにまみれ、赤みがかったブロンドの髪は逆立っている。シャツの襟もとに乾いた血のようなあとがある。アレクサンドラは歌うのをやめ、伴奏だけが流れる。

「なんだ、あいつは？」ダンはうっかり口走る。その声をマイクが拾う。

男は空気のにおいを嗅いでいる。

酔っぱらって、正気を失っているにちがいない。虫けらほどの脳みそも残ってなさそうだ。

ところが、ダンを見たとたん、それまでうつろだった男の眼が何かが宿ったように輝く。焦点が合う。男はひとりごとを言っているのではない。ダンはそう気づく。何かを噛むように顎をしきりに動かしているのだ。

こいつは頭がイカれてる。こんなやつを野放しにしておくなんて、警備の連中はどうかしてる。

年配の女が無意識に男の行く手をふさぐ。男に思いきり押しのけられ、彼女の眼鏡が宙を舞う。客たちは席を立ち、急いで出口に向かう。イカれた男がステージの真ん前まで来る。その眼は狂気の底なし沼のようだ。

来るなら来やがれ、とダンは心の中で言う。コカインが全身をめぐる。さあ、かかってこい。

ダンは防御の姿勢で構えて待つ。男がステージにのぼる。アレクサンドラは悲鳴をあげてマイクを落とす。マイクが床に落ちると、大砲を発射したような轟音《ごうおん》が鳴り響き、さらにハウリングの音がスピーカーから流れる。

男はいきなりダンに向かって突進し、床に押し倒す。息ができない。頭のイカれた男は狂犬のように何度も歯を鳴らし、彼に嚙みつこうとする。

ようやくスピーカーのスウィッチがオフになる。客の何人かが叫び声をあげる。スマートフォンで写真を撮る者もいる。暗闇にシャッター音が響く。

ダンはかろうじて男の歯から逃れる。男の口からは悪臭が漂い、怖くなってくる。男を押しのけようとするが、男はしっかり彼にしがみついている。

「くそ、誰か助けてくれ！」とダンは叫ぶ。

が、誰も近寄ろうとしない。明るく照らされたステージの向こうに恐怖とためらいが渦巻いているのが感じられる。誰かが先陣を切るのを誰もが待っている。

「このクソ野郎！」怒りで新たな力が湧く。

男の顔めがけて一発打ちこむ。腕に痛みが広がり、関節から血が噴き出す。男の歯にあたって切れたのだ。何重にも重なった剃刀の中に手を突っこんだみたいに痛む。男が唇を舐める。その眼はダンを見据えているが、その実、何も見ていない。ダンはもう一発繰り出そうとする。が、男がすばやく手のひらでダンの拳をつかむと、唇を押しつけ、傷口を吸おうとする。なめらかな舌がダンの関節の上を動きまわる。

ダンは激しい嫌悪感に駆られ、大声で泣きわめく。どうにかして手を引っこめようとする。手に吸いつく男の口のことで頭がいっぱいになり、ほかに何も考えられない。

いきなり体の上にのしかかっていたものが軽くなる。あまりに突然の出来事で、何が起きたかわからない。警備員のヘンケとおいぼれのパール——もうとっくに引退していてもおかしくない歳だ——がうしろから男をわしづかみにして持ち上げている。それでも男はダンの手を離そうとしない。今にも腕が抜けてしまいそうだ。

警備員たちはイカれた男をどうにかダンから引き離す。ダンは肘をついて起き上がり、ステージの端に坐って手を見つめる。小さな傷口から血が流れ、男の唾《つば》と混ざってピンク色になる。ダンは顔を上げる。

頭のイカれた男は警備員から逃れようと体をよじる。脚を蹴り上げ、歯を鳴らして宙を嚙む。ピアとヤルノも駆けつける。男はピアの頬を嚙もうとするが、ピアはかろうじて顔をそむける。

「大丈夫か？」とパールがダンに声をかける。

全員の眼が自分に向けられていることにダンは気づく。ただ立ち尽くして見ていただけの臆病者どもが。

「さっさとそいつを閉じこめろ」とダンは言う。「強力なヤクでラリってやがるんだ。くそったれ」

ダンは男の唾液にまみれた切り傷を見る。ヤク中のイカれたやつにエイズをうつされたりしたらたまったものじゃない。

もう一度顔をあげると、警備員たちが苦労して男の手をうしろにまわし手錠をかけている。みな息があがっている。男は歯が砕けてしまうのではと思うほど力いっぱい宙を嚙んでいる。

「救護室に案内しようか？　ライリに診てもらったほうがいい」とヤルノがダンに言う。

「自分で行くよ」とダンは答える。「そいつをさっさと閉じこめてくれ。海に投げ捨ててもいい。そいつみたいにイカれてるやつには生きてる価値もないからな」

アルビン

リンダおばさんとルーは〈カリスマ・カフェ〉のレジで飲みものを買っている。アルビンは母さんとふたりで奥の席にいる。ほかに客は見あたらない。スタッフたちは退屈そうにしている。見るからに早く店を閉めたがっている。

「何があったの？」と母さんが訊く。

「父さんがぼくたちのいる部屋に寄っていった。もう寝てると思う」

「そうね、お父さんは少し疲れてたのよ。今日はもう寝たかったみたい。その分、明日元気でいられるように」

アルビンはうつむく。テーブルの上に散らばったビスケットのかけらを集めて山をつくる。「父さんは昨日も疲れたって言ってた」とアルビンは言う。

母さんを見られない。このあとなんと言えばいいかわからない。

「アッベ」母さんがもう一度訊く。「何かあったの？」

アルビンは黙ったまま肩をすくめる。

どうしてもことばが見つからない。考えようとしても、頭の中のブレーカーが落ちて真っ暗になってしまう。

「ごめんなさい、シーラ。コーヒーにミルクは要るんだったかしら」リンダおばさんが席に来ていう。グラスとマグカップをかちゃかちゃいわせながらトレイをテーブルに置く。

「どっちでも大丈夫よ」と母さんは答える。

「ほんとうに？　もしミルクが要るなら……」

「ブラックでいいわ」

リンダおばさんは立ったまま少しためらい、それからルーの隣りに坐る。母さんのまわりにいる人はみんなそうなる。世話係でさえ、いつもそれでいいのか迷っている。母さんのためにしてあげなきゃいけないことがたくさんありすぎて覚えられないから、母さんはずっとその人たちの質問に答えつづけている。もちろん善意でやってくれていることだ。それでもアルビンは時々思う。母さんはどうしてそんな仕打ちに耐えられるのだろうかと。母さんを質問攻めにしないのは父さんだけだ。だから母さんは父さんと別れようとしないのかもしれない。

子供は親の離婚を望んだりしないものだ。それはわかっている。でも、アルビンは何よりもそのことを望んでいる。母さんにはぼくがいる。父さんは必要ない。ルーから聞いた話がちょうどいいきっかけになるかもしれない。父さんについてようやくほんとうのことを話せるかもしれない。

家から遠く離れた海の上でなら。窓の外には巨大な暗闇のほかは何もない場所でなら。急にそんな気がしてくる。

「父さんは病気なの？」とアルビンは尋ねる。ビスケットのかけらの山をつまんでやわらかい塊をつくる。

「どういう意味？」と母さんは答える。

「父さんは病気なの？」アルビンは顔を上げ、もう一度訊く。「リンダおばさんはそう思ってるってルーから聞いた」

母さんが眼をしばたたく。とうとう言ってしまった。もうあと戻りはできない。ルーは椅子に深く沈みこむ。ずっと息を止めていて、一気に吐き出したみたいに。

「ルー」リンダおばさんが娘のほうを向いて言う。「アッベに何を話したの？」

「今、アッベが言ったじゃない」

「内緒の話だと言ったでしょ」

「アッベのお父さんのことなんだから」とルーは言い返す。「知っておいたほうがいいかと思って」
「あなたが決めることなんてことじゃない」いつもそう。その話をしたくないなんて、超ショック
「ママが決めることなんでしょ？　家族なのにほんとうのことを話さないなんて馬鹿みたい。だけど、アルビン
なんだけど。家族なのにほんとうのことを話さないなんて馬鹿みたい。だけど、アルビン
とあたしはママたちみたいになりたくない」ルーは腕を組んでアルビンをまっすぐ見つめ
る。そうやってアルビンに力を送っている。
「ごめんなさい、シーラ」とおばさんは謝る。「友達に話しているところをルーに聞かれ
てしまって……ちゃんと説明しようとしたんだけど……この子を信用して……」
「気にしないで」母さんは心ここにあらずといった様子で答える。
「いとこに嘘をついたら信用してもらえるなんてサイコーだね」ルーはぼそっといい、リ
ンダに背を向ける。「その理屈ってなんか変だと思わない？」
一瞬、不穏な空気が流れる。リンダおばさんはルーを平手打ちするのではないか。が、
おばさんはただこう言う。「突然いとこの味方になったのは誰かしら」
ルーは眼を細めて憎悪をあらわにする。
「アッベ」おばさんは身を乗り出し、穏やかな声で言う。「すぐには理解できないかもし
れない。わたしたちもそうだった……だけど、あなたのお母さんもわたしもどうにかして

――」

「リンダ」と母さんが制する。おばさんは口をつぐむ。

母さんは深呼吸する。両手を膝の上で重ねる。眼のまえには手つかずのコーヒーが置かれたままだ。「家に帰ったら、ちゃんと話しましょう」

「嫌だ」とアルビンは言う。「いま話して」

「アッベ、聞き分けのないことを言わないで」今にも泣きだしそうな声だ。

決心が揺らぎそうになる。けれど、このタイミングを逃したら、きっと次はない。母さんが自分からこの話を持ち出すことは絶対にない。

「ちゃんと話し合わなきゃ」とアルビンは言う。「ルーの言うとおりだ。ぼくたちは一度もちゃんと話してない。母さんはいつだって、お父さんは疲れてるのよって言う。だけどそうじゃない。父さんは酔ってる。どうしてはっきりそう言えないの?」

母さんはうなだれる。無言の涙が膝に落ちる。手のひらで涙を拭って言う。「お父さんも辛いのよ。わたしは誰が見ても病気だとすぐにわかる。だけど、はたから見ただけじゃわからないことのほうが……」声が消え入る。

「父さんは病気ってこと?」とアルビンは訊く。「母さんもそう思ってるの?」

「わからない」と母さんは答える。「だけど、お父さんは気分が悪くなると、お酒を飲むの」

「でも、それで気分がよくなることはない」とアルビンは言い返す。

「そうね」と母さんは認めて言う。それからまた涙を拭う。「お父さんも辛いのよ。悪循環に陥ってしまっている」

アルビンはルーを見て、さらに力をもらう。「どうして話してくれなかったの？　ぼくにはまだわからないと思ってたの？」

母さんは何か言いかけ、口を閉じる。それから言う。「あなたはもう大きくなったってことを時々忘れてしまうの」

「モルテンが病気だとしても、それは本人のせいじゃない。大事なのはそこよ」とリンダおばさんが言う。「脚を骨折したり、シーラが病気だったりするのと同じことなの」

「わかってる」とアルビンは苛立って言う。口を挟まないで。そう言いそうになる。今は母さんが話しているんだから。

やっと重い口を開いてくれたんだから。

だが、母さんは黙りこんでしまう。

「その言い分はフェアじゃない。シーラおばさんのことでアルビンに嘘をつくようなものじゃない。おばさんはほんとうは車椅子なんか使ってないって」とルーが言う。「それとこれとは話が全然ちがう」そう言って、勝ち誇ったようにリンダおばさんを見る。ルーがいてくれてよかった。アルビンはつくづくそう思う。ぼくにはとてもそんなことは言えない。少なくとも、ベッドにはいって、映画のワンシーンみたいにこのやりとりを何度も何度も頭の中で再生してからでないと。だけど、それでは遅い。

母さんがいきなり笑いだす。アルビンが驚いて顔を向けると、母さんは泣きながら笑っている。「ああ、アッベ、親に酸っぱいレモンを食べさせないで」

〝酸っぱいレモン〟がなんなのかはわからないが、言いたいことはアルビンにもわかる。父さんがよく言うこととそっくりだ。

「その言い方はやめて」

「そうね、ごめんなさい」母さんは涙を拭く。「ただ、わたしは……」そう言いかけて首を振り、涙をこらえる。

「お母さんはあなたを心配させたくなかっただけなのよ」とリンダおばさんが言う。

アルビンはふたりをじっと見つめる。ぼくが何も心配していないと本気で思ってるんだろうか？　簡単なことなのに、どうしてそれがわからないんだろう？　父さんが病気だとしたら、ちゃんと病名があるのだとしたら、専門家に相談すればいいじゃないか。

「病院に連れていけないの？」とアルビンは訊く。

「まずは本人が助けが必要だって自覚しないと」とリンダおばさんは言う。「でないと、意味がない」

「そうなるように仕向けるつもりよ、もちろん」母さんはリンダおばさんを一瞥《いちべつ》して慌ててつけ加える。

必ずいいほうに向かうから何も心配ない。アルビンにそう信じこませようとしているのは明らかだ。母さんはまだ嘘をついている。うやむやにしようとしている。

沈黙が流れる。リンダおばさんもコーヒーに手をつけていない。おばさんのコーヒーにはミルクがはいっている。表面に脂っぽい水玉模様ができている。

「離婚できないの？」とアルビンはそっと言う。「そうすれば、少なくとも父さんの病気がよくなるまで一緒に暮らさなくてすむ」

母さんは首を振る。「離婚はしない。わたしたちは愛し合ってるの。それはあなたも知ってるでしょ。それから、お父さんにはこのことは言わないで。あなたに話したことがばれたら、きっと怒るから。そうなったら、よけいに悪化してしまう。ルーの言うとおりよ。嘘をついて、なんでもないふりをするのはよくない。だけど、もう少しだけ待って。お父さんのためにも」

母さんの話を聞けば聞くほど、アルビンの心は爆発しそうになる。こんなの不公平だ。

誰もが父さんに気をつかわなきゃならないのに、自分の意見は言えないなんて。ぼくの人生でもあるのに。

「でも、ぼくはもう父さんと一緒に暮らしたくないんだ」今度はアルビンのほうが泣きそうになる。父さんなんか好きじゃない。大嫌いだ。

「そんなこと言わないで」と母さんは言う。「お父さんを助けてあげなくちゃ。きっと何もかもよくなるわ」

もうこらえきれない。涙があふれる。「母さんも嫌いだ」アルビンはそう言い放つと、止める間《ま》もなく立ち上がって走りだす。

誰かが追いかけてきているかどうかもわからない。振り向かず、ただひたすら走る。

バルティック・カリスマ号

カフェで話し合いがおこなわれている頃、当の本人は船室で眠りについている。寝汗でシャツが体にへばりつく。夢の中で階段を駆け上がっている。

「モルテン！　モルテン！　モルテン！」見捨てられたような、怖がっているような、それでいて怒っているような声が聞こえ、彼の心を切り裂く。階段の壁に並んで掛かっている絵を見る。どれも彼を呼ぶ声の主《ぬし》が描いた絵だ。塗り重ねられた油彩絵の具がかたまって、キャンバスの表面はでこぼこしている。階段をのぼりきると、部屋のドアが少しだけ開いている。隙間から暗闇と煙草の煙が漏れてくる。

「モルテン！」

部屋の中にはいる。母が積み上げた枕の山に寄りかかっている。煙草をふかすと、部屋が明るくなり、暗がりにその姿がはっきり浮かび上がる。裸の胸が垂れ下がり、上掛けからはみ出て脇の下へと流れている。

「ああ、かわいい坊や」と母は言う。灰皿に煙草を押しあてると、何かが折れたような音がする。「学校を休んで家にいたい？」

彼は反射的にうなずく。母はもう学校に電話して、病気で休むと伝えている。今日はひとりで家にいたくない気分なのだ。妹のリンダはうらやましがる。モルテンのほうもうらやましいと思っているが、そんなことはまるで知らない。彼は学校に行きたい。ここから逃げだしたい。

「ここに来て寝なさい。抱っこしてあげるから」母はそう言って上掛けを押しのける。

モルテンは言われたとおりにする。母が上掛けをかける。とても暖かい。

「おまえがいなかったら、わたしはどうすればいい？」と母は言う。

彼はベッドの隣りの壁に貼られた壁紙の気泡を指でつつく。壁紙が破れて壁がむき出しになっている場所がある。

「おまえは母さんが大好きだ。そうだね？」と母が言い、彼はそのとおりだと請け合う。

「今度こそ何もかも正しいことをしなくちゃいけない。でないと、来世も同じことの繰り返しになってしまうからね。わたしたちが終わりを迎えるまで」

モルテンはうなずく。母は彼らの前世がどうだったか、もう一度話して聞かせる。ふたりは夫婦だったこともあれば、モルテンが親だったこともある。友達だったときもあるし、同じ軍の兵士だったときもある。

「いつもふたりで一緒に世界に立ち向かってきた」と母は言う。「おまえがいないなら生きていたくない。すぐに次の人生に生まれ変わりたい」

大人になったモルテンは船室のベッドで寝ている。息が苦しい。夢の終わりはいつも同じだ。抜け出したいのに抜け出せない。

「一緒に来世に行こう」と母は言う。「『はるかな国の兄弟』（スウェーデンの児童書。はるかな国にやってきた兄弟が村人を苦しめる悪の騎士に立ち向かう物語）みたいに」

ベッドが濡れている。マットレスに染みこんだ汗が滴《したた》り落ちる。

「モルテン、待ってるからね」

彼は振り向く。母の髪が濡れて輝いている。肌はうっすらと緑色をしている。ウナギとザリガニに齧《かじ》られて、顔の一部が欠けている。眼は白く濁っているが、まっすぐ彼を見据えているのがわかる。彼はベッドから出ようとするが、濡れたマットレスに体が貼りついて動けない。母が笑うと、その口から濁った水が流れ出る。

「いつも一緒だよ、モルテン」

妊婦のように膨らんだ母の腹の上に垂れた胸が乗っている。腹の中にはウナギがいる。彼はそれを知っている。母がメーラレン湖に入水したのはもう何年もまえのことだ。

これはただの夢だ、と彼は思う。おれは逃げだした。白く濁った眼の奥に影が漂う。濡れて、ぬるぬるしたものが動いている。母は怒っている。彼にはそれがわかる。夢の中の彼は逃げない。
「あなたは約束した」と母は言う。「ふたりはいつも一緒だって」

デッキ9の船室のドアを強く叩く音がする。ノートパソコンで映画を見ていた十四歳のリラは、映画を一時停止し、ヘッドフォンをはずす。伸ばしかけの前髪が眼にはいらないように黒いヘアバンドをまっすぐに直す。もう一度、ドアを強く叩く音がする。苛々《いらいら》しているようだ。おおかた、ママかパパがカードキーを持って出るのを忘れたのだろう。もっとまえからノックしていたのだろうか。ヘッドフォンをして、音量を目一杯あげていたので気づかなかったのかもしれない。リラはベッドを出る。白いシルクのパジャマの裾が長いので、足が隠れて見えない。いつまでも映画なんか見ていないで、さっさと寝なさいと言われないことを願う。明日は長い一日になる。朝早く港に着いたら、車でカーリナのおばあちゃんの家に行く予定だ。リラはドアの取っ手に手をかけてから躊躇《ちゅうちょ》する。ママかパパじゃなかったらどうしよう？　危険な人だったら？　取っ手から手を放してドアの外に向かって呼びかける。

「どちらさま？」

「ハロー」小さな子供の声が返ってくる。

リラはドアを開ける。Tシャツに赤いパーカを着た男の子が通路に立っている。白に近いブロンドのもじゃもじゃの髪からのぞく青い眼が彼女を見上げる。嬉しそうな顔をしている。興奮していると言ってもいいくらいだ。

「ハイ」と男の子は言う。「名前はなんていうの？」

リラはためらいがちに名乗り、通路を見渡す。ほかには誰もいない。通路の先にある階段から階下《した》のデッキの声がかすかに聞こえるだけだ。

「変な名前」男の子は鈴を鳴らしたような声で笑う。

リラはそっとため息をつく。リラという名前にこめられた意味は好きだが、それでも時々この名前が嫌になる。「わたしがまだママのお腹の中にいるときに、パパが読んでいた本に出てきた名前よ」と彼女は説明する。

「どんな本？」と男の子は尋ねる。

リラはいつもと同じ答を繰り返す。「魔法やいろんな生きものが出てくる話。説明するのはむずかしいの」

男の子は眉間にしわを寄せて言う。「太陽にあたってきらきらする吸血鬼も出てくる?」リラは笑って答える。

「いいえ」

男の子は大真面目に言う。「よかった。吸血鬼は危険だから」

リラはまた笑う。とてもかわいくて、おませな男の子だ。それだけじゃない、とリラは不思議に思う。どこか古めかしいところがある。まるで小さなおじさんだ。パパとママはどこにいるのと訊くと、男の子は肩をすくめ、トイレを貸してほしいと頼む。

「どうしようかな」とリラは困惑して言う。

男の子はもうがまんできないというように太腿をくっつけて内股になる。急に不安そうな顔になる。「お願い。おもらししたくないんだ」

リラはしかたなく男の子を部屋に入れる。ドアが完全に閉まると、男の子はドアを背にして笑みを浮かべる。歯が黄色いことにリラは気づく。

デスクに置かれた内線電話の耳障りな呼び出し音でモルテンは悪夢から覚める。起き上がるとベッドがエンジンの振動で小刻みに揺れている。困惑して周囲を見まわし、どこにいるか思い出す。シーツがびしょ濡れになっているのに気づき、思わず股間に手をやる。失禁したのではないと確認する。また電話が鳴る。モルテンは驚いてベッドを飛び出し、受話器を持ち上げる。夢の中の恐怖がまだ残っている。子供たちがいなくなったと話す妻の声の向こうから人々の話し声と笑い声が聞こえる。ルーとリンダの部屋に何度も電話したけれど返事はないという。

「あとでまたかける」と妻は言う。「ふたりが戻ってくるかもしれないから、あなたは部屋にいて」

妻はパニックになっている。彼が何か言う間《ま》もなく電話は切れる。モルテンはびしょびしょになったシャツを脱ぎ、寒さに震える。この部屋と隣りの部屋を隔てている壁を見る。ドアのところに免税店で買った品物が置きっぱなしになっている。彼は袋の中からコニャックのボトルを取り出す。

案内所ではミカがマイクを握っている。船内のすべてのスピーカーから軽やかなチャイムが流れる。「アルビンとルー・サンデンへの伝言です」ミカは抑揚をつけずにアナウンスする。彼の声が通路に響き渡る。「至急、案内所までお越しください。アルビンとルー・サンデン、至急、案内所までお越しください」

デッキ9でブロンドの男の子がスピーカーを睨《にら》む。鎖骨の傷はもうすっかり治ったけれど、まだ気分が悪い。時間どおりに食事を終えるのはとてもむずかしい。男の子の小さな体内には大量の血が流れている。どこか隠れられる場所を見つけなければいけない。このあとどうなるか見極めなければならない。すべてが変わるのを待たなければ。男の子は笑みを浮かべる。もはや自分を抑えきれない。

ダン

「はい、おしまい」ライリはそう言うと、粉っぽい白のゴム手袋をパチンと音を鳴らしてはずす。「傷口はいつも清潔にしておくこと。かさぶたになったら、夜のあいだは包帯をはずしておいてね」

ダンは右手を上げる。包帯の上から指先だけがのぞいている。鈍い痛みで傷の内部がうずく。破傷風の予防注射を打たれた腕の筋肉も痛い。ライリは椅子ごとくるりとうしろを向き、手袋をごみ箱に捨てる。「頭のおかしな人の標的になっちゃうなんて運が悪かったわね」そう言いながら彼に向き直る。

ダンは彼女のノーメークの丸顔を見つめる。「運が悪かったんじゃない」とゆっくり言う。「あいつははなからおれを狙ってた。それとこれとじゃ大ちがいだ」

「確かに」

「タブロイド紙にたれこむやつがいないことを願うばかりだ。携帯電話で写真を撮っているやつもいたから」そう言って、怪我を負った手に触れる。ひょっとするとあのイカれた男は彼に恰好のネタを提供してくれたのかもしれないが。

「その心配はないと思う。ほかに書くべきことがたくさんあるでしょうから」ライリはそう言う。まるで知っているかのように。自分には何か考えでもあるかのように。

ストックホルムに着いたら、すぐに下船して医者に診てもらおう。ほんものの医者もいないのに、よく安心して航海できるものだ。この船では先史時代の人間だって看護師になれる。

デスクの上の電話が鳴り、ライリは電話に出る。フィンランド語で誰かと話している。母国語を話すときは声のトーンがちがう。表情までもが変わる。書かれた文を見ると子音しかないように思える言語なのに、声に出すとどうしてこんなふうに歌っているような奇妙な響きになるのだろう。

ライリは話し終え、今度は深刻な顔で電話の相手の声に耳を傾ける。

「ヤルノからだった」電話を切るとライリは言う。「例の男を閉じこめたそうよ」職務をまっとうした夫のことをこれ以上ないほど誇らしく思っているような口ぶりだ。

ダンは頭痛がしてくる。手の痛みとはちがうリズムで頭がずきずきと痛む。ヴォリュームのつまみが少しずつゆっくりまわるように、心臓が脈を打つたび痛みが増す。

わってくる。

「痛み止めはあるか？」とダンは訊く。

「もちろん」とライリは答える。「アセトアミノフェンかイブプロフェンが……」

ダンは苛立ってさえぎる。「もっと強いやつはないのか？」激しい痛みが歯茎にまで伝わってくる。

「これなら効くはずよ」ライリはそう言って痛み止めの包みを手渡す。

ダンは苛々《いらいら》しながらひったくるようにして薬を受け取り、三錠出して蛇口から直接水を飲んで流しこむ。

体を起こすと、水が逆流しそうになる。深呼吸し、顔も見ずにライリにうなずいて別れの挨拶をすませ、救護室を出る。

通路であの女が待っている。小柄なミス《パラディーソ・トロピカル》。自称、彼の大ファンのアレクサンドラ。ダンの姿を見て彼女は顔を輝かせる。前歯のダイヤモンドがきらめく。ダンはほっとしている自分に気づく。今夜はひとりでいたくない。かといって、狩りに出る気力もない。

それなのに、獲物が自分からやってきた。

「大丈夫だったか気になって。すごく怖そうな人だったから。手の具合はどう？」

ダンは包帯の巻かれた手を掲げ、指先を動かしてみせる。

「とりあえずまだつながってる」そういって笑みを浮かべる。

アレクサンドラはわざとらしく大げさに笑う。「カラオケ・バーに戻るの？」

「今夜はもう充分お客の相手をした」

彼女はさらに笑う。「だったら、このあとどうするの？」

ダンは彼女をじっと見て、微笑む。「きみとヤる」感情をこめずにそう言う。「そのあとで、もう一度きみとヤる。友達と同じ部屋に泊まってるなら、その友達を追い出すか、仲間に加えるか。きみの好きにしていい」

アレクサンドラは怒りをにじませて彼を睨《にら》みつける。そんなつもりで訊いたのではないと言いたげに。それからうつむいて左手の指輪を見る。

彼はもうかたくなりつつある。体の別の場所がうずいている。ほかの痛みなど忘れてしまうくらい激しく。包皮が剝けて先端があらわになり、パンツの布地に押しあてられて火傷しそうなほど敏感になっている。

「部屋にはいないわ」とアレクサンドラは言う。「クラブにいるから」

「なら、それでいい」とダンは言う。「部屋に何か飲むものはあるか？」

アレクサンドラは黙ってうなずく。

「部屋に案内してくれ」

る。ぴくりとも動かない。

ピア

ピアはドアの小窓から赤毛の男の様子を確認する。男は彼女に背を向けて床に坐っている。ぴくりとも動かない。

ピアは消毒液をさらに手に取り、手首の引っかき傷にすりこむ。カラオケ・バーでの騒動のさいに負った傷だ。手が震えている。

おやおや、ベイビー、その程度でびびって震えてるようじゃ、警察官にならなくて正解だったね。

別れた夫の声が聞こえる。離婚してもその声は耳に残り、消えることはなかった。いつも彼女の心の底に隠れていて、折あるごとにしゃべりだす。

「ダンの言うとおりだ。クスリでハイになってるんだろう」とヤルノは言う。

「それか、ほんとうに頭がイカれているか」とピアは答える。

財布にはいっていた身分証によると、男の名前はトーマス・トゥンマン。写真の彼はロもとに笑みを浮かべてまっすぐにカメラを見ている。人がよさそうで、とても他人に危害を与える人間には見えない。

「警察に連絡したほうがいいかな？」とヤルノが訊く。

そうしましょうと言いたい。トーマス・トゥンマンとかいうこの男を一刻も早くカリスマ号から追い出したい。内心ではそう思いつつ、ピアは首を振る。「ヘリコプターを要請するほどのことじゃない」と彼女は言う。「このままここに隔離しておきましょう。パールとヘンケにも協力してもらって、時々様子を確認しながら」

本来であれば、トゥルクに着いたらフィンランド警察に引き渡すべきなのはわかっている。が、警察に連絡するのはストックホルムに戻るまで待つことにする。トーマス・トゥンマンはスウェーデン人だ。フィンランド当局に身柄を委ねてしまうと、そのあとが誰にとっても面倒なことになる。

ピアとヤルノは狭い警備員室に戻り、壁に掛けられた四つのモニター画面を見る。四つの独房の様子をそれぞれ監視するためのものだ。独房のふたつには〈スターライト・カリスマ〉で喧嘩をしていた老人がひとりずつ収容されている。どちらもベッドでぐっすり眠っている。三つめの独房には、ダンスフロアで踏みつぶされそうになっていたところをパールとヘンケに救出された女がいる。助けてもらったお礼とばかりに、女は彼らの股間を蹴ろうとした。収容されたあと、すでに二回吐いている。

トーマス・トゥンマンは四つめの独房にいる。白黒の粗い映像で確認すると、今も微動だにせず床に坐っている。明かりがまぶしいのか、眼を守るように両手で覆っている。ピアはモニターのすぐそばに立っているので、画面から発せられる熱を感じる。静電気で腕の毛が逆立つ。

「ライリを呼んで診てもらうほうがいいかな？」とヤルノが尋ねる。

「今は落ち着いてる」とピアは言う。「あの部屋に彼女を送りこみたくはない」

ヤルノは心底ほっとした顔をする。

「あなたがそんな気分かどうかわからないけど、ちょっと休憩にしましょうか」

「ああ、そうしてくれ」とヤルノはモニターの画面に眼を向けたまま言う。「おれはここでコーヒーでも飲みながらくつろいでるから、きみはカッレのところに行ってきてかまわないよ」

ピアは感謝の気持ちをこめて彼の肩を叩く。操舵室《ブリッジ》でとても嬉しそうにしていたカッレの姿が眼に浮かぶ。その彼が今はフィリップの部屋にひとりぼっちでいると思うと心が張り裂けそうだ。

「何かあったら無線で連絡して」とピアは言う。「呼び出しがなければ、三十分くらいで戻ってくる」

ピアはもう一度モニターを見る。独房は四つとも埋まっている。老人ふたりは起きたときに意識がしっかりしていれば、すぐに解放できる。が、そのまえに何か問題が起きたら、プランBを選択しなければならなくなる。彼女が心底嫌っているやり方——泥酔して前後不覚になった乗客に手錠をかけ、乗組員専用エリアの階段の手すりにつなぐ——を実行しなければならなくなる。

カリスマ号に穏やかな夜が訪れますようにとすばやく祈りを捧げる。が、この船で長く働いてきた経験から、彼女は自分の直感を信じている。その直感は、覚悟しなさいと言っている。今夜は長い夜になる、と。

マリアンヌ

　船内の雰囲気はすっかり変わっている。マリアンヌは〈クラブ・カリスマ〉の端を歩いている。背の高いガラスの壁の一番奥に開いているドアを見つけ、ドアをめざして進む。とにかくここから出たい。

　狂ったように鳴り響く音楽は耳をふさぎたくなるほどうるさい。いたるところに酔った人の顔がある。一触即発の空気が漂っている。眼には見えないけれど、確実にそこにある霧のように感じられる。ついさっきも、上半身裸のティーンエイジャーの少年ふたりが友達の手を振りほどいて喧嘩を続けようとしていた。ふたりとも野獣のような眼をしていた。駆けつけた警備員はいつでも警棒を出せるように腰に手をあてていた。マリアンヌは暴動の目撃者にならずにすむように、その場から離れた。一方で、奇声をあげ、けたたましく笑っている人たちも怖い。そういう人々もいつ豹変するかわからない。わずかな誤解や視線のたったひとつが火種となって灯油に引火し、たちまち燃え上がらないともかぎらない。

マリアンヌはなるべく誰とも眼を合わせないようにする。とはいえ、ヨーランを捜しながらではそれもむずかしい。

彼が部屋を出ていってしまってから、彼女は眠れなかった。結局、自分もベッドから出て、ウェットティッシュで体を拭き、明日着ようと思っていた青と白のストライプのセーターを着た。口紅を塗り直し、髪をきちんと梳《と》かした。そうしているあいだも、おずおずとドアをノックする音が聞こえるかもしれないと期待していた。気が変わってヨーランが戻ってくるかもしれない。そう願った。

だが、気が変わったのはヨーランではなかった。彼女のほうだった。

眼のまえで男がつまずいて転ぶ。マリアンヌは咄嗟に両手を掲げて身を守ろうとする。思いきってその男を乗り越えて進む。ようやく開け放たれたドアからはいってくる新鮮な空気を感じる。

ドアのまえには人だかりができている。今は礼儀正しく振る舞っている場合ではない。マリアンヌは人を押しのけて進む。「そんなに焦るなよ、ばあさん」と言う声が聞こえる。それでも突き進み、やっとの思いで後部デッキに出る。ここにも人が大勢いるが、少なくとも新鮮な空気があり、音楽もそれほどうるさくはない。手すりのそばまで行き、カリスマ号が通ったあとに残る泡立った幅の広い航跡を眺める。何度か深呼吸する。水平線の彼方に別のクルーズ船が見える。あの船にもやはり大勢の人がいるのか。たくさんの夢とドラマを乗せているのだろうか。そう思うと底知れぬ感慨を覚える。

部屋に帰って寝たほうがいいのはわかっている。凍えるように冷たい霧雨に打たれながら、こんなところで馬鹿みたいに立っていてもしかたない。

それに、ヨーランが戻ってくるかもしれない。その可能性はごくわずかだとしても。

マリアンヌは人混みを抜けて船体の側面にあるデッキに向かう。ここには人がほとんどいない。それに屋根もある。

金属製の濡れた手すりにつかまってのんびり歩く。壁ぎわにベンチがふたつおかれている。そのひとつに薄いタンクトップを着た男がいる。もうひとつのベンチのそばにはゲロの水たまりができている。かすかな明かりのもとで、白い小石のようなものが光っている。マリアンヌは身震いし、腕を体にしっかり巻きつけて風をよける。その場に立ったまま水面を見つめる。

ヨーランが部屋を出ていくとき、どんなことばをかけたか正確に思い出そうとする。彼なんかいなくてもかまわないというふりをするのに必死で、冷たくそっけない態度をとってしまっただろうか？　いや、むしろ逆かもしれない。そっけないふりをしているとあっさり見抜かれていたのではないか？　どうしようもないほどの孤独感が彼を恐れさせてしまったのではないだろうか？　かつて息子が自分を恐れていたように。〝もっと人生を愉しむべきだよ、母さん〟

でも、ヨーランは電話番号を残していった。そんなことしなくてもよかったのに。一緒にいてほしいと頼んでいたら、彼はそうしてくれたのだろうか？

ほとほと自分が嫌になる。何も変わっていない。ひとり孤独に生きてきた長い年月のあいだ、自分はこれっぽっちも成長していない。何ひとついいほうに向かっていない。そもそも、彼女自身がいいほうに向かっていない。

そんな自分から逃れられると考えたわたしが馬鹿だった。愚かで臆病なマリアンヌ。ヨーランがほんとうの彼女に気づくのも時間の問題だっただろう。ひょっとしたらもうわかっていたかもしれない。わかっていながら、ベッドに連れこむまでは尻尾を巻いて逃げるそぶりを見せなかっただけかもしれない。

なぜわたしは絶望の黒い雲を引きずっているのだろう。心の中にぽっかり開いた大きな穴を埋めてくれる人がいないのはなぜなのか？　問題はその穴が遠くからでも人に見えてしまうことだ。誰もが自分と距離をおこうとしたとしてもなんら不思議はない。

はるか下で船体に沿って流れる水を見つめる。冷たくて深い海の水を。

今夜、彼女がいなくなったとしても誰も気にしないのではないか？　明日、ストックホルムに着いたら、清掃員が部屋に残されたままの荷物を見つけるだろう。でも、今から部屋に戻ってスーツケースに荷物を全部詰めこみ、ここから海に投げ捨てたら？　そのあとで自分も手すりを乗り越えたら？　彼女がいなくなったことは、きっと何週間も気づかれないままだろう。クリスマスが近くなるまで誰も気づきもしないにちがいない。捜査がおこなわれ、銀行口座の収支報告書が取り寄せられて、最後に支払いをしたのは、フィンランドに向かうクルーズ船の中でラガービールを二杯買ったときだと判明する。

マリアンヌは手すりから離れる。おかしな妄想に取り憑かれ、不謹慎にも喜びを感じている自分を恥じる。最近はそんなことばかり考えている。そんな暇があるなら〝数独〟でもやっているほうがいい。

視界の隅に動くものを捉え、マリアンヌはぎょっとする。ベンチに坐っていた男が立ち上がり、彼女のほうに向かってくる。

「驚かせてしまったのなら申しわけない」と男は言う。「ちょっと心配だったので」

深みのある、心地のいい声だ。若々しく聞こえる。実際、若い。明かりのもとで見ると、せいぜい三十歳くらいだ。タンクトップ一枚でここにいたのだから、彼女よりよっぽど寒いにちがいない。

「ありがとう。大丈夫よ」とマリアンヌは言い、力いっぱい眼を拭う。「今夜はおかしな夜だったから」

彼女の想像か、それとも男が悲しそうな顔をしているのか？

「ぼくは今夜プロポーズを断った」と彼は言う。「あなたは？」

ダン

　ダンはベッドの脇に立ち、アレクサンドラに自分の一物をくわえさせている。これ以上奥まで突っこめないとわかると、少し時間をおく。彼女が吐きそうになり、咽喉《のど》の力が抜けるのを待って、最後まで押しこむ。そのままじっとしている。もうずいぶん長いこと彼女を犯しつづけている。彼女のほうもそれを受け入れている。というより、実際には免税店で買った甘ったるい梨のリキュールとダンに言い含められて飲んだ精神安定剤ザナックスのせいで思うように動けなくなっている。ダンは何も飲んでいない。もはや必要ないからだ。これまでにないほどハイになっている。そろそろ果てる頃合いだが、まだ終わらせたくない。永遠にこうして続けていられそうだ。それこそぶっ倒れて死ぬまで。あそこが発射寸前のロケットみたいに感じられ、このまま彼を不滅へと導いてくれるような気がする。

　いったい彼の体に何が起こっているのか？

時々デスクの上にある鏡で自分の姿を確信し、できるかぎりベストな角度を探る。怪我をしていない左手でふざけて彼女の頬を叩く。顔を撫で、鼻をつまむふりをする。自分のもので彼女を窒息させたいと願う。

頭がひどく痛み、音まで聞こえてくる。口の上のどこかで何かがどんどん砕けていく。心臓の鼓動は速く、今にも爆発しそうだ。こんなふうに陶酔する感覚は味わったことがない。ここが自分の居場所であり、今がそのときだという気がしてくる。あらゆることが正しく、意味をなしている。頭痛でさえ歓喜をもたらす。永遠に終わることのない、もはや区別のつかない刺激。あらゆる刺激が混じり合い、増幅する。全身が巨大な花火のようで、すべての細胞が絶頂に達しつつある。

アレクサンドラの口からペニスを引き抜く。唾液がロープのように垂れ下がっている。彼女の荒々しく湿った息づかいが聞こえる。

「自分のあそこの味がしたか？」と彼は囁《ささや》く。「うまかったか？」

彼女はなにやらつぶやく。ダンは彼女に馬乗りになり、両腕を頭の上で押さえる。彼女の手首をつかむと怪我をした手が痛む。が、それもまた気持ちいい。彼女の耳たぶに嚙みつく。

前歯が折れる。跳ね上げ式のハッチのようにうしろに傾いたかと思うと、抜け落ちて、彼女の髪の中に消える。

ダンは彼女の腕を押さえていた手を放し、黒い巻き毛に指を突っこむ。アレクサンドラが困惑した表情で見ている。髪に絡まった歯を取り出し、明かりにかざす。一本は縦にまっぷたつに割れている。頭に激しい痛みが走る。口の中は血の味がする。動悸がする。転ばないようにズボンを引っ張りあげ、走って鏡のところに行く。口を開けてよく見る。前歯がなくなった顔はまるで別人のようだ。ほかの歯もあるべき場所からずれている。ダンは口を閉じる。口の中が血でいっぱいになる。血を飲みこむ。温かい血が咽喉を伝って降りていくのを感じ、イキそうになる。

「何してるの?」とアレクサンドラがベッドから声をかける。呂律がまわっていない。

ダンの痛みはもはや耐えられないほどひどい。震えが波のように押し寄せてくる。陶酔と困惑の境界線はかなり細い。

これほどまでに感じたことが今までにあったか?

アレクサンドラがベッドを出て、よろめきながら彼の背後にくる。ダンは左手の人差し指を口の中に突っこみ、そっと歯に触れる。歯はぐらぐら揺れ、抜けて舌の上に落ちる。ダンは抜けた歯についた血をきれいに舐《な》め取り、お椀のように丸めた手で口を覆ってその中に歯を吐き出す。アレクサンドラが何か言っているが、なんと言っているのか聞き取れない。頭の中でひどい騒音が鳴り響いている。が、ほかの場所は静まりかえる。いつもそこにあり、気にしたことなどなかった音が今はまったく聞こえない。

心臓の鼓動が止まっている。とうとう動かなくなった。

ダンは眼を閉じ、覚悟を決めて暗闇に呑みこまれるのを待つ。

「いったいなんなの？」とアレクサンドラが泣きそうな声で言う。

ダンは眼をあける。隣りに彼女がいる。今はもう曇りのない眼が、彼の口を覆う手と顔を行ったり来たりしている。

そして悲鳴をあげる。

最後に眼にするのがこの女だなんて、誰が想像できた？

だが、暗闇は襲ってこない。

「自分でやったの……？　手当てしないと……」

アレクサンドラはパンティを穿き、鮮やかなピンク色のシャツを頭からかぶって着る。

「誰か呼んでこなくちゃ」と彼女は言う。

ダンは返事をしようとする。もう遅い。心臓はもう止まっている。が、歯がないので母音とシーっという音しか出てこない。

ダンは笑いだす。鏡に映る顔はこの世のものとは思えない。下半分が崩れてしまっている。

頭の中でまた別の音がする。口があったはずの場所で肉の塊のあいだに何か白いものが光る。鏡に近寄ってよく見る。

新しい歯だ。

アレクサンドラの体が混乱による恐怖で熱くなる。その熱が放出されて彼の背中を温める。春の初日の陽光のように。鏡越しに彼女と眼を合わせる。

もはや肉欲は消え失せた。今はまったくちがう何かを感じる。

モルテン

モルテンはベッドに坐り、古くて小さいテレビを見ている。船内のふたつのダンスフロアのライヴ映像のチャンネルを交互に切り替えながら、どこかにアルビンがいないかと祈るような気持ちで画面を見つめる。耳が緊張している。時々すぐそばで女の悲鳴が聞こえる気がする。

バスルームに置いてあったプラスティックのカップでコニャックを飲んでいるが、感覚が麻痺することはない。カーテンは閉まっているが、それでも窓のほうを見ずにいられない。あの人が窓ガラスに顔を押しつけてこっちを見ているのではないかと思うと怖くてたまらない。

母さん。

悪夢から解放されることはない。不安が暗い影となり胸の奥深くで鳴り響く。

おまけにアルビンまでいなくなった。

コニャックをさらに一口飲む。腹の上に滴《しずく》がこぼれる。モルテンは苛立ち、こぼれた酒を拭いてカップをよく見る。まっすぐにひびがはいっているのがうっすらと見える。

アッベに何があった？

やはりルーとふたりきりで過ごすことを許すのではなかった。

きっとおれの話をしていたんだ。ルーはリンダの話を信じきっている。アッベはいとこに心酔していて、あの子が話すことならなんでも鵜呑《うの》みにしてしまう。

そうなったら、モルテンにはもはや弁解する余地はない。

何もかも自分で対処しようと努力してきたが、もはや問題が大きくなりすぎた。手に負えなくなるのも時間の問題だ。あとどのくらい持ちこたえられるだろう？　どのタイミングで見切りをつければいいのか？　自分のほかに信じられる人は誰もいない。シーラとリンダはいかにもわかっているふうに顔を見合わせる。そのことにおれが気づいていないと本気で信じているのか？　きっと夜な夜なおれの悪口を言い合っているにちがいない。子供たちに不満をもらしているのだろう。アルビンの気持ちがおれからどんどん離れていっているのはわかっている。

カップのひびのはいった面を外側に向け、もう一口飲む。彼はアッベのためならなんでもするつもりだ。それなのに、まわりはアッベが彼を嫌うように仕向けている。

こらえきれず涙があふれる。今の彼は泣き叫ぶ獣のようだ。どんなに頑張っても、まるで報われない。もううんざりだ。

車椅子のシーラには誰もが同情する。が、モルテンには？　彼がどんな気持ちでいるか尋ねる人はひとりもいない。〝ああ、きみはなんていいやつなんだ、モルテン。すごく頑張ってる。シーラはもはや結婚したときとは別人なのに、そばにいてあげている〟そんなふうに言ってくれる人はいない。

彼は追い詰められている。もし妻を捨てたりしたら、ろくでなしの烙印を押されるのはまちがいない。

モルテンはそっとカーテンを見る。揺れてはいない。カーテンの外で雨が窓を叩く音がしている。悲鳴は――もしほんとうに聞こえていたのだとしたら――もうやんだ。が、今は別の音が聞こえる。壁の反対側でドアが開く。

モルテンは通路に出る。隣りの部屋のドアが少し開いている。カップの中身を飲み干し、隣りの部屋に行く。

ルーがベッドの脇に膝をつき、ベッドの下をのぞきこんで何か探している。モルテンが咳払いすると、ルーはびっくりして体をすくめる。

「アッベはどこにいる？」ベッドの下から顔を出したルーにモルテンは尋ねる。

「もう」とルーはつくり笑いをして言う。「おどかさないで」

アッベのまえでは大人ぶっているのかもしれないが、まだまだ子供だ。いいことと悪いことの区別もつかない子供だ。

「アッベはどこだ?」もう一度訊く。

「知らない」

「知らないはずないと思うが」モルテンはさらに一歩、部屋の中にはいる。

ルーが眼を細くして彼を睨《にら》む。「もし知ってても教えない。アッベは今、おじさんに会いたくないかもしれないから」

モルテンは空《から》のカップを投げ捨て、ルーに近寄ると、肩をつかんで床から持ち上げる。一瞬にして彼女の不遜な態度が鳴りをひそめる。

「どうして会いたくないんだ?」とモルテンは言い、彼女を揺さぶる。「あの子にどんな嘘を吹きこんだ?」

「何も」ルーはそう言い、モルテンの手から逃れる。

「信じられんな」

「あ、そう。だったら信じなければいいでしょ」

モルテンは彼の脇を抜けて逃げようとするルーの行く手をふさぐ。「さっきこの部屋に寄ったとき、なんだか様子がおかしいと思ったんだ」

「アッベに知られてまずいことでもあるの？」ルーの口調にはあからさまに軽蔑がこめられている。

「くそ」とモルテンは言う。眼に涙があふれる。「わかってたんだ」

ルーの姿がはっきり見えるように涙を拭う。ルーは不安そうに彼を見つめている。

「欠点のひとつもない人たちに囲まれているおれは幸せ者だよな？　おれがいなかったらどうなる？　悪いことを誰のせいにする？」

ルーは首を振り、彼の横をすり抜ける。ドアのそばのハンガーから何かをひったくるようにして取り、戸口で振り返る。

「アッベに嘘をつく必要なんてない」とルーは言う。「事実だけでも充分ひどいから。あたしたちが引っ越したのは、おじさんから離れるためだった。そのことも知らなかったでしょ」

モルテンの心に怒りがこみ上げ、また涙が流れる。「なんの話だ？」

「誰かに助けてもらうべきだと思う」

「おまえの父親と同じことをすべきだったかもしれないな」とモルテンは言う。「わが子を捨てればよかったんだ」

「そうよ!」とルーは叫ぶ。「あんたみたいな父親ならいないほうがましよ!」

ドアが勢いよく閉まる。その音が彼の全身にこだまする。まるでルーに撃たれたみたいに。

ダン

近くでドアがばたんと閉まる。悲鳴はもうやんでいる。ダンはアレクサンドラの部屋で四つん這いになり、カーペットを撫でている。細かい繊維の一本一本が指先に感じられる。時々、包帯が巻かれた手でアレクサンドラの青白い体に触れる。彼女の体内に手を突っこみ、指についた血を舐《な》める。が、そこにはもはや彼が望むものはない。あるのは、気分が悪くなるものだけだ。彼女の血にはもはや活力がない。生命力が感じられない。

ダンは動きを止める。アレクサンドラの体液で濡れた包帯の下に隠れた手がむず痒い。息が荒い。彼にはもう呼吸など必要ないのに。胸の筋肉がまだ反射的に動いているだけだ。心臓が収縮するたび、アレクサンドラの血が体内に広がっていく。彼女は今や彼の一部になった。これまで誰とも為しえなかった方法でひとつになった。それこそ、彼がずっと求めていながら、見つけられなかったものだ。あまりに簡単だった。直感はまえからあった。彼女の咽喉《のど》を引き裂き、黙らせろ。直感はそう言っていた。

始まりはあの男に嚙まれたことだ。あの男も血を欲していた。が、この新しい力は強大すぎて彼の手には負えなかった。この力を操るには、あの男は弱すぎた。ダンとはちがって。

ダンは包帯をほどき、関節の皮膚を舐める。あの男の歯形がついた傷はもうすっかり治っている。ピンク色の膨らみがわずかに残っているだけだ。ダンは笑みを浮かべる。

おれは無敵だ。不死身といってもいい。

今の彼は人間を超越している。より優れた存在だ。

ダンは窓についた雨粒をじっと見つめる。あまりにきれいなので、近寄ってもっとよく見る。手を伸ばして窓に触れる。ガラスに触れている指先が冷たい。窓に耳をくっつけ、一定のリズムの雨音を聞く。じっと耳を澄ますと、一粒一粒が窓を打つ音も聞こえる。一粒一粒がそれぞれ別の軌跡を描いて窓をすべり落ちていくのも見える。ついさっきまではあれほど嫌っていた船の振動でさえ、今は彼と一体になったかのように体内を流れるメロディとなる。

ダンは振り向く。新たに手に入れた感覚でどんなことができるのか知りたくてたまらない。ドアに向かって歩くと、さっき抜け落ちた彼の古い歯が靴の底に押しつぶされて割れる。血に染まったカーペットにさらに深く沈みこむ。

ダンは部屋を出る。刺すような明かりに眼をしばたたく。このにおい。この音。デッキ6の通路はカリスマ号の船内で一番長い。ここを通った人々のにおいが充満し、空気が重い。彼の五感は融合し、あらゆるにおいが蒸気の膜となって空中に漂っているのが見えそうだ。その中に若いにおいがある。女の子のにおい。ついさっきまでここにいたらしい。ダンはそのにおいを追う。一歩踏み出すたび、新しいにおいが床のカーペットから立ち昇ってくる。船室のひとつで男が泣いているのがわかる。その先の閉じたドアの向こうから音楽が聞こえる。老人の笑い声が咳の発作に変わる。ここにはたくさんの生がある。

スーツ姿の男がふたり、角を曲がってくる。ダンを好奇の眼で見て通り過ぎる。ダンは彼らに襲いかかりたい衝動に駆られる。が、それはあとでいい。彼らの血は水分が足りず、どろどろで淀んでいる。通路を進み、彼らが曲がってきた角を曲がる。

嚙まれた右手が焼けるように痒い。よく見てみると、傷はすっかり消えてなくなっている。

騒々しいティーンエイジャーのグループが階段を降りてきて、彼の横を通り過ぎる。彼らからは新鮮な空気と煙草の煙のにおいがする。窓についた雨粒と同じように、意識を集中させるとひとりひとりのにおいを区別できる。彼らが何を飲んだかがわかる。何を食べたかもわかる。それぞれまったくちがうにおいがする。彼らの内部では別々の感情——緊張、歓喜、欲情――が湧きあがっている。それらの感情が筋肉を通り抜け、毛穴から染み出て、肌を覆っている。そのにおいは、酢と石鹸《せっけん》と濡れた苔と蜂蜜とイースト菌を思わせる。

階段をあがってデッキ7に出ると、背後に伸びる通路からごく最近のセックスとこぼれたビールのにおいがする。免税店は真っ暗で静まりかえっている。ガラスの向こうから香水の化学物質の香りが漂ってきて、彼の鼻孔を刺激する。そのせいで女の子のにおいを見失う。ダンは声に出して悪態をつく。アーケードゲームの巨大なスクリーンが光り、ダンは立ち止まる。催眠術にかかったかのようにカラフルな画面に見入る。

中年の夫婦が通り過ぎる。妻のほうが見るからに怒った様子で、フィンランド語でなにやらまくし立てている。夫は表向きは穏やかで、平静を装っているが、脈は妻よりも速く打っている。

車椅子の女はまだ案内所のそばで待っている。ミカは一大事だという空気をまとって電話で話をしている。離れていても、ダンにはこの女の恐怖が感じ取れる。カラオケ・バーに乱入してきた男が、どうして彼を狙ったかがわかる。彼がダン・アペルグレンだからではない。彼の内にある憎悪と憤りのせいだ。コカインで血管が泡をふいていたからだ。そのにおいに抗《あらが》えなかったのだろう。

いたるところに感情が渦巻いている。ダンはそのすべてが欲しい。それらを飲みこみ、自分のものにしたい。彼は飢えている。その欲は決して満たされることはない。彼の欲望は底なし沼だ。にもかかわらず、これまで感じたことがないほど満足している。

どこへ行けばいいかはわかっている。通路の突きあたりに両開きのドアがある。カラオケ・バーの入口がある。

バルティック・カリスマ号

案内所のスタッフは車椅子の女性客にいいかげんうんざりしている。警備員に連絡し、監視カメラでも子供たちを捜している。「われわれにできることはそれがすべてです」と車椅子の母親に伝える。

警備員のヘンケとパールはカラオケ・バーを捜索している。行方不明の子供たちは見あたらない。が、ダン・アペルグレンがいる。窓のそばの影になった暗い場所で、眼を閉じて立っている。ビールサーヴァーの注ぎ口からはビールがどんどん流れ出る。グラスがかちゃかちゃとぶつかり合う音がする。床は絶えずかすかに揺れている。さまざまなにおいがする。香水、息、アンモニア、汗、塩、革、ワイン、炎症。それから、油と粉と甘いミルクのにおいもする。それらすべてを感じてダンは恍惚としている。自分の身に起きた不可解な変化に酔いしれる。

エレヴェーターがデッキ7で停まる。ほんとうは子供ではない男の子が用心深く顔をのぞかせ、誰もいないことを確かめてから外に出る。誰にも見られたくない。こんな時間に、こんな場所で、ひとりで何をしているのかと質問攻めにあいたくはない。もっとも、この男の子は人目につかないように行動する術《すべ》を身につけている。まだ起きている人はたいてい酔っているということも男の子にとってはありがたい。

男の子はこの船の何もかもに嫌気がさしている。まがいもののにおいにも、つくりものの音楽にも、偽物の木や革や大理石にも。この船で唯一ほんものと言えるのは大食らいであること。つまりは貪《むさぼ》り、飽くなき欲求だ。人間はこの地球を破壊している。寄生虫のようにすべてを吸い尽くして枯らそうとしている。百の手段と千の哀れな理由によって互いに殺し合っている。それなのに、彼のことをモンスターと呼ぶ。もし彼の正体を知ったなら。その存在を信じるとしたら。

今に信じるようになる。もう始まっている。期待に胸を膨らませた彼の顔はよりいっそう子供っぽく見える。彼は通路に出る。探すまでもなく、カラオケ・バーのドアを見つける。ドアの向こうはガラスの壁に囲まれた狭い空間で、ベンチがいくつも並んでいる。彼はそっと忍びこみ、ベンチの下で横になる。完璧な隠れ場所だ。もし誰かに見つかっても、友達とかくれんぼをしていて、うっかり寝てしまったと言えばいい。何人かのくぐもった鼾《いびき》が聞こえる。ママはもう部屋に戻っているだろうか。何が起きたか気づいているだろうか。

黒髪の女はデッキ2でその息子を捜している。ここは血と死のにおいがする。彼女にはそれがわかる。息子は危険な目にはあっていないと否が応でも確信する。むしろ逆だ。彼はあらゆる境界を越えてしまった。このあと何が起きるか、それを知った〝長老たち〟がどれほど怒り狂うか。それを思うと怖くてたまらない。それだけはなんとしても阻止しなければならない。が、彼女の体のあらゆる部分が惨事が迫りつつあると告げている。その兆候を船内のいたるところで感じる。船内にいる全員、まだ何も知らない人たち……彼女には彼らを救う責任がある。それが彼女自身と息子を救うことにもなる。もし阻止できなければ、長老たちから重い罰を受けることになる。これ以上、息子を守れなくなる。

彼女が通り過ぎた船室のひとつで、トラック運転手のオッリが床に横たわっている。頭から爪先まで全身に焼けるような痛みを感じながら、その痛みの中に閉じこめられている。彼を乾きから救えるもの。それは血だけだ。

アルビン

アルビンは展望デッキに通じる鉄骨階段の下に隠れ、壁にもたれて坐っている。ここには風は吹きこんでこないが、空気は水滴をたっぷり含んでいる。パーカは濡れて冷たく、袖を引っ張って両手を隠していても、ところどころしもやけができて赤くなっている。フードをすっぽりかぶり、ひもをきつく縛って顔だけのぞかせている。

アルビンは思いをめぐらせる。あとどのくらいここで我慢していられるだろう。次はどこに行けばいい？

みんなを心配させたい。死んでしまったのではないかと思わせたい。申しわけなかったと悔やんでほしい。

「ここ、あったかくていいね」

アルビンは顔を上げる。

ルーが黒いジャンパーを差し出して立っている。誰かに会えてこんなに嬉しかったことはない。ぼくはきっとここに戻ってくる。心の奥底では、ルーがそう考えてくれることを期待していた。アルビンは黙ってうなずく。

「『サウスパーク』に出てくる子（アメリカのアニメ番組の主要キャラクターの少年ケニー・マコーミックはいつもアノラックのフードをすっぽりかぶっている）みたい」ルーはそういって小さく笑う。

まわりに誰もいないのを確認すると、屈んで階段の下にはいり、這ってアルビンの隣りに来る。アルビンはパーカの上からジャンパーをはおる。ルーの香水のにおいが強く残っているが、ぶかぶかなのでアルビンが着ていても女物には見えない。

ルーはジャケットの袖に隠し持っていた酒の小瓶を取り出す。「今も飲みたくない？」そう言いながら蓋を開ける。「これで最後だけど」

「いらない」

ルーは壁に寄りかかり、一口飲む。しかめ面をして首を振る。顎に届きそうなくらい舌を出す。

「おいしそうでよかった」とアルビンは言う。

ルーは笑って口を拭う。

ふたりは黙ったままサンデッキにいる人たちを観察する。毛玉みたいな小さな犬を散歩させている人がいる。赤ちゃんことばで犬に話しかけている。それを見てもルーは面白おかしく揶揄《やゆ》しないので、アルビンは驚く。そのかわりにルーは言う。

「さっき、あんたのお父さんが部屋に来た」

アルビンはスローモーションで腹に大砲を撃ちこまれた気分になる。ルーはそこでためらう。ポニーテールからほつれて眼にはいった髪を手ではらう。

「変だった？」とアルビンは尋ねる。「おかしくなってた？」こんなふうにはっきり口に出すのはなんだか妙な心地がする。

「たぶん」とルーは答える。「うん、変だったと思う。何かあったって気づいてたみたい。だけど、それが何かは知らなかった。だから聞かれても答えなくていいと思う。あんたが話したくないならって意味だけど。あたしはどっちでもいい」

アルビンはルーをじっと見る。父さんのことを考える。母さんとリンダおばさんのことを考える。今さら嘘をついてももう遅い。一度口に出してしまったら、もう知らないふりはできない。母さんだって、アルビンが事情を知っているとわかっていながら、父さんは疲れてるのよとはもう言えないはずだ。

このあとどうなるにしろ、確実に何かが変わった。それはまちがいない。

階段の隙間から暗い空が見える。アルビンは眼を細くして霧雨をじっと見る。

「大人になったら女優になりたいってほんと？」

ルーはうなる。「ママがそう言ったの？　ママってちゃんと秘密を守ってくれるから大好き」

「じゃ、ほんとなの？」

「うん。でも、想像はつく。ママのことだから、あの子は本気で女優になれるなんて子供みたいなこと言ってるのよ、とか言ったんでしょ？　自分は勇気がなくて何もできなかったもんだから」

「どうして？」とアルビンは訊く。「どうして女優になりたいの？」

「いけない？」

アルビンは肩をすくめる。ステージやカメラのまえに立つなんて、アルビンには悪夢としか思えない。みんなが自分を見ていて、一挙手一投足に注目されるなんて考えられない。

「有名人になりたいの？」

ルーはお酒をもう一口飲んで言う。「そうじゃない。ただ、いつもありのままの自分でいなくてすむかと思って」

ルーは真面目な顔でアルビンを見る。アルビンは黙ってうなずくが、正直理解できない。どうしてほかの人になりたいんだろう。ルーほど特別な人はほかにいないのに。

「とにかく、ママみたいにはならない」少ししてからルーは言う。「ママはめちゃくちゃ臆病者だから。なんて言うか、びびりながら生きてるみたい。少なくとも本気で生きようとしてない。ただそこにいるだけ。言ってる意味、わかる？」

「なんとなく」

「ママは何もしない。いろんなことが起きるけど、自分からは動こうとしない。本気で恋したこともないんだと思う。きっとこんな感じ。〝まあ、どうしよう、あの人はわたしのことが好きみたい。つきあってみようかな〟で、しばらくすると捨てられて、〝まあ、どうしよう〟ってなる。で、それまでと同じように、またそこにいるだけになる」

リンダおばさんの真似をしているときのルーは面白い顔をしている。しゃくれて見えるように顎を突き出し、眼を真っ平らにする。笑っていいのかどうかわからないが、アルビンはこらえきれずに笑う。

「あたしを生んだときもきっとそうだった」とルーは続ける。「〝まあ、どうしよう、お腹が膨らんでる。ひょっとしたら中に赤ちゃんがいるのかも。だったら、このまま生きてなくちゃ〟あたしは絶対にママみたいにはならない。ああなるくらいなら死んだほうがましよ。ママは生きてるようで、ほんとは生きてなんかいない。なんの感情もないみたい」

ルーはまたお酒を飲み、アルビンに近づく。そばにいるので、お互いの腕と腕が触れる。

「ソーランがいなかったら、家出して今頃はロスアンジェルスにいたと思う」

ルーはきっぱりとそう言う。だから、アルビンも彼女のことばを信じる。ルーならひとりでアメリカにだって行けそうな気がする。怖いものなんてない。

「ぼくも連れていってくれる？」とアルビンは言う。「ぼくもここにいたくない」

ルーがいないなら。ただ、それは言わない。

「いいよ」とルーは答える。

「だけど、ほんとにロスでいいの？　あそこは寒くないらしいよ」

ルーは笑って言う。「知ってる。残念だけど」

「だよね。行くなら、暗くて寒いところにかぎるよね」

「もしほんとうにそうなったら」とルーは言う。「あたしたちがほんとうに家出したら、ママはなんて言うかな？」

「〝まあ、どうしよう〟」アルビンはルーの真似をして言う。それを聞いて、ルーは思いきり吹き出す。

ダン

ダンはカラオケ・バーの窓ぎわにいる。彼がそこにいることにまだ誰も気づいていない。警備員のパールとヘンケも。ふたりが誰かを捜しているのは明らかだが。ひょっとしたらおれを捜しているのかもしれない、とダンは思う。アレクサンドラの友達が部屋に帰ってきて、死体を見つけたのではないだろうか。監視カメラの記録を見て、ちょっとまえまで彼女の部屋にいたことがばれたのかもしれない。だとしても、ちっとも怖くない。むしろ、ダンは興奮している。気持ちを落ち着かせようとしても、おとなしく立っていることすらできない。全身の筋肉に力が漲《みなぎ》り、とてもじっとしていられない。

ダンがいないあいだ、カラオケの司会の代役はヨーアンがこなしている。薄汚れたTシャツを着て、いかにも嫌そうに、日焼け風のメークをした酔っぱらいのブスに質問している。お名前は？　フレデリカ。今日はどこから？　サーラから。ええ、クルーズ旅行はとても愉しい。食べものはおいしいし、海もきれい。今日は大好きなホイットニー・ヒューストンの歌を歌います。

ヨーアンがステージを降りる。ダンは音響ブースに近寄る。

「戻ってきたのか？」とヨーアンはほっとしたように言う。

「ああ」とダンは答える。

「大丈夫なのか？」

「最高だ」

ヨーアンはうなずき、《すてきなＳｏｍｅｂｏｄｙ》の曲をかける。

ステージ上で女がくるりとまわり、平べったい尻を振る。

ヨーアンはダンの手を――傷ひとつないきれいな関節を――じっと見る。

女が歌い出す。それを歌と呼べれば。ダンは眼を閉じ、周囲から感じ取れるさまざまなイメージに深くひたる。この場所にはあらゆる感情がある。生身の感情がこの狭い場所で渦巻いている。それらの感情が互いにぶつかりあい、縮んだり膨らんだりしている。

「ダン？」

眼をあけると、ヨーアンが探るような眼で彼を見る。

「何かやってるのか？」

ダンはにやりと笑う。ヨーアンはうすうす気づいている。当然だろう。なにしろ、ずっとここで一緒に過ごしているのだから。しかし、彼がこんなふうにはっきり尋ねるのは初めてだ。

「そんなものはおれにはもう要らないらしい」ダンはそれだけ言うと、ステージに向かう。観客が音楽に合わせて手拍子するなか、ダンはステージの前方まで進む。彼はここの客たちが大嫌いだった。それなのに、その客たちにすがって生きていた。今夜、彼の身に何が起きたにせよ、そのおかげでようやく自由になれた。

スポットライトを浴びる。太陽を直視したみたいに眼が痛む。それでも、ダンは笑みを浮かべる。このステージで初めて見せる心からの偽りない笑顔だ。

フレデリカは、はにかむように彼を見るが、そのまま歌いつづける。

ダンは彼女の手からマイクをひったくる。「なあ、フレデリカ、ホイットニーを安らかに眠らせてやらないと」

客の何人かが息を呑む。何人かは居眠りから目覚める。ぴったりしたタンクトップを着た筋肉質の男たちはけたたましく笑う。フレデリカはわけがわからずダンをじっと見る。

「この手を見ろ」とダンは言い、右手を上げて拳をつくる。「わかるか？」

誰も何も答えない。スポットライトの向こうの暗闇でスマートフォンのカメラで写真を撮る音がする。

「いや」とダンは続ける。「わかるわけがない。おまえたちはここで何が起きてるか知らない。おれにもわからない」明るい照明に照らされていると、背が十センチ以上高くなった気がする。思考がものすごい速さで頭の中を駆けめぐる。あまりに速くてとても追いつけそうにない。

「おまえたちを全員殺してやる」とダンは言う。「ひとりも残らず。おまえたちはどうしようもない馬鹿だ。そんなやつらがここには大勢いる……これは世界への奉仕だ……おまえらなんかいないほうが世界はずっとよくなる。おまえたちにはもうなんの力もない。おれをどうすることもできやしない。おまえたちにはわかるか……」

スピーカーから音が聞こえなくなる。ヨーアンがマイクの電源を切ったのだ。もっとも、ダンにはもうマイクなど必要ない。いまだかつてないほど、はっきりしゃべっている。腹の底から声が出ている。

「見下してる相手にすがらなきゃならないやつの気持ちがわかるか？　おまえたちみたいな阿呆どもに依存しなきゃならないおれの気持ちがわかるか？　クソみたいに辛気くさくて、好みは最悪で、自分だけのちっぽけな世界で生きてて、つまらない夢を追いかけて……」

観客席からブーイングが起きる。ダンは声がするほうに向かって笑みを浮かべる。

「おい、ダン」とヨーアンが言う。「もうよせ」

「ほんとうは心の奥底ではわかってるんだ」とダンはかまわず続ける。「もうよせ」

「だからここにいる。野蛮人に成り果てるまで飲んで、ますます馬鹿になって……」

「そいつを黙らせろ」部屋の後方で男が立ち上がって言う。「でなきゃぶん殴るぞ。こてんぱんに打ちのめしてやる！　聞こえてるのか！」

スポットライトの明かりで客席は見えないが、新たに手に入れた感覚のおかげでダンにはその男の輪郭がわかる。においがわかる。その男のまわりで空気がどんなふうに漂っているかがわかる。

「おまえのことなんて誰も覚えちゃいない」とダンはその男を指差して言う。「孫かひ孫がおまえの古い写真を見つけて、これは誰だって訊く。だけど、そのときにはもう答えられる人間はひとりもいない」

ビール瓶が飛んでくる。ダンはひょいと顔をすくめてかわす。ビール瓶は彼の真後ろの壁にあたって割れる。

「おまえたちはみんな無意味な人生の意味を見いだそうとしてる。だけど、大事なことを忘れてる。そもそもおまえたちの人生には意味なんてないってことを……」

ダンはそこでことばを切る。空気が変わったのがわかる。眼の上に手をかざして暗闇の先をよく見ると、カラオケ・バーの入口に白みがかったブロンドの男の子がいる。男の子は魅入られたようにダンを見つめている。ダンにもすぐにわかる。自分は特別な存在なのだと。

ダンは自分が何者かを悟る。

カッレ

カッレは服を着たままフィリップのベッドに寝転がり、天井を見つめている。体重と同じだけの量のアルコールを飲んでも、心の声を黙らせることはできそうにない。こうしてひとりでいると、その声は無視できないほど大きく、量でも質でも彼を圧倒する。彼には気を紛らわせる術《すべ》がない。フィリップの部屋には古い新聞すら見あたらない。カッレはデスクの上に置かれている内線電話を何度も見る。いつでもスイートルームに電話できる。四桁の部屋番号――九三一八――をダイヤルすればいいだけだ。

だけど、もしヴィンセントが電話に出たら、なんと言えばいい？

カッレはボトルからじかにウォッカを飲む。指にはまったホワイトゴールドの指輪の重みを感じる。肌でそのぬくもりを感じる。今朝、荷物に指輪を忍ばせたときのことを思う。どれほど緊張したかを思い出す。

それが普通なんだろうか？ プロポーズするときは、みんなそうなのか？ それとも、心のどこかでヴィンセントがノーと言うのを予期していたのか？　ふたりのあいだにはすでに亀裂が生じていたのか？　だから、自分はこんなに大々的な演出をしたのか？　大勢が見ているまえで、ヴィンセントにとってはなんの馴染みもない場所でプロポーズしようと考えたのはそのせいだったのか？

〝そうするしかないじゃないか。あんなに大勢に見られてたら。ほかにどうすればよかったんだ？〟

真夏から今までにあった出来事の記憶が、時系列にではなくごちゃまぜになって押し寄せてくる。カッレはそのひとつひとつについて、こうなった今だからこそできる見方で何度も何度も考えてみる。どこで歯車が狂ったのか。どうしてヴィンセントの気持ちが揺らいだのか。その答を見つけだし、解決策を考え、ヴィンセントに伝えなければならない。状況を修復しなければいけない。ヴィンセントのためにも、自分のためにも。

頭の中でいろいろな考えがめまぐるしい速さで回転している。これがそうなのか、とカッレは思う。これが正気を失う第一歩なのか。

ドアをノックする音がする。フィリップがヴィンセントに居場所を教えたのか？　いや、きっとソフィアだ。〝何してるの？　早くこっちに来て、お祝いしましょうよ！　乾杯しなくちゃ！〟

カッレはそのままじっとしている。

「わたしよ」ドアの向こうから聞き覚えのある声がする。

カッレはウォッカのボトルを床に置く。ボトルは危うく倒れそうになるが、すんでのところでボトルの先をつかんで防ぐ。ドアを開けると、制服姿のピアがいる。彼女はすでに事情を知っている。それは見ればわかる。

ピアはカッレに腕をまわして抱きしめる。彼女は自分より小柄なのに、すっかり包みこまれているような気分になる。

「何があったの？」と彼女は訊く。

「わからない」

ふたりはベッドに坐る。ベッドサイドのランプの明かりのもとで見ると、ピアがやつれているのがわかる。顔色は青白く、さっきよりも眼の下のくまが濃くなっている。操舵室《ブリッジ》で彼がヴィンセントにプロポーズしたときよりも。あのとき彼女は彼を抱きしめ、涙ながらに喜んでくれた。

泣いてしまえればいいのに、とカッレは思う。考えることをやめられれば、感情がはいる隙もできるかもしれない。

「具合が悪いのか？」

「インフルエンザにかかっちゃったみたい」ピアはこめかみを指で押し、顎を左右に動かす。「体のこりからくるただの頭痛だといいんだけど」

「今夜は大変だったのか？」

「あなたほどじゃないけど」とピアは答える。

カッレは笑顔をつくろうとするが、うまくいかない。床からウォッカのボトルを取り上げ、一口飲む。「話してくれないか」

「あなたの話をするほうがいいんじゃない？」

カッレは首を振る。「今は自分のことは考えたくない」

「わかった」とピアは言う。「そうね、ひとつには、頭のイカれた男がステージの上でダン・アペルグレンに襲いかかった。手を嚙んだの」

「それはひどい」とカッレは驚いて言う。「で、そいつはどうなった？」

「独房に入れた。四人がかりでおとなしくさせるのがやっとだった」

ピアは身震いする。実際は話しているよりもずっと大変だったのだろう。カッレにはそれがわかる。彼とちがって、ピアはめったに弱いところを見せない。外の世界を知り、カリスマ号から距離を置いてものごとを見られるようになった今だからカッレにもわかる。弱みを見せないのではなく、見せられないのだ。女だてらにこんな仕事をしているから。

「それはひどい」とカッレは繰り返す。ほかにことばが見つからない。

「ダンの怪我はたいしたことないみたい」とピアは言う。「ライリに手当てをしてもらった」

「ダンに同情する気にはなれないけど」とカッレは言う。「噂が全部ほんとうだとしたらなおさら」

「そうね」とピアも認めて言う。「彼に泣かされた人は大勢いるけど、誰ひとりとして告発しようとしなかった。とんでもない話だけど、彼女たちの気持ちもわからなくはない」

カッレはピアの顔を見る。彼女が今、何を思っているか考える。ピアの別れた夫については、時々漏れ聞こえてくることをのぞけば、ほとんど何も知らない。そのわずかな手がかりからわかるのは、彼女がむしろその話題を避《さ》けているということだ。

「乗組員のパーティでもイェニーにひどい振る舞いをしていたし」とピアは続ける。

「イェニーって？」

「〈カリスマ・スターライト〉のバンドの歌手。フィリップが仲裁にはいるほどだった。総支配人に報告したほうがいいって言ったんだけど、彼女は仕事を失うのが怖くて結局報告しなかった」

カッレはもう一口ウォッカを飲む。ボトルの中でウォッカが波打つ。

「ほんとうにまだ飲みたい気分？」

「ああ。酔っぱらいたい」

「もう充分酔ってるみたいだけど」

「まだまだ飲み足りない」

「やめろとは言えないけど」とピアは言う。

ふたりは黙ったまま互いを見る。ピアは無意識に手首の切り傷に軽く触れる。

「この船でプロポーズするんじゃなかった」とカッレは言う。「いや、そもそもプロポーズなんてするんじゃなかった」

「なんとかならないの？　もしかしたら、彼は気持ちを整理するのに時間が要るだけなんじゃない？」

カッレは眼をこすって言う。「もう一緒にいるのは無理かもしれない。今だってどうしたらいいのかさっぱりわからない」

「きっとどうにかなるわ」とピアは言う。「今日は無理かもしれないし、明日でもないかもしれないけど。でも、解決策はあるはずよ」

「そうだといいけど」

「そうね」ピアは彼に腕をまわして抱きしめる。カッレの心の中に急に悲しみが芽生える。

「来てくれてよかった」とカッレは言う。「このまま頭がおかしくなるんじゃないかって思ってたところだった」

「来るに決まってるでしょ」

「うん」声がかすれる。今にも涙が出そうになる。泣いてしまえば楽になれるかもしれない。「そうだな」

ピアのベルトから音が鳴る。今、ピアを呼び出すなんて。それが誰にしろ、カッレは恨めしく思う。

「今度は何？」とピアはつぶやき、トランシーヴァーを手に取ってボタンを押す。「ピアです。どうぞ！」

「デッキ7のゲームマシン付近でトラブル発生」静かな狭い船室にミカの声がやけに大きく響く。「ヤルノはもう向かってる。合流できるか？」

「すぐ行く」とピアは言い、諦めの表情でカッレを見る。

「それから、ダン・アペルグレンにも眼を光らせておいてくれ。ついさっき、ステージで一発ぶちかましたらしい。さっきの一件でまだショックを受けてるのかもしれないけど、正直に言えば、ハイになってるんだと思う。船長が彼と話したいと言ってる」

ピアはカッレの背中にまわしたままの腕に少しだけ力をこめる。

「カリスマ号の夜は相変わらずみたいだな」とカッレは言う。

「そのとおり。しかも独房は満室ときてる。またこの船で働きたくなったんじゃない？」

ピア

ピアは駆け足で通路を進み、乗組員専用エリアの階段に通じる金属製のドアのまえまで来る。カッレが朝まで眠れるといいのだが。起きたらひどい二日酔いに悩まされるだろうけれど、明日の朝ならそばにいてあげられる。

彼女自身が寝こんでしまわなければ。頭に鈍い痛みがあり、口蓋《こうがい》もこわばっている。めまいがする。

ドアの手前で立ち止まる。ピアは疲れきっている。これからまた喧嘩を仲裁するのは——それどころか階段を降りて現場に向かうのでさえとても無理だ。ドアの取っ手をつかみ、不意に怖くなる。ピアはこの疲労感を知っている。インフルエンザの症状ではない。何もかも無意味に思えてくる。そういう感覚だ。仕事で船上にいるときはどうにか抑えている。いつもならこの疲労感に襲われるのは家にいるときだ。彼女の心の中には、地下室のような暗い場所がある。考えてはいけないことはその場所にすべて押しこみ、ドアに釘を打ってふさいである。絶対に開かないことを願って。たいていドアは閉じられたままだ。だが、時々少しだけ開くことがある。そうなると一日じゅうベッドから出られなくなるのだ。

ピアは身震いし、階段を二階分駆けおりる。そこで業務用エレヴェーターに乗ろうとしているダン・アペルグレンに出くわす。フード付きの赤いパーカを着た男の子を抱いている。ダンは驚くが、男の子のほうはびっくりするでもなく、興味津々でピアを見る。思わず見とれてしまうようなかわいらしい顔立ちをしているが、昔の石鹼《せっけん》の広告から飛び出してきたような、どこか時代遅れな印象がある。

「ハロー」と男の子は言う。「ここで働いてるの？」

「ええ、そうよ」とピアは答える。「みんなが悪いことをしないように見張っているの」

ピアはダンを見る。彼の瞳は大きく、真っ黒だ。「ここで何をしてるの？」

「甥っ子が遊びに来ててね」とダンは答える。「船内を見せてまわってるところだ」

「大きくなったら、ぼくも船で働くんだ」と男の子がませた口調で言う。「ぼくは船長になる」

「それはすごいわね。立派な船長さんはたくさんいるほうがいいわ」ピアは視線をダンに向けたまま言う。この子に怖い思いをさせずに用件を伝えるにはどう言えばいいかと思案する。

「気分はどう？　その……あんなことが起きたあとのことだけど」

「最高だ」とダンは答える。「実を言うと、これ以上ないくらい気分がいい」

ダンは手を掲げて見せる。ピアはその手を見て困惑する。傷がなくなっている。かすり傷ひとつ残っていない。

「回復が早くてね」彼女の気持ちを読んだかのようにダンは言う。

ピアは男の子をちらりと見る。一瞬、その笑顔に子供らしからぬ何かを見たような気がする。

彼女を馬鹿にしているような、彼女が知らない何かを知っているような、そんな気がする。

ピアは急にまた頭がずきずきと脈打っているのに気づく。痛みは鼻腔にまで伝わってくる。

「ベルグレン船長があなたに会いたいそうよ」とピアは言う。「操舵室《ブリッジ》に行って。早いほうがいいと思う」

「すぐに行く」とダンは答える。

「ぼくはもうママのところに帰らなきゃ」と男の子が言う。

「そうね」とピアは言い、男の子の髪をくしゃくしゃと撫でる。どこか違和感を覚える。

男の子は探るような眼で彼女を見る。口角をほんの少しあげて、気づかないくらいかすかに微笑む。ピアは手を引っこめる。

「ピア?」

トランシーヴァーからミカの声が聞こえ、ピアは飛び上がる。「こちら、ピア」とボタンを押して応答する。

「急いでくれ。ヤルノはもう現場にいる。なんだか大変なことになってきてる」

「今、向かってる。たまたまダンに会ったの」

「ベルグレン船長のところに行くように彼に伝えてくれ」

「あとで行くそうよ。ちょうど甥御さんに船内を案内してるところなんですって。それが終わったらすぐに行くと言ってる」ピアはダンのほうを向いて言う。「そうよね?」

ダンは苛立たしげにうなずく。男の子が笑顔で手を振りながら彼女に言う。「気をつけてね」

ヨーラン

ヨーランは手すりにつかまって車両甲板の急な階段を降りる。落ちて首の骨がへし折れたりしてはたまらない。

デッキ2に通じるドアを開け、顔をゆがめる。浄化槽のにおいがさっきよりもきつくなっている。口で呼吸しながらさらに階段を降り、右に曲がって、マリアンヌの部屋がある短い通路まで来る。幸い、彼女の部屋の番号はちゃんと覚えている。通路の入口に近い部屋のドアが開いている。中は真っ暗だ。ヨーランはドアを閉めるべきかどうか逡巡《しゅんじゅん》する。もしかしたら中で寝ているのかもしれないし、閉め忘れて出かけてしまったのかもしれない。が、その考えは早々に捨てる。自分には関係ないことだ。

突きあたりにあるマリアンヌの部屋のまえまで行き、ドアをやさしくノックする。ポニーテールにした髪を整えようとして、重心を一方の脚からもう一方の脚にせわしなく移動させているのに気づく。まるで緊張している学生みたいだ。

「マリアンヌ？」とドアの向こうに呼びかける。「おれだよ、ヨーランだ」

耳を澄ませて返事を待つが、二〇一五室の中からは何も聞こえない。ヨーランは少しのあいだ、その場で躊躇《ちゅうちょ》する。おれはほんとうに彼女を起こしたいのか？　ああ、そうだ。マリアンヌにもう一度会いたい。彼女の隣りで、さっき愛を交わしたシーツにくるまって一緒に寝たい。もう一度、今度は強めにノックする。

起きているのか？　怒っているのだろうか？　彼が部屋を出ていくと言ったとき、彼女はとても落胆していた。もっとも、ヨーランとしては彼女も一緒に来ると思っていた。当然、そういうものと信じて疑わなかった。それでも、気づいたときにはもう遅かった。そのときにはすべてが台無しになっていて、マリアンヌは彼にさっさと出ていってほしいとさえ思っているようだった。ヨーランは思う。もうおれの顔なんて見たくもないのかもしれない。

三度目のノックのあと、足を引きずる音が聞こえる。しかし、音がするのはマリアンヌの部屋からではない。

まわりを見ても、彼のほかに通路には誰もいない。ただ、さっき通り過ぎた開けっぱなしのドアがさらに広く開いているような気がする。

誰かがあの部屋の暗闇からのぞいているのだ。ヨーランは突然そう確信する。そして、自分は通路の突きあたりにいて、ほかに誰もいないことを痛感する。

マリアンヌの部屋に向き直り、ドアを強く叩く。

階上《うえ》のデッキにはどこも大勢の人がいて、騒がしく、音楽が鳴り響き、新鮮な空気が流れている。ヨーランはそう自分に言い聞かせるが、この下層にいるとてもそうとは思えない。

開いたドアの隙間から暗闇が通路にまで広がってくるような気がする。ヨーランはじっと耳を澄ます。

馬鹿馬鹿しい。誰かが野次馬根性を発揮して部屋の中からのぞいているだけだ。それがなんだというのか？　なんならドアを開けて、見つめ返してやればいい。

しかし、ヨーランはそうはせずに、通路を歩いて戻る。開けっぱなしのドアから一瞬たりとも眼を離さずに。部屋の中で何かが動くのが見え、心臓が飛び跳ねる。

角を曲がると、すぐそこに階段があり、ヨーランはほっとする。さっき降りてきた階段はもっと先にあるのだが、今はそんなことはどうでもいい。とにかくここから立ち去りたい。ヨーランは走りだしたい衝動に必死で抗《あらが》う。

暗闇が怖いと感じるのは、子供の頃に母親から地下室に行って何かを取ってきてと頼まれたとき以来だ。地下室は家の中の別世界だった。真っ暗で変なにおいのする場所だった。

母親に頼まれたものを見つけると、いつも一目散に階段を駆け上がったものだ。階段の裏からミイラの手が伸びてくる、狼男の鋭い爪で背中を切り裂かれる……。本気でそう信じていた。

ヨーランが最初の一段に足をかけるのと同時に、マリアンヌの部屋のある通路のドアが静かに開く。

いや、もちろん怪物なんかじゃない。ただ、怪物よりよっぽど恐ろしい人間は山ほどいる。そいつも頭がおかしいのかもしれない。そんなこと誰にわかる？

振り返ると、五十代くらいの男がパンツ一丁で彼を睨《にら》みつけている。大柄で不恰好な男で、腹は毛むくじゃらで、乱れ放題の髪が肩にかかっている。胸毛には吐いたものがこびりついている。しかし、何より恐ろしいのはその男の眼だ。

子供の頃にヨーランが怖がっていたものすべてが、急に彼を見つけたかのようだ。よりによって、今このときに。

ヨーランは階段を駆け上がる。

男が彼のあとを追う。

男の手が下から伸びてきて、ヨーランの足をつかむ。ヨーランは仰向けに倒れ、背中を激しく打つ。男を蹴って逃れようとするが、男の重い体が思いきりのしかかり、彼の動きを封じる。階段の角にあたって肋骨が折れたのが音でわかる。叫ぼうとしても空気が足りず声にならない。

顔のまえで男が歯を鳴らす。焼けつくような痛みを感じる。男が何かを吐き出したのが見える。

それが自分の鼻だと気づく。

おれの鼻がなくなっちまった。

男はヨーランの顔の鼻があった場所にできたくぼみを舐《な》め、もう一度嚙みつく。その瞬間、ヨーランの感覚は恐ろしいほど研ぎ澄まされる。男の歯が彼の肌と組織にやすやすと食いこむのがわかる。怖くて動けない。顔がなくなってしまうのではないかという恐怖に駆られる。血が咽喉《のど》に流れこみ、咳きこむ。血の中で溺れている感覚にとらわれる。男の歯が彼の頬骨をこする。ヨーランの体内で、折れた肋骨が本来守るべきすべての臓器に突き刺さる。

視界がぼやける。天井の明かりがはるか遠くの星に見えてくる。男の歯が彼の咽喉に深く食いこむ。

もっとも、もはやそれも遠くに感じる。ヨーランはもはやそこにはいない。彼の肉体と心はもはやひとつではなくなっている。まっぷたつに引き裂かれている。彼の傷ついた体は引きずられて階段を降り、部屋の中にはいる。しかし、心はついていかなくてもいい。彼はもはや肉体にはとらわれていない。彼という存在はここから遠く離れた、どこか別の場所にいる。

訳者略歴　日本女子大学大学院文学研究科修了，翻訳家　訳書『キットとパーシー』セバスチャン，『英国王立園芸協会とたのしむ植物のふしぎ』バーター，『アナル・アナリシス――お尻の穴から読む』アラン他多数

HM=Hayakawa Mystery
SF=Science Fiction
JA=Japanese Author
NV=Novel
NF=Nonfiction
FT=Fantasy

ブラッド・クルーズ
〔上〕

〈NV1514〉

二〇二三年八月二十日　印刷
二〇二三年八月二十五日　発行
（定価はカバーに表示してあります）

著　者　マッツ・ストランベリ
訳　者　北《きた》　綾《あや》子《こ》
発行者　早　川　浩
発行所　株式会社　早　川　書　房
郵便番号　一〇一 - 〇〇四六
東京都千代田区神田多町二ノ二
電話　〇三 - 三二五二 - 三一一一
振替　〇〇一六〇 - 三 - 四七七九九
https://www.hayakawa-online.co.jp
乱丁・落丁本は小社制作部宛お送り下さい。
送料小社負担にてお取りかえいたします。

印刷・中央精版印刷株式会社　製本・株式会社明光社
Printed and bound in Japan
ISBN978-4-15-041514-3 C0197

本書は活字が大きく読みやすい〈トールサイズ〉です。